Ali Sparkes

Die Nachtflüsterer

Die Verschwörung

ALI SPARKES

DIE NACHTFLÜSTERER

DIE VERSCHWÖRUNG

Aus dem Englischen von
Manuela Knetsch

Carl Hanser Verlag

Die englische Originalausgabe erschien 2019 unter dem Titel *Night Walker*. This translation is published by arrangement with Oxford University Press.

Alle Bände der *Nachtflüsterer*-Reihe:
Band 1: Die Nachtflüsterer. Das Erwachen
Band 2: Die Nachtflüsterer. Die Bedrohung
Band 3: Die Nachtflüsterer. Die Verschwörung

HANSER hey! Schau vorbei und teile dein Leseglück auf Instagram

Erscheint als Hörbuch bei Der Hörverlag, gelesen von Oliver Rohrbeck

1. Auflage 2020

ISBN 978-3-446-26620-9

Umschlag: Weiß-Freiburg GmbH – Graphik & Buchgestaltung
Motive: © Clifford/Jackson/habilis123/Mulderphoto/airmel – stock.adobe.com, © weiß/wallbaum
Satz im Verlag
Druck und Bindung: CPI books GmbH, Leck
Printed in Germany

FSC
www.fsc.org
MIX
Papier aus verantwortungsvollen Quellen
FSC® C083411

1 SIEBEN JAHRE ZUVOR

Niemand wusste so recht, wer Cris Taylor überhaupt war. Bis zu dem Tag, an dem er im Bus zu schreien begann.

Er war ein dünner, blasser Junge, der nie viel sagte. Seine Lese-Rechtschreib-Schwäche hinderte ihn daran, im Unterricht zu glänzen, und aufgrund einer Entwicklungsstörung würde er auch beim Sport niemals Bestleistungen vollbringen. Die Lehrer an der Harcourt-Grundschule schrieben seinen Namen meist mit einem h – Chris – und vergaßen manchmal sogar, dass er im Klassenraum saß.

Hätte man einen von ihnen gebeten, Cris Taylor zu beschreiben, hätten sie lange überlegen müssen und die Stirn gerunzelt. Ziemlich dünn …? Helle Haare …?

Bis zu jenem Moment im Bus. Seit jenem Tag wusste *jeder*, wer Cris Taylor war.

Es war ein heißer, sonniger Freitag – ideale Bedingungen für einen Schulausflug in den arten. Cris' Klassenkameraden schienen Spaß zu haben. Wenn auch nicht gerade *unheimlich viel* Spaß. Es gab nur wenige Schüler, die wirklich an der Sammlung von Pflanzen und Bäumen aus der ganzen Welt interessiert waren. Und einige Kinder hatten sich darüber beschwert, dass es dort keine Tiere gab.

»Was soll man mit einem Affenschwanzbaum anfangen, wenn keine Affen darauf rumturnen?«, nölte Kyle Ryman. Zum wiederholten Mal schlug er seine *Spider-Man*-Brotdose gegen den Stamm des 15 Meter hohen immergrünen Baums, bis Mr Crosby ihm androhte, dass er ihn zurück zum Bus bringen würde, damit er dort allein auf das Ende des Ausflugs wartete.

Cris lief ein Schauer über den Rücken. Der Bus hatte zwar eine Klimaanlage, doch die funktionierte nicht. Auf der Hinfahrt war es mit offenen Fenstern gerade noch auszuhalten gewesen – doch nun, in der Mittagshitze, im Bus sitzen zu müssen, wäre unerträglich. Kyle würde vermutlich einfach schmelzen. Und wenn sie um 14:30 Uhr zum Bus zurückkämen, würden sie nur noch seine Schuluniform vorfinden sowie eine Pfütze aus Haut, Knochen, Fett und Eingeweiden, die sich unter den Sitzen ausbreitete.

»Geht's dir gut?«, fragte ihn Catriona Wild. Catriona war nett. Sie hatte braunes Haar, blaue Augen und unzählige Sommersprossen. Catriona bekam immer sehr viel Aufmerksamkeit – und wollte sie gar nicht. Vielleicht war das der Grund, weshalb sie ihn mochte. Mit Cris herumzuhängen war so, als ob man eine Tarnkappe aufhatte. Er war derart unauffällig, dass er jeden Menschen in seiner Nähe mit in diese Unauffälligkeit hineinsaugte wie ein schwarzes Loch.

»Mir ... mir ist etwas heiß«, sagte er, als sie das Gebäude der gemäßigten Klimazonen verließen und auf den Pfad einbogen, der zu den beschlagenen Scheiben des Regenwaldhauses führte. Von Kyles schmelzender Haut und den Innereien erzählte er Catriona nichts. Er hatte oft solche seltsamen, düsteren Gedanken, und die Leute reagierten nicht immer wie erhofft, wenn er diese Gedanken mit ihnen teilte.

»Dein Gesicht ist tatsächlich ziemlich rosa«, meinte Catriona.

Sein Gesicht fühlte sich nicht rosa an. Eher tiefrot und wund. Seine Haut prickelte und schmerzte. Seit sie aus dem Bus gestiegen waren, hatte er bereits zwei Extraschichten Sonnencreme aufgetragen, doch das schien nicht zu helfen.

Abrupt drehte er sich von den anderen weg und steuerte auf einen schattigen Fleck unter einer riesigen, ausladenden Zeder zu. »Cris!« Catriona rannte ihm hinterher. »Wir sollen doch alle zusammenbleiben! Nicht, dass du Ärger bekommst.«

Doch Cris pfiff auf die Regeln. Er wollte sich nur noch in der Dunkelheit unterhalb des dichten Astwerks verkriechen. Wenn er nur noch fünf Sekunden länger in der Sonne bliebe, würde er augenblicklich in Flammen aufgehen.

Mit einem Seufzer der Erleichterung warf er sich auf die weiche, mit braunen Zedernnadeln übersäte Erde und lehnte den Kopf gegen eine der knorrigen Baumwurzeln. Er hechelte wie ein Hund. Noch immer prickelte seine Haut, doch die Panik, die mit dem Schmerz über ihn gekommen war, schien sich hier, im Dunkeln, zu verflüchtigen. Am Rand des Schattens, den die Zeder warf, stand Catriona und blickte sich immer wieder unsicher um. »Wir dürfen nicht auf eigene Faust loslaufen!«, sagte sie. »Das ist nicht erlaubt!«

»Ist mir egal«, keuchte er. »Ich gehe hier nicht mehr weg. Meine Haut tut so weh.«

Besorgt kam sie näher, kauerte sich neben ihn und schielte auf seine Arme. »Deine Adern sind ganz deutlich zu sehen«, sagte sie. »Tut dir auch der Kopf weh? Vielleicht hast du einen Hitzschlag bekommen?«

»Ja, vielleicht«, japste Cris. Er schloss die Augen. Bei dem Gedanken daran, diese Oase wieder verlassen zu müssen, spürte er erneut Panik in sich aufsteigen. Die Schmerzen waren noch immer übel, aber hier im Schatten konnte er gerade noch Ruhe bewahren. Sich gerade noch zusammenreißen. Er wusste, dass Catriona recht hatte: Sie würden beide Ärger bekommen, wenn sie nicht augenblicklich zum Rest der Klasse zurückkehrten, der in diesem Moment das Regenwaldhaus betrat.

Doch er schaffte es nicht. Er schaffte es einfach nicht. Schon jetzt hatte er das Gefühl, ganz dicht vor einem Lagerfeuer zu stehen. Wenn er nun auch noch aus dem Schatten trat, wäre es so, als würde er sich mitten in die Flammen werfen.

»TAYLOR!«

Erschrocken sprang er auf. Catriona stieß einen kleinen Schrei aus.

»WILD!«

Das konnte nur Mr Crosby sein. Kein anderer Lehrer nannte die Sechstklässler beim Nachnamen. Mr Crosby wirkte wie einer dieser überzeichneten Lehrer aus irgendeinem Comic. Manchmal ballte er sogar die Faust und knurrte. *Grrr!*

»Kommt hier rüber, SOFORT!«

»Ich hab's dir doch gesagt«, zischte Catriona und rannte zurück.

Cris jedoch kam nur bis zum Rand des Baumschattens. Dort blieb er stehen, zitternd und schwitzend, und streckte den Unterarm hinaus ins Sonnenlicht. Im nächsten Moment brannte es schlimmer als je zuvor. Er schrie auf und zog den Arm zurück. Jetzt kam Mr Crosby auf ihn zu. Der wütende Blick hinter seinem Brillengestell aus dünnem Metall verhieß nichts Gutes.

»TAYLOR! Was machst du da? Ich habe dir gerade gesagt, dass du WIEDER RÜBERKOMMEN SOLLST!«

»Sir … Das kann ich nicht«, sagte Chris. »Es … es tut weh.«

»Wovon redest du da bitte?!« Mr Crosby hatte die Zeder erreicht. Er war derart verschwitzt, dass sein hellblaues T-Shirt ganz durchsichtig aussah. Auf seiner beginnenden Glatze standen Schweißperlen.

»Es ist zu heiß«, sagte Cris. »Meine Haut brennt.«

»Du meine Güte, Junge – uns allen ist heiß! Hast du dich eingecremt?«

»Ja, Sir. Schon dreimal.« Cris streckte die Arme aus, die von der Sonnenmilch mit Lichtschutzfaktor 50 weiß verschmiert waren.

»Und du hast ja auch einen Sonnenhut auf, also hör auf mit dem Theater«, sagte Mr Crosby. »Ein bisschen Sonne wird dich schon nicht umbringen.«

»Aber –«

»Es reicht. Los, komm mit. SOFORT.« Mr Crosby drehte sich um und ging zurück zu den anderen. Ganz offensichtlich erwartete er, dass Cris ihm folgte.

Cris holte tief Luft, zog sich die Krempe des Sonnenhuts tief ins Gesicht und rannte los. Er musste rennen. Langsam zu gehen war sehr viel schlimmer. Aber selbst als er rannte, fühlte es sich an, als ob es Nadeln vom blauen, wolkenlosen Himmel regnete. Er lief an seinem Lehrer vorbei und holte Catriona ein, die gerade dem Rest der Klasse in das Regenwaldhaus folgte. Er torkelte in den hohen Glastempel voller Grünzeug, suchte Schutz unter den riesigen Blättern eines Regenschirmbaumes, schluckte die schwere, feuchte Luft hinunter und bemühte sich, nicht zu wimmern.

Die nächsten zehn Minuten verbrachte er damit, von einer Pflanze zur nächsten zu flitzen und dabei allen Dolchen aus Sonnenlicht auszuweichen, die zwischen den Blättern hinabstießen. Noch immer hatte er starke Schmerzen, doch die Panik in ihm ebbte ab. Er würde es schaffen. Solange er sich im Schatten aufhielte, würde er es schaffen.

Dann war es Mittag.

»Okay, Leute – wir gehen jetzt nach draußen, wo ihr eure Sandwiches essen könnt«, sagte Miss Barnes. »Bitte bleibt alle im Picknickbereich beieinander.«

Der Picknickbereich des Botanischen Gartens bestand aus einem grünen Grasteppich, auf dem hölzerne Bänke und Tische standen – und nicht ein einziger Baum. Cris fühlte sich elend. Während er aus dem Regenwaldhaus hinaus ins Freie trat, holte er noch einmal tief Luft. Ihm war, als hätte er gerade die Wüste Sahara betreten. Sekunden später rannte er wieder – geradewegs auf den nächsten Baum zu, der etwa zehn Meter hinter dem Picknickbereich lag. Angst pulsierte in ihm, wodurch der Schmerz schlimmer wurde als je zuvor.

Mr Crosby hatte ihn eingeholt, noch bevor er seine Sandwiches auspacken konnte. »Beweg deinen Hintern da rüber zu den anderen, Taylor! Und zwar AUGENBLICKLICH!«, presste der Lehrer zwischen zusammengekniffenen Lippen hervor.

»Bitte, Sir ... Kann ich nicht einfach eine Weile hierbleiben? Ich rühr mich auch nicht von der Stelle. Bitte ...«

»Nein, Taylor – das kannst du NICHT! Ich werde es dir nur noch EIN MAL sagen: Marsch, rüber zu den anderen! Du gibst mir heute besser keinen Grund mehr, mich mit dir beschäftigen zu müssen, verstanden?«

Cris lief zu den anderen. Er aß nicht viel von seinen Sandwiches. Der Schmerz war jetzt so stark, dass er in kochend heißen, schlingernden Wellen blitzartig über seine Haut zuckte. Tränen quollen ihm aus den Augen, aber er hielt den Kopf gesenkt und verbarg das Gesicht unter der Krempe des Sonnenhuts. Catriona war zu Rebecca Marsh hinübergegangen und stellte deshalb keine Fragen. Worüber er ziemlich froh war. Er musste sich darauf konzentrieren, nicht laut loszuheulen.

Als sie alle zurück zum Bus liefen, atmete Cris wieder flach und hechelte wie ein erschöpfter Hund. Er fand einen Sitzplatz auf der schattigen Seite des Busses und kauerte sich hin. Als sein nackter Arm die warme Fensterscheibe berührte, zuckte er zusammen. Jetzt versuchte er, tiefer Luft zu holen und sich zu beruhigen, so, wie seine Mum es ihm beigebracht hatte, wann immer er aufgeregt gewesen war. Tiefe – langsame – Atemzüge. Bleib – ruhig. Es – geht – vorbei ...

Über Cris sprang ratternd die Lüftung an und kühlte sie alle etwas ab, was ihm vermutlich dabei half, noch ein klein wenig länger zu leben – tief und langsam atmend und mit geschlossenen Augen. Eine kühle Brise aus der Luftdüse über seinem Kopf verminderte die Qualen um vielleicht drei Prozent. Dann fuhr der Bus vor der Harcourt-Grundschule vor, und sobald er geparkt hatte, schaltete der Fahrer den Motor – und damit auch die Lüftung – ab. Die Schule war jetzt aus, und die Eltern der Kinder, die mit auf dem Ausflug gewesen waren, standen bereits am Schultor. Cris konnte es kaum erwarten, zu seiner Mutter zu rennen und sie zu bitten, ihn in ihrem dunklen, kühlen Renault nach Hause zu bringen.

Doch vorne im Bus stand Mr Crosby an der offenen Tür und ging eine alphabetische Namensliste durch, nach der er die Kinder, eins nach dem anderen, aussteigen ließ. »BLEIBT AUF EUREN SITZEN!«, brüllte er Kyle Ryman und Ben Jenkins an, die ihre Taschen genommen und sich in den Gang gestellt hatten. Die beiden Jungen setzten sich wieder auf ihre Plätze, verdrehten die Augen und schimpften vor sich hin.

Auch Cris blieb, wo er war – eingequetscht von Jonas Lane, geflutet von einem warmen, goldenen Sonnenstrahl. Und aus der Düse über ihm strömte keine kühle Luft mehr.

Es war nicht auszuhalten. Er rutschte auf seinem Sitz hinunter bis in den Fußraum und wimmerte nun hörbar, sodass Jonas sich zu ihm umdrehte und ihn anstarrte. Und Mr Crosby war erst beim Buchstaben H. Er ließ jedes Kind so lange auf der Bustreppe warten, bis ein Elternteil oder eine andere Betreuungsperson kam, um es abzuholen. Mit der Aussicht, noch ein Dutzend Buchstaben lang auf seine Erlösung zu warten, ging Cris in Flammen auf.

Ein Schrei drang aus seiner Kehle. Er klang entsetzlich. Ein weiterer Schrei folgte. Und noch einer.

Mr Crosby ließ sein Klemmbrett sinken.

Später erinnerte sich Cris kaum noch an etwas. Es hatte ein Durcheinander gegeben, hektische Bewegungen, jemanden, der ihn in seinen Sitz drückte und sein Gesicht dadurch komplett der Sonne aussetzte, der seinen Puls fühlte und nach dem Erste-Hilfe-Set schrie. Dann war glücklicherweise Mum gekommen, die alle von ihm weggescheucht, ihn hochgezogen, ihre Jacke über ihn geworfen und ihn aus dem Bus hinüber zum Wagen mit den getönten Scheiben getragen hatte.

Schließlich hatte er zu Hause in einem abgedunkelten Zimmer gelegen. Kühle Gurkenscheiben auf seiner Haut. Eine Antihistamin-Tablette. Wasser. Der voll aufgedrehte Ventilator. Schlafen, schlafen, dunkel, dunkel, schlafen.

Doch zuvor hatte er sie noch wispern hören: »Es tut mir leid. Es tut mir so unendlich leid.«

Da hatte er begriffen.

Es kam von ihr.

2 JETZT

Spin lag auf dem Rücken, die Arme vor der Brust gekreuzt wie eine aufgebahrte Leiche. Nur seine offenen Augen verrieten durch gelegentliches Blinzeln, dass er noch am Leben war.

Über ihm baumelte Blut. Blut in Beuteln. Ziemlich viel davon. Das Blut in dem einen Beutel leuchtete rubinrot. Das Blut in dem anderen Beutel hatte die Farbe dunkler Kastanien, sodass es fast schwarz wirkte.

»Hey, du«, sagte der Junge im Nachbarbett. »Ich hoffe, dieses schwarze Zeug ist das, was aus dir rauskommt – nicht das, was in dich reinläuft.«

Spin seufzte und drehte den Kopf in seine Richtung. »Wird Zeit, dass sie zurückkommen und wieder an deinen Schrauben drehen.«

Der Junge warf ihm einen mürrischen Blick zu. »Besten Dank, dass du mich daran erinnerst, Dracula.«

Wenn der Junge glaubte, er könnte ihn *damit* aus der Reserve locken, lag er falsch. Spin lächelte nur und konzentrierte sich wieder auf die Blutbeutel über seinem Bett. Es würde noch Stunden dauern, bevor das neue Blut in ihn hineingelaufen war. Jedes böse Blutkörperchen floss buchstäblich aus seinen Adern heraus und wurde durch eine der leuchtend roten, fröhlichen Blutkörperchen ersetzt, die normale Menschen gespendet hatten.

24 weitere Stunden würde er sicher hier verbringen; genug Zeit, um noch mindestens zweimal dem Schreikonzert des Käfigkämpfers im Bett nebenan zu lauschen. Der Junge hieß Alistair und war mit einem Klumpfuß zur Welt gekommen. Die Muskeln seines rechten Beines zerrten seine Knochen permanent in eine

Art Spirale des Grauens. Alle paar Monate musste er ins Krankenhaus, wo er in einen Metallkäfig voller Drähte und Schrauben gespannt wurde. Um das Bein dazu anzuhalten, sein schlechtes Benehmen aufzugeben, mussten die Schrauben regelmäßig von Hand nachgezogen werden. Das erledigte ein Orthopäde. Als Spin hier angekommen war, hatte Alistair hinter dem Vorhang, der die Betten voneinander trennte, vor Schmerzen gejault – der Spezialist hatte zum ersten Mal an jenem Tag an den Schrauben gedreht. Warum er solche Schmerzen hatte, das hatte Alistair Spin erst eine halbe Stunde später erzählen können, als die Medikamente zu wirken begannen und er wieder in der Lage war, sich zu unterhalten.

Nur selten traf Spin auf jemanden, der so viel Erfahrung mit Schmerz hatte wie er selbst. Spin war sich bewusst, wie sehr der Junge litt. Dennoch hatte Alistair gute Chancen, dass seine Qualen eines Tages ein Ende hätten – entweder weil die Schraubengeschichte erfolgreich verlaufen würde oder weil man ihm den Fuß abgenommen hätte. Alistair schien mehr als bereit für die Fuß-ab-Lösung. Heutzutage gab es coole Prothesen, mit denen man sogar an den Olympischen Spielen teilnehmen konnte.

Ein Junge wie Spin hatte keine Aussicht auf eine solche Karriere. Und es war auch nicht abzusehen, ob und wann sein Zustand einmal enden würde.

Zustand: *Vampir.*

Hmmm. Wer hätte geglaubt, dass es überhaupt jemals eine Therapie dagegen geben würde? Und dass ihm all die roten Blutkörperchen, die er durch die Beutel hindurch leuchten sah und die durch einen Plastikschlauch in ihn hineinliefen, freiwillig überlassen wurden. Auch er gab freiwillig her, was da dickflüssig und dunkel aus ihm herauslief. Er wollte es nicht mehr.

»Wenn du nach draußen in die Sonne gehst ...«, fuhr Alistair jetzt fort und legte sein grellbuntes Wrestler-Magazin neben sich aufs Bett, »... schrumpelst du dann zusammen und stirbst?«

»Ja«, erwiderte Spin, die Augen immer noch auf die Beutel gerichtet.

»Und brauchst du menschliches Blut, um zu überleben?«

»Wir alle brauchen menschliches Blut, um zu überleben«, erwiderte Spin. Er stützte sich auf einem Ellbogen ab, grinste zu Alistair hinüber und ließ dabei seine spitzen Eckzähne unter der Oberlippe hervorblitzen. »Oder war das etwa gerade ein Angebot von dir?«

Alistair griff wieder nach seinem Wrestler-Magazin und tauchte dahinter ab. »Freak«, hörte Spin ihn noch murmeln. Er entschied sich, nichts mehr zu erwidern. Durch den Blutaustausch war er ziemlich schlapp. Zwei Schläuche liefen an seinem Bein entlang und endeten direkt in seiner Oberschenkelvene – einer für *rein*, einer für *raus*. Es tat weh. Und juckte. Fesselte ihn für Stunden ans Bett. Er war gezwungen, in eine Bettpfanne zu pinkeln, und wusste nicht, was schlimmer war: seine Erythropoetische Protoporphyrie oder diese Demütigung.

Sie hatten versucht, den Blutaustausch über die Armvenen durchzuführen – keine Chance. Sein Körper war nicht bereit gewesen, seine eigene seltsame Flüssigkeit, die gerade mal so als Blut durchging, herauszurücken. Die Armvenen hatten die Zusammenarbeit so lange verweigert, bis die Ärzte entschieden hatten, es am Oberschenkel zu versuchen. Den Blutfluss durch eine Oberschenkelvene hält so schnell nichts auf.

Das Licht, das aus dem blank geputzten Krankenhausflur zu ihm hineindrang, nervte. Es tat nicht wirklich weh, aber es kitzelte ihn. Sie hatten eine Art Plane aus schwarzer Gaze über sein Bett gehängt und die Lampen über ihm ausgeschaltet. Energiesparlampen und Leuchtstoffröhren waren in diesem Krankenhaus allgegenwärtig – und beinahe ebenso schlimm wie das Sonnenlicht. Er schloss die Augen und atmete tief ein und aus. Etwas Schlaf würde ihm guttun.

Im Bett neben Alistair, dem Käfigkämpfer, lag ein rothaariges Mädchen mit Herzproblemen. Sie war sehr ruhig und nickte immer wieder ein. Auf einem Monitor wurden ihre Vitalzeichen überwacht, und sie bekam Sauerstoff durch einen zweigeteilten Plastikschlauch, der in ihren Nasenlöchern steckte. Jünger als Elena, dachte Spin, aber vermutlich älter als Tima. Vielleicht zwölf. Sie war seit zwei Tagen hier, genau wie er. Und in dieser Zeit hatte das Mädchen lediglich einmal Besuch von einer abwesend wirkenden Sozialarbeiterin bekommen. Gestern um die Mittagszeit hatte die Frau eine Zeitschrift und ein paar kümmerliche Weintrauben auf ihren Nachttisch gelegt, zehn Minuten auf dem Handy herumgetippt und dann wieder das Weite gesucht.

Seitdem war niemand mehr gekommen, niemand außer den Ärzten. Und es standen auch keine Karten mit Genesungswünschen auf ihrem Nachttisch.

Keine Familie, schloss Spin daraus. Was für ein Pech.

In diesem Moment ging sein Blutdruck auf Tauchgang, und sein Monitor schlug Alarm. Spin wurde schwächer, fühlte sich immer verlorener. Sein letzter Gedanke war, dass seine Atome es wohl schlichtweg aufgegeben hatten, einen Körper zu formen, und er allmählich in die Matratze sickerte.

Doch nein. Hallihallo, da war er wieder. Sie hatten seinen Kreislauf stabilisiert. Der Käfigkämpfer starrte gespannt zu ihm hinüber, während das Klinikpersonal immer und immer wieder seinen Blutdruck kontrollierte. Irgendwann begann der Monitor des rothaarigen Mädchens zu piepen, woraufhin sie von Spin abließen und stattdessen an das hintere Bett eilten.

Für den Käfigkämpfer war es ein recht unterhaltsamer Nachmittag.

Für das rothaarige Mädchen hingegen endete er übel.

Sie starb.

3

»Sir! Sir! Er blutet, Sir!«

Mr Makepeace stand auf, nahm ein kleines Handtuch von den Bänken und lief durch die Turnhalle. Er wirkte eher müde als besorgt. Matt lehnte an der Kletterstange und drückte mit den Fingern gegen sein Nasenloch, um die Blutung zu stoppen. Er hätte das lieber mit sich allein ausgemacht. Vielleicht hatte Ahmed ihm nur helfen wollen, indem er den Sportlehrer gerufen hatte, aber Matt kam ganz gut ohne diese Art von Hilfe zurecht. Besonders wenn sie von Ahmed kam, einem Versager auf ganzer Linie.

»Was ist passiert, Wheeler?«, fragte Mr Makepeace seufzend.

»Nichts«, sagte Matt leichthin, obwohl mehr als deutlich war, *dass* etwas passiert war. Er nahm das Handtuch entgegen und presste es gegen seine Nase.

Der Sportlehrer sah sich in der Halle um, in der etwa 60 Jungen in quietschenden Turnschuhen über den glänzenden Linoleumboden sprangen, rannten und rutschten – einige beim Basketballspiel, andere beim Zirkeltraining. »Hast wohl einen Ball abbekommen?«, fragte er Matt. Er suchte auf dem Basketballfeld nach einem Schuldigen, fand aber keinen.

»In nir nich sicher«, nuschelte Matt unter dem Handtuch. »Hab's nich ehsehen.«

Mr Makepeace verschränkte die Arme und blickte Matt skeptisch an. »Du willst mir also erzählen, dass du keine Ahnung hast, weshalb du mir hier den ganzen Hallenboden vollblutest, ja?«

Der Lehrer sah sich noch einmal in der Halle um. Liam Bassiters Grinsen und den hellroten Fleck auf seiner Stirn bemerkte er nicht. Liam war schnell gewesen – und clever, das musste Matt ihm lassen.

Beim Zirkeltraining hatte er so lange gewartet, bis Matt, der auf dem Weg zur Kletterstange gewesen war, genau hinter ihm gestanden hatte. Liam hatte sich gebückt, um seinen Schnürsenkel zu binden, war dann abrupt hochgeschnellt und hatte seine Stirn gegen Matts Gesicht gehauen. Fast hätte man es für einen Unfall halten können – wäre da nicht das Funkeln in Liams Augen gewesen und seine atemlos hervorgestoßenen Worte: »Hier drin hilft dir keiner, Feder-Freak.« In Matts Nase hatte sich der Schmerz wie eine Feuerwerksrakete explosionsartig ausgebreitet, eine Sekunde später war Blut herausgeschossen.

Als er mit Mr Makepeace am Waschbecken im Umkleideraum ankam, hatte er aufgehört zu bluten. Matt knüllte ein Papiertaschentuch zusammen, steckte es sich in die Nase und versicherte dem Lehrer, dass sein Nasenbein nicht gebrochen sei. Er war sich zwar nicht ganz sicher, hatte aber absolut keine Lust, seine Mittagspause im Erste-Hilfe-Bereich hinter dem Sekretariat zu verbringen.

»Nir eht's uut«, ließ er Mr Makepeace, immer noch nuschelnd, wissen. »Ich eerd nich einfach ne eile auf ie aank setzen.« Der Lehrer nickte, und Matt setzte sich hin, das rot verschmierte Handtuch in der Hand, während in seinen wunden Nasenlöchern langsam das Blut gerann. Mit dem Schmerz wusste Matt umzugehen, genau wie mit dem metallischen Geschmack im Mund und dem unangenehmen Gefühl, einen dicken Klumpen in der Nase zu haben, während er vorsichtig durch den Mund atmete. Das alles war keine große Sache für ihn. Mit seiner Wut sah das schon anders aus – sie blubberte wie Lava in ihm. Der Drang, auf Liam zuzustürzen und ihn mit dem Gesicht gegen das Sprungpferd zu knallen, war so stark, dass er zu zittern begann.

Jetzt sah Liam direkt zu ihm herüber. Da war es wieder – das breite Grinsen auf seiner fiesen, schmalen Visage. Liam machte ein paar flatternde Bewegungen mit den Armen, schüttelte den Kopf und zog eine traurige Grimasse. *Keine Hilfe von den Vögelchen!*, formten seine Lippen.

Matt sah hinauf zu den zwölf hohen Fenstern, vor denen sich ein klar blauer Winterhimmel zeigte. Nur in einem von ihnen war ein Vogel zu sehen. Die kleine schwarze Gestalt flatterte kurz gegen die Glasscheibe. Matt schüttelte den Kopf, woraufhin der Vogel davonflog.

Liam hatte gerade eine Rolle vorwärts gemacht, folgte beim Aufstehen jedoch Matts Blick nach oben und wurde Zeuge des kurzen Austauschs zwischen Junge und Vogel. Für den Bruchteil einer Sekunde huschte so etwas wie Fassungslosigkeit über sein Gesicht und brachte ihn aus dem Konzept. Dann schüttelte er den Kopf, grinste wieder, strich sich über den verschwitzten dunkelroten Buzzcut und lief zum Barren. Liam liebte den Barren. Sein Oberkörper war beeindruckend muskulös. Matt und er hatten schon einige Prügeleien hinter sich, die Matt gezeigt hatten, welche Boxhiebe diese Muskeln zustande brachten. Liam absolvierte einige Stützübungen, indem er sein gesamtes Körpergewicht nach oben stemmte, dann machte er eine Drehung und kam auf der Matte auf. Er sah wieder hinüber zu Matt und spannte die Bauchmuskeln an.

Matt schnaubte. Ein Fehler. Das Taschentuch fiel ihm aus der Nase, und er blutete erneut. Dieses Mal schickte Mr Makepeace ihn ins Sekretariat. »Lass das Blut nicht auf den Korridorboden tropfen«, sagte er. »Darauf kann man leicht ausrutschen.«

»Danke für Ihr Mitgefühl, Sir«, murmelte Matt. »Bin gerührt.«

Doch Mr Makepeace hatte keinerlei Sinn für Humor und kehrte zurück in die Turnhalle, wo unter den Jungen, die er zu beaufsichtigen hatte, plötzlich Geschrei ausgebrochen war. »Was ist denn jetzt schon wieder?«, rief er und stöhnte genervt auf.

Die Sekretärin zeigte schon mehr Anteilnahme. Sie führte Matt zu einem Sessel, gab ihm einen Eisbeutel und sagte, er solle eine halbe Stunde ruhig sitzen bleiben. Die Müdigkeit holte ihn ein, wie so oft nachmittags. Er schloss die Augen und döste, eingelullt vom Klacken der Computertastatur, an der die Sekretärin saß und tippte.

Letzte Nacht hatte er vielleicht vier Stunden geschlafen. Seit die Uhren wieder auf Winterzeit zurückgestellt worden waren, hatte er – genau wie Elena und Tima – mit besonderen Herausforderungen zu kämpfen. Es war nicht leicht, die zermürbende Angewohnheit zu haben, jede Nacht um exakt dieselbe Uhrzeit aufzuwachen. Aber er und seine Freunde aus dem Hellwach-Klub hatten sich nicht vorstellen können, dass die Stunden, in denen es ihnen tatsächlich vergönnt war zu schlafen, noch mehr zusammenschrumpfen könnten. Durch Thornleigh schoss ein kosmischer Strahl, der sie alle drei während der Sommerzeit jede Nacht um exakt 1:34 Uhr geweckt hatte. Erst im Morgengrauen hatten sie mit etwas Glück noch ein, zwei Stunden Schlaf bekommen, bevor es Zeit zum Frühstücken gewesen war.

Jetzt, nach der Zeitumstellung, kam der Strahl genauso pünktlich wie in jeder anderen Nacht. Nur dass er sie während der Wintermonate bereits um 0:34 Uhr weckte.

»Du siehst so aus, wie ich mich fühle«, sagte eine vertraute Stimme.

Matt war schlagartig hellwach. Die Sekretärin saß hinten im Büro und telefonierte, und vorne, an dem hohen Empfangstresen, stand Elena und füllte ein Formular aus. Während sie schrieb, fiel ihr das goldblonde Haar ins Gesicht. Matt wusste, dass die blauen Augen hinter diesem Vorhang tiefe Schatten der Erschöpfung zeigten.

»Ich wette, soooo fühlst du dich nicht …« Er lüftete das Handtuch und zeigte ihr die malträtierte Nase. Seine müde Leidensgenossin zuckte zusammen.

»Was ist passiert?«

»Liam Bassiter hat mir in der Turnhalle einen mitgegeben«, sagte Matt leise.

Elena warf ihre Haare zurück. »Er lässt dich einfach nicht in Ruhe, oder? Sicher fängt er sich bald wieder eine Suspendierung ein. Pass nur auf, dass er dich nicht mit reinreißt.«

Matt verdrehte die Augen. »Das war ein hinterhältiger Angriff. Keiner hat's gesehen.«

Sie runzelte die Stirn. »Und du wirst ihn nicht verpetzen?«

»Nope.« Vorsichtig berührte Matt seinen Nasenrücken. Er fühlte sich noch immer geschwollen an, doch die Blutung schien endgültig gestoppt.

Elena sah zum Fenster. »Du weißt, dass du nicht –«

»Das hab ich nicht gemeint«, fauchte Matt. »Ich bin nicht blöd. So was mache ich kein zweites Mal.«

Elena atmete erleichtert auf. »Gut. Obwohl …«, sie unterdrückte ein Grinsen. »Es wäre bestimmt cool gewesen, wenn Liam Bassiter von ein paar Schnäbeln ausgeknockt worden wäre.« Dann schüttelte sie den Kopf. »Aber du weißt ja, was man über Superkräfte sagt …«

»Ja ja, spar dir die *Spider-Man*-Predigt«, sagte Matt. »Ich werd einen anderen Weg finden, um mich an ihm zu rächen. Dieser miese –«

In diesem Moment stürmte Mrs Grace mit besorgter Miene ins Sekretariat und rief: »Sharon! Hol einen Krankenwagen! Und schick alle Ersthelfer in die Turnhalle.«

Sharon tippte bereits die Notrufnummer ein. »Was ist denn passiert?«

»Das wissen wir noch nicht genau«, rief Mrs Grace, während sie bereits wieder den Korridor hinunterlief. »Liam Bassiter ist gerade ohnmächtig geworden.«

4

»Tima! Wo bist du? Was machst du denn?«

Spencer blickte Tima an. Beide kamen überein, dass es besser für ihn wäre, sich zu verstecken.

»Mum wird nicht begeistert sein, wenn sie dich hier entdeckt«, sagte Tima.

»TIMA! Muss ich zu dir raufkommen und dich holen?«, rief ihre Mutter von unten.

»NEEEIIIN – ich bin gleich unten!«, rief sie zurück. Sie wollte Spencer nicht allein lassen, da sie ihm gerade näher gekommen war, als sie es sich jemals hätte vorstellen können. Noch einige Monate zuvor hätte sie nicht geglaubt, dass so etwas überhaupt möglich war.

In diesem Moment wurde die Tür aufgerissen, und Mum stand im Zimmer. Spencer erstarrte. Mum erstarrte. Spencer nahm seine zahlreichen Beine in die Hand und machte, dass er über den Teppich kam, während ihre Mutter auf ihn zu treten versuchte.

»MUM! NICHT!«, schrie Tima und warf sich zwischen die beiden.

Tima war sich sicher, dass ihre Mutter Spencer gekillt hätte, wenn sie ihn erwischt hätte. Nun drehte sie sich um, starrte ihre Tochter an und schüttelte den Kopf.

Tima stand vom Teppich auf und vergrub ihre Hände in den Jeanstaschen. Sie sah sich in ihrem Zimmer um. Darcey Bussell, Adele, Francesca Hayward, Ella Fitzgerald, Maddie Ziegler – überall hingen Poster von Tänzerinnen und Sängerinnen an den Wänden. Über ihrem Bett baumelten Mini-Ballettschläppchen. Ihr Lampenschirm war pink, ihr Bettbezug lila. Auf dem Regal stand eine Ballerina-Barbie. Sie musste sich selbst eingestehen, dass dieses Zimmer nicht mehr zu dem Mädchen passte, zu dem sie geworden war.

»Mum«, murmelte sie. »Es ist nicht das, wonach es aussieht.« Sie entdeckte eines von Spencers Beinen hinter dem Heizkörper und riet ihm, sich nicht von der Stelle zu rühren.

Mum schüttelte den Kopf. »Du bist allein in deinem Zimmer … und spielst mit einer Spinne. Ich denke, es ist genau das, wonach es aussieht.«

»Sein Name ist Spencer«, sagte Tima und setzte sich wieder aufs Bett. »Und er ist nicht irgendeine Spinne. Er ist … mein Freund.«

Ihre Mutter schloss kurz die Augen. »Tima … Ich weiß ja, dass du dieses … Ding mit den Insekten hast. Und das ist auch in Ordnung.«

»Spencer ist kein Insekt, er gehört zu den –«

»Spinnentieren – Arachnida! Ja, ich weiß!«, blaffte Mum. »Ich hab nicht umsonst sieben Jahre Tiermedizin studiert und bin mir durchaus im Klaren darüber, zu welcher Klasse Spinnen gehören!«

Tima verschränkte die Arme und schwieg.

»Was ich eigentlich sagen wollte, ist: Du solltest dich mit *Menschen* anfreunden.« Ihre Mutter setzte sich neben sie aufs Bett und nahm ihre Hand. »Mit Mädchen aus deiner Schule zum Beispiel.«

Tima zuckte zusammen. In der Schule hatte sie keine Freunde … keine richtigen. Und sie wollte auch keine. »Ich habe doch eine Freundin«, warf sie ein. »Elena ist meine Freundin.«

»Ja, ich weiß, und sie ist wunderbar. Aber Elena ist etwas älter als du, und sie geht nicht auf deine Schule und …«

»Okay, Mum, ich hab's kapiert.« Tima stand auf und nahm ihr Handy und die glitzernde Strickjacke vom Stuhl. »Du willst, dass ich mir eine nette, piekfeine Freundin von meiner netten, piekfeinen Privatschule suche.«

Mum sah zu ihr hoch, sie wirkte verletzt. Tima fühlte sich schuldig. Sie wusste, dass ihre Mutter etwas anderes damit gemeint hatte, aber es war eine willkommene Möglichkeit gewesen, das Thema zu wechseln. »Du weißt, dass ich es anders gemeint habe«, sprach Mum in diesem Moment Timas Gedanken aus. »Ich wünschte mir einfach, du würdest weniger Zeit in deinem Zimmer verbringen, um dort mit ... Arachnida zu sprechen, und dich in deiner Freizeit stattdessen mit Mädchen deines Alters treffen – oder mit Jungs! Ich hab nichts gegen Jungs ... Aber dein Dad vermutlich.«

»Ist schon gut, Mum«, sagte Tima. »Ich weiß, dass ich seltsam bin. Aber ich bemühe mich, es nicht zu sein. Deswegen gehen wir heute zu Lilys *Paaaaaarty*.« Sie verdrehte die Augen. Glücklicherweise hellte sich die Miene ihrer Mutter auf – lachend folgte sie Tima nach draußen in den Flur und die Treppe hinunter.

»Du hast selbst gesagt, dass du wohl oder übel versuchen musst, besser mit Lily klarzukommen«, sagte Mum, während sie ihre Mäntel anzogen und das hübsch verpackte Geburtstagsgeschenk und die Karte holten. »Ihr beide harmoniert beim Singen so wunderbar miteinander. Und jetzt bittet man euch auch noch um all diese Auftritte. Ihr müsst da einfach ...«

»... professionell rangehen. Ich weiß, ich weiß«, sagte Tima. »Dann bring mich mal zu Lilys Party, damit ich dir zeigen kann, wie professionell ich sein kann.«

Mum zog die Haustür hinter sich zu und ging hinüber zu ihrem Auto. Dabei warf sie ihrer Tochter einen Blick zu. »Bist du tatsächlich erst elf? Manchmal klingst du genau wie meine ältere Schwester!« Sie stiegen in den Wagen, schlossen die Türen und legten die Gurte an. »Du solltest wirklich ... einfach elf Jahre alt sein«, fuhr Mum fort. »Hab Spaß. Nimm das Leben nicht so ernst.«

»Ich hab doch Spaß«, entgegnete Tima. »Es ist nur so, dass ich hin und wieder den Planeten retten muss.«

Ihre Mutter lachte. Auch Tima lachte, obwohl es nichts als die reine Wahrheit war. In den letzten Monaten hatten sie, Elena und Matt gemeinsam mit ihren Insekten- und Spinnentierfreunden die Stadt Thornleigh, sehr wahrscheinlich sogar den gesamten Planeten Erde gerettet – und das gleich zwei Mal. Manchmal fiel es ihr extrem schwer, Mum nichts von alldem zu erzählen … Doch es war unmöglich, sie einzuweihen. Ganz und gar unmöglich. Ab und zu, besonders wenn sie nachts wach lag, stellte sie es sich dennoch vor.

»Mum, Dad«, würde sie sagen und ihre Eltern bitten, sich an den Küchentisch zu setzen. »Ich weiß, dass ihr es kaum glauben werdet, aber ich habe eine Art … Superkraft.« Geduldig würden die beiden ihre Tochter anlächeln, dabei kichernd die Augen verdrehen und sich fragen, welches Spiel sie wohl gerade spielte. Dann würde Tima sagen: »Nein, ernsthaft. Ihr wisst ja, dass ich mich für Insekten und Spinnentiere interessiere … aber es ist mehr als bloßes Interesse. Es ist eine Superkraft. Ich kann mit ihnen reden. Und sie können mit mir reden. Ich bitte sie, etwas für mich zu tun – und sie tun es.« Anschließend würde Tima die Hände heben und über ihre Handflächen pusten, woraufhin 200 Schmetterlinge und Motten durch das Dachfenster hereinströmen und an der Decke akrobatische Kunststückchen vollführen würden. Mum und Dad würden dasitzen und mit offenem Mund das Geschehen verfolgen, während die Insekten wie Zirkusartisten umherwirbeln, sich in farbigen Bändern drehen und schließlich schwebend eine Reihe von Buchstaben bilden würden, bis in der Luft zu lesen wäre:

HALLO, TIMAS
MUM UND DAD!

Auf das darauf folgende verblüffte Schweigen würde Tima mit dieser Erklärung reagieren: »Seit Mai bin ich in der Lage, solche Dinge zu tun. Seit damals wache ich auch immer um 1:34 Uhr auf und treffe mich mit Elena und Matt draußen in der Dunkelheit, weil ich es nicht mehr ertragen habe, jede Nacht allein in meinem Zimmer zu liegen. *Deshalb* bin ich so seltsam geworden … Und übrigens: Wir drei haben zusammen die Welt gerettet. Zwei Mal.«

Das Problem war nur: Sie konnte sich nicht vorstellen, dass es nach dieser Offenbarung auf irgendeine Art und Weise gut für sie weitergehen würde.

»Deiner Kleidung nach zu urteilen, hast du dir heute jedenfalls fest vorgenommen, Spaß zu haben«, sagte Mum, als sie aus der Auffahrt hinaus auf die Straße fuhren. »Du siehst bezaubernd aus.«

Tima sah an sich hinunter. Sie trug eine rote Tunika mit dazu passenden roten Strumpfhosen sowie ihre glitzernde schwarze Strickjacke und rote, glänzende Lackleder-Boots. Die Haare hatte sie zu einem hohen Pferdeschwanz gebunden. Was für ein Party-Outfit! Seit einiger Zeit fühlte sie sich wohler in ihrer schwarzen Stretchjeans, einem Sweatshirt und den schwarzen Jazzschuhen – dem Look, in dem sie laut Elena aussah wie eine »professionelle Einbrecherin«. Wenn sie nachts in der Dunkelheit unterwegs waren, blieb sie darin beinahe unsichtbar. Trotzdem war es schön, sich für eine Party aufzustylen, selbst wenn es Lily Frys Party war. Und es war nett von Lily, dass sie Tima eingeladen hatte. Noch vor ein paar Monaten wäre so etwas völlig undenkbar gewesen. Erstaunlich, wie Musik es vermochte, Menschen zusammenzubringen. Vielleicht konnten sie sich nicht sonderlich leiden, aber wenn sie in der Schule zusammen sangen, klang das richtig toll. Und offensichtlich dachte Lily, dass es einen Versuch wert wäre, also: Warum nicht?

Als sie das imposante Haus erreichten, in dem Lily wohnte, war die Geburtstagsparty bereits in vollem Gang. Das Haus war riesig und von hohen Ziegelmauern umgeben, eine weitläufige Auffahrt führte zu der mit Ballons geschmückten Haustür. Im Eingangsbereich, über dem schwarz-weiß gekachelten Boden, hing ein funkelnder Kristallleuchter von der Decke. Und in einem Rahmen an der Wand, auf halber Höhe der elegant geschwungenen Marmortreppe, prangte eine stark vergrößerte Fotografie von Lily, auf der sie noch viel jünger war und unfassbar süß aussah.

»TIMA!« Lily kam durch den Flur auf sie zugelaufen, Clara und Keira, ihre besten Freundinnen, im Schlepptau. Theatralisch schlang sie die Arme um Tima. Ihr blondes Haar war mit winzigen, glitzernden Glassternchen übersät, die zu den Sternen auf ihrem rosa Kleid passten. Lily sah perfekt aus – wie eine teure Puppe. »Ich bin so froh, dass du gekommen bist! Oh, danke schön!« Sie nahm Timas Geschenk mit der Geburtstagskarte entgegen und legte es zu den anderen Präsenten, die sich bereits auf dem kunstvoll verzierten Flurtisch mit Marmorplatte türmten. »Mummy sagt, ich darf sie erst nach dem Tee öffnen«, sagte Lily. »Komm mit! Die Show fängt gleich an, danach gibt es eine Piñata und anschließend Tee und ein Buffet …«

Tima sah sich nach ihrer Mum um, die an der Haustür mit Lilys Mutter plauderte. »Nun geh schon!«, sagte Mum.

Die »Show« entsprach nicht ganz dem, was Tima erwartet hatte. Sie hatte sich einen Alleinunterhalter vorgestellt, einen Zauberer vielleicht, der Kaninchen aus einem Zylinder zog, oder einen Puppenspieler, der hinter einer aufgehängten Decke in der Zimmerecke stand. In Wahrheit war das gesamte Wohnzimmer – das zwei- oder dreimal so groß war wie bei einer normalen Familie – in ein Theater verwandelt worden. Es gab mehrere Reihen mit Zuschauerplätzen und sogar Stative mit Bühnenscheinwerfern. An einem

Ende des Raumes hingen Seidenvorhänge von der Decke herab – am gegenüberliegenden Ende stand ein kleines Licht- und Tonsteuerpult.

Tima setzte sich in die Reihe hinter Lily, inmitten von etwa 40 anderen Kindern, die teils Schulfreunde, teils Verwandte des Geburtstagskindes zu sein schienen. Gerade begannen sich die Vorhänge per Fernsteuerung zu öffnen und wurden langsam und leise brummend entlang der Schienen auseinandergezogen. Als das Publikum ruhig wurde und gespannt lauschte, setzte die Musik ein. Es war die Titelmelodie von *König der Löwen*. Als die Vorhänge den Blick auf die Bühne vollends freigaben, blitzten plötzlich die Scheinwerfer auf. Auf der Bühne stand der vermeintliche »Alleinunterhalter« – und war genauso kostümiert und geschminkt wie Simba aus der Musicalshow *König der Löwen*. Tima blieb vor Staunen der Mund offen stehen, als der Mann zu den Klängen von »Der ewige Kreis« vor ein fantastisches Hintergrundbild mit aufgemalten Bäumen, Gräsern und Tieren trat. Nach der Hälfte des Liedes kamen zwei Darstellerinnen dazu, die ihn – als junge Löwinnen verkleidet – tanzend und singend unterstützten.

Tima hörte eine der Mütter flüstern: »Ja ... direkt von der Musicalbühne im Londoner West End. Sie hat sie engagiert und ihre Reisekosten übernommen. Unglaublich!«

Ungläubig starrte Tima auf Lilys perfekt frisierten blonden Hinterkopf. Tatsächlich. Lilys Mutter hatte drei Darsteller der Londoner Musicaltruppe an einem Sonntagnachmittag nach Thornleigh, East Anglia, verfrachtet, damit sie auf der Geburtstagsparty ihrer elfjährigen Tochter einige Stücke aus der original West-End-Show zum Besten gaben. Was würde an Lilys zwölftem Geburtstag folgen? Würde sie eine Eislaufarena im Garten bauen lassen und dort eine Schlittschuhversion von *Die Schneekönigin* präsentieren?

Die Vorstellung dauerte eine halbe Stunde und war großartig.

Danach ließen sich die Darsteller mit jedem, der wollte, für ein Foto ablichten. Am liebsten hätte Tima sich mit ihnen darüber unterhalten, wie ihre Karriere begonnen hatte, doch dafür blieb keine Zeit. Jetzt nämlich mussten alle Gäste für die Piñata nach draußen gehen. Lily und ihre Freundinnen hüpften wild in der Luft herum und schlugen mit Stöcken auf einen lebensgroßen Papieresel ein, der an einem Baum hing. Hin und wieder riss das Piñata-Papier auf, woraufhin ein Süßigkeitenregen auf die Kinder niederging. Dabei wurde viel gebrüllt und gestöhnt. *Ganz schön rabiat für so eine coole Party*, dachte Tima. Sie lief zum Haus zurück und sah Mum mit Keiras Mutter neben dem Buffet stehen. Die beiden unterhielten sich gerade.

»Wie soll ich das bloß toppen, wenn *Keira* elf wird«, murmelte Keiras Mum. »Das ist zweifellos alles fantastisch hier, aber …«

»… es gibt einem auch das Gefühl, nicht genug bieten zu können, nicht wahr?«, sagte Mum leise. »Bislang war ich davon ausgegangen, dass ein Schokokuss-Wettessen aufregend genug ist.«

»Über die Mitgebsel-Tüten mache ich mir am meisten Sorgen«, fuhr Keiras Mutter fort. »Ich glaube kaum, dass sie die Geburtstagsgäste hier mit einem Luftballon, einer Trillerpfeife und einem Stück Kuchen abspeisen, was meinen Sie?«

»Wohl kaum. Vermutlich haben sie eher eine Gucci-Uhr, belgische Trüffel und ein Fabergé-Ei hineingesteckt«, erwiderte Timas Mum kichernd. »Das lässt sich ganz sicher nicht toppen!«

Obwohl Lilys Party unglaublich war, wollte eines der Kinder schon früh nach Hause. Ein dünnes, blasses Mädchen teilte Mrs Fry mit, dass sie sich nicht gut fühle. Eilig brachte Lilys Mutter sie hinaus in den prachtvollen Eingangsbereich und rief von dort aus jemanden an, der kommen und das Mädchen abholen würde. »Ich denke, es ist alles etwas viel für sie«, hörte Tima Mrs Fry am Telefon sagen.

Tima lehnte an einer Wand neben der Tür und sah zu dem Mädchen nach draußen. Sie schien nicht hierher zu passen, in dieses wundervolle, edle Haus. Ihr hellblaues Kleid war schon etwas abgetragen und ihre festlichen Schuhe ohne jeden Glanz. Die Haare hatte sie zu zwei unordentlichen Zöpfen geflochten. Soweit Tima wusste, hatte bislang keines der Kinder auch nur ein Wort mit ihr gesprochen. Während Mrs Fry eine Mitgebsel-Tüte holen ging, stand das Mädchen mit hängendem Kopf da und schob seine Füße auf den schwarz-weißen Kacheln vor und zurück.

»Alles in Ordnung mit dir?«, fragte Tima und ging zu ihr in den Eingangsbereich.

Das Mädchen sah auf und zuckte mit den Schultern. »Bin nur müde. Und mir ist etwas schwindlig.« Unter ihren braunen Augen lagen Schatten.

»Wachst du auch jede … Ich meine: Kannst du vielleicht nicht schlafen?« Timas Puls begann Fahrt aufzunehmen.

»Nein«, erwiderte das Mädchen. »Ich schlafe zu *viel*. In der letzten Zeit muss man mich immer mehrmals wecken, und ich bekomme ständig gesagt, ich soll nicht so faul sein.«

»Oh. Wie lange fühlst du dich denn schon … müde?«

Sie zuckte wieder mit den Schultern. »Ich weiß nicht. Seit zwei Wochen … oder drei?«

Mrs Fry kam mit einer großen rosafarbenen Papiertüte voller Partygeschenken zurück. Sie tätschelte das Mädchen am Kopf. »Ich hoffe, die Sachen gefallen dir, Megan«, sagte sie nüchtern. Dann läutete es an der Tür. »Das wird dein Taxi sein. Ist es okay für dich, wenn du ohne Begleitung nach Hause gefahren wirst? Deine Betreuer erwarten dich schon.«

Megan nickte. Sie schenkte Tima noch ein mattes Lächeln, dann schlenderte sie, die Mitgebsel-Tüte fest an sich gedrückt, hinaus zum Taxi. Mrs Fry winkte und schloss die Tür. Als sie sich umdrehte und Tima bemerkte, setzte sie das harte, undurchdringliche Lächeln auf, das Tima schon von Lily kannte. »Die arme Megan«, sagte sie. »Sie ist eines der Kinder aus dem Kinderheim, die ich finanziell unterstütze. Ich glaube, all das hier …« Sie machte eine ausladende Bewegung mit ihrer perfekt manikürten Hand, »ist ein bisschen viel für sie gewesen.«

»Für *mich* ist das auch alles ein bisschen viel gewesen!«, hätte Tima beinahe geantwortet, riss sich aber gerade noch zusammen. »Ist Megan mit Lily befreundet?«, fragte sie stattdessen.

»Ach Gott, nein«, erwiderte Mrs Fry. »Lily würde doch nie … Ich meine … Sie verkehren nicht wirklich in denselben Kreisen. Ich trage nur gerne von Zeit zu Zeit meinen Teil dazu bei, dass es bedürftigen Kindern gut geht. Wenn sie zum Beispiel eine Party besuchen dürfen, fühlen auch sie sich einmal wie etwas Besonderes.«

So besonders, dass sie von allen anderen Kindern komplett ignoriert werden? Meint sie das?, dachte Tima. Sie hatte den Verdacht, dass sich vor allem Mrs Fry fühlen wollte, als sei sie etwas Besonderes – eine Heilige sozusagen.

»Komm mit, Tima.« Auf Mrs Frys auffällig faltenlosem Gesicht zeigte sich jetzt ein etwas natürlicheres Lächeln. »Es wird Zeit für … OH MEIN GOTT!«

Mrs Fry schlug die Hände vor den Mund. »Nicht bewegen … Nicht … bewegen«, hauchte sie zwischen ihren Fingern hindurch.

Tima sah nach hinten, bereit zum Sprung. Ein Teil von ihr hatte mit einem ausgebrochenen Tiger gerechnet – vielleicht war ja neben dem Haus ein kleiner Zoo errichtet worden, der nach dem Tee als weitere Geburtstagsüberraschung gedacht war. Doch hinter ihr war nichts.

Als sie sich wieder nach vorn drehte, kam Mrs Fry mit einer zusammengerollten Zeitschrift auf sie zu. Sie wirkte angeekelt. »Da … auf deiner Schulter. Bleib jetzt ganz ruhig stehen!«

Erst in diesem Moment bemerkte Tima, dass Spencer sie zur Geburtstagsparty begleitet hatte. Er musste auf ihre Glitzerstrickjacke gesprungen sein und sich unter dem Kragen versteckt haben. Jetzt saß er wie eine große schwarze Brosche mit behaarten Beinen auf ihrer Schulter. Und im nächsten Augenblick sah Tima auch schon das Magazin niedersausen.

»NEIN!« Tima streckte beide Hände nach vorne und wehrte die Zeitschrift so entschieden ab, dass Mrs Fry erschrocken aufschrie und auf ihren Stöckelschuhen nach hinten taumelte. Sie ließ das Magazin fallen und klammerte sich an der Kante des Marmortischs fest, was dazu führte, dass der Tisch umkippte und eine Lawine hübsch verpackter Geschenke und Karten zu Boden ging. Sekunden später lag sie stöhnend neben den teils kaputten, teils zerquetschten Präsenten ihrer Tochter. Im selben Augenblick kamen Lily, Clara, Keira sowie einige andere Kinder und Mütter in den Flur gelaufen, um herauszufinden, was passiert war.

Tima stand da wie versteinert, während Spencer mit seinen acht Augen das Chaos betrachtete, das er angerichtet hatte. Sie hatte das Gefühl, die Spinne war kurz davor, einen Lachanfall zu bekommen – so kurz, wie man es als wirbelloses Tier nur sein konnte.

Lily jedoch … Lily tobte. Sie starrte zunächst ihre Mutter an und das Durcheinander aus Geschenken und Geburtstagskarten, anschließend fixierte sie Tima mit einem wütenden, anklagenden Blick. Schließlich durchbrach sie mit zitternder Stimme die Stille. »Tima – *immer* musst du *alles* ruinieren!« Sie schluchzte auf, drehte sich um und stürmte die Treppe hinauf. Keira und Clara folgten ihr unter mitleidigem Gegacker.

Als die Mitgebsel-Tüten verteilt wurden, war Tima bereits gegangen.

5

Elena rührte sich nicht. Sie spürte, dass das Tier näher kam, spürte sein pochendes Herz. In der Dunkelheit sah sie seine spitzen Zähne aufblitzen, und im nächsten Moment, noch ehe sie aufschreien konnte, setzte es zum Sprung auf sie an.

Elena hob die Arme und knuddelte seinen flauschigen Kopf. Sie lachte verzückt, während sie die Füchsin liebevoll umarmte. Einem Wildtier so nahe kommen zu dürfen, war eine unglaubliche Ehre. Obwohl Velma und Elena nun schon einige Monate miteinander befreundet waren, hätte Elena nie geglaubt, geschweige denn erwartet, dass sich die Füchsin einmal von ihr streicheln lassen würde wie ein Hund.

In den letzten Wochen jedoch hatte Velma sich in ihrer Gegenwart immer mehr entspannt. Vielleicht lag es daran, dass ihre Jungen nun beinahe erwachsen waren. Jetzt hatte sie mehr Zeit, ihre seltsame Verbindung zu einem Menschenmädchen zu pflegen. Velma folgte Elena zwar nicht auf Schritt und Tritt, wie Glück es bei Matt tat, doch Glück hatte es auch leichter als die Füchsin. Das Vogelweibchen konnte einfach auf dem Sims vor Matts Fenster schlafen oder, wenn er gerade Autos für den Reinigungs-Service seines Vaters wusch, über ihm auf dem Vordach sitzen. Die meisten Menschen bemerkten Matts gefiederte Freundin gar nicht. Ein Fuchs würde mehr Aufmerksamkeit erregen.

»Komm.« Elena stand auf. »Es ist zu kalt, um draußen herumzusitzen. Ich gehe jetzt zu unserem Versteck. Willst du mich begleiten?«

Velma trottete mit ihr bis zu den Bäumen, die hinter dem Ziegelsteinbogen der Eisenbahntrasse standen. Hin und wieder wunderte Elena sich, wie wohl sie sich als Teenager draußen in der Dunkelheit fühlte. Ihre Augen gewöhnten sich neuerdings sehr schnell an die nächtlichen Lichtverhältnisse, eine Taschenlampe brauchte sie nur noch tief im Wald. Natürlich half es, dass sie die Nacht mit Hunderten von Freunden verbrachte. Sie konnte sie überall um sich herum spüren – die Feldmäuse, Waldspitzmäuse und Maulwürfe im Gras genauso wie die Eichhörnchen in den Bäumen. Die Füchse und Dachse nahmen es gelassen hin, dass Elena durch ihr Territorium streifte. Wenn sie sie erspähten, verschwanden sie nicht im Dickicht, sondern blieben oft stehen, hoben die Köpfe und sahen zu, wie sie vorbeilief. Velma war der einzige Fuchs, der sie stets begrüßte und ein Stück mit ihr lief, doch auch unter den Eichhörnchen hatte sie Freunde, die ihr die Hosenbeine hinaufflitzten oder von den Ästen hinab auf ihre Schultern sprangen.

Jetzt blieb Velma unter einer hohen silbernen Birke stehen. Auch Elena hielt inne, als es am Nachthimmel plötzlich hellgrün aufflackerte. Der Blitz war so schnell verschwunden, wie er aufgetaucht war. Die Füchsin und das Menschenmädchen sahen sich an. »Das war nur ein Feuerwerkskörper«, erklärte Elena. »Die proben wahrscheinlich schon für Silvester.« Ein Knall war nicht zu hören gewesen. Velma spitzte die Ohren und huschte – abgelenkt von etwas, hinter dem sie herjagen wollte – ins Dunkel. Elena winkte ihr fröhlich hinterher, wohl wissend, dass sie beide sich bald wiedersehen würden.

Tima war bereits im Versteck, als Elena dort ankam. Die Holzhütte war hoch in die Äste einiger dicht beieinanderstehender Bäume gebaut worden. Eine Metallleiter führte hinauf. Sie hatten viel Arbeit hineingesteckt, um das Innere des Verstecks schön und zweckmäßig zu gestalten, außen jedoch hatten sie alles möglichst so belassen wollen, wie sie es vorgefunden hatten. An einigen Stellen war die Leiter von Efeu umrankt, und beim Hinaufklettern musste man vorsichtig sein, um nicht auszurutschen oder sich darin zu verfangen. Das Efeu war eine gute Tarnung – sie wollten nicht, dass irgendjemand die Leiter sah und ihr Baumhaus entdeckte.

Tima hockte auf einem Sitzsack neben dem kleinen Baumstumpf, auf dem eine batteriebetriebene Laterne stand. Sie schien sich gerade angeregt mit einer Spinne zu unterhalten.

»Hey! Spencer ist ja heute Nacht auch dabei!«, sagte Elena lächelnd.

»Hmmmm«, sagte Tima, während die Spinne über ihren Knöchel krabbelte. »Ich hätte ihn wirklich zu Hause lassen sollen, ich bin nämlich gerade nicht gut auf ihn zu sprechen. Lily Frys Party heute … äh … gestern – die hat er komplett ruiniert.« Sie sah auf die Uhr.

»Oh, oh. Was ist passiert?« Elena ließ sich auf den zweiten Sitzsack neben Tima fallen und drehte den kleinen Gasofen eine Stufe höher.

»Er hat auf meiner Schulter Cancan getanzt, während Lilys Mum vor mir stand«, erzählte Tima seufzend. »Ganz nach dem Motto: ›Hey, guckt doch alle mal zu miiiiiir!‹ Mrs Fry wollte ihn mit einer zusammengerollten Zeitschrift plattmachen, was ich mit einem karatemäßigen Handkantenschlag gerade noch verhindern konnte. Das hat allerdings dazu geführt, dass sie nach hinten gefallen ist und den Tisch mit Lilys Geburtstagsgeschenken umgerissen hat, die daraufhin alle auf sie draufgedonnert sind.«

»Oha«, sagte Elena.

»Ich darf also davon ausgehen, in den nächsten 300 Jahren zu keiner einzigen Party mehr eingeladen zu werden!« Tima zog einen Flunsch und ließ Spencer über das hölzerne Sims des langen, niedrigen Fensters krabbeln, das sie – in der Hoffnung, die schlimmste Winterkälte abzuhalten – sorgfältig mit fester, durchsichtiger Plastikfolie bespannt hatten.

»Macht dir das denn etwas aus?« Elena holte eine Thermoskanne mit heißem Kakao aus ihrem Rucksack. »Du magst Lily doch nicht mal besonders, oder?«

»Nein«, erwiderte Tima seufzend. »Sie ist eine solche Prinzessin.«

Elena hob die Augenbrauen. »Bist *du* keine?«

»Ach, komm schon!« Tima wirkte verletzt. »Ja, klar – ich singe und tanze und all so 'n Zeug, aber ich bin nicht wie Lily. Ich meine ... *Hallo!* Einer meiner besten Freunde ist eine *Spinne*.«

»Pass bloß auf, dass Glück ihn nicht sieht«, sagte plötzlich eine dritte Stimme. Im nächsten Moment steckte Matteus Wheeler seinen verwuschelten Haarschopf durch die Bodenluke, und ein kleiner dunkler Vogel flog an ihm vorbei in die Hütte.

»Glück! Friss Spencer nicht auf!«, warnte Tima den Star sofort, indem sie auf die Spinne zeigte, die zusammengekauert und regungslos auf dem Fensterbrett hockte. »Spencer ist nicht dein Abendessen, er ist ein Freund von mir.«

»Freund«, echote Glück, bevor sie ihr regenbogenschwarzes Gefieder schüttelte und sich auf Matts Schulter niederließ. Eine Spinne gehörte zum natürlichen Speiseplan von Staren, doch Elena war sich sicher, dass das Vogelweibchen Spencer trotzdem nicht fressen würde – weil Tima sie gebeten hatte, es nicht zu tun.

»Habt ihr diesen grünen Blitz am Himmel gesehen?« Matt hielt die Hände vor den Gasofen, einen kleinen Camping-Heizer mit angehängtem Butan-Kanister. Das Feuer gab reichlich Wärme ab und verbreitete im Baumhaus ein goldenes Licht. In den letzten Wochen hatten sie ihr Versteck mit kleinen Teppichen, Sitzsäcken, einer rot gestrichenen Truhe für Snackvorräte sowie diesem Gasöfchen ausgestattet. Matt hatte das Heizgerät und den Kanister mitgebracht und vor allem sichergestellt, dass die Belüftung einwandfrei funktionierte. Ein Loch im Dach diente nun als Schornstein.

Direkt über dem Loch wuchsen mehrere Äste dicht beieinander, die den Regen größtenteils abhielten – und durch die offen stehende Bodenluke strömte genug frische Luft herein, um sie alle vor austretenden Rauchgasen zu schützen.

»Ja«, erwiderte Tima. »Da steht jemand auf grünes Feuerwerk. Die schießen das schon die ganze Woche in die Luft.«

»Aber man hört nie einen Knall«, sagte Elena.

Einen Augenblick lang schwiegen alle. In Thornleigh passierten merkwürdige Dinge, dachte Elena, und es war verlockend, hinter allem, was nicht vollkommen alltäglich war, etwas Schlimmes zu vermuten. Selbst, wenn dem nicht so war.

Schließlich meinte Tima: »Einige Leute mögen eben lieber die Art von Feuerwerk, die keinen Höllenlärm macht.«

Elena musste an eine andere Art funkelndes Licht denken. »Habt ihr euch schon mal gefragt, wo der Strahl seinen Verbindungspunkt hat? Ich meine, wir wissen zwar, dass er von irgendeinem Ort hier in der Nähe ausgeht – einer Höhle vielleicht –, aber wir haben nie nach diesem Ort gesucht.«

»Ich schon«, sagte Matt völlig unerwartet.

Tima schnaubte. »Was? Ohne uns?«

»Ganz genau. Ich darf nämlich auch mal was alleine unternehmen, stell dir vor. Eines Nachts, als ihr zwei nicht nach draußen konntet, bin ich mit Glück im Tausendbruch herumgeschlichen, an der Steilwand des alten Steinbruchs entlang und um den Hügel herum. Wir haben nach einer Höhle gesucht, aber keine gefunden.«

»Du bist doch nicht etwa in die Höhle hinter der Lagerhalle gestiegen, oder?«, fragte Elena.

Matt verdrehte die Augen. »Nein. Ich bin kein Idiot.«

»Gut«, sagte Elena. »Wir wollen da drin ja nicht wieder irgendetwas aufwecken.«

»Wir müssen das Baumhaus dämmen«, wechselte Matt abrupt das Thema. »Es wird hier draußen bald noch viel kälter werden.«

»Vorhänge oder so was anzubringen, hat keinen Zweck – die würden nur feucht werden«, erklärte Elena. »Die Teppiche fühlen sich schon klamm an. Wenn wir nicht hier sind und der Ofen aus ist, kriecht die Feuchtigkeit herein.«

»Vielleicht sollten wir uns ein paar Rettungsdecken besorgen«, schlug Tima vor. »Ihr wisst schon, diese glänzenden Folien, in die man unterkühlte oder verletzte Menschen einwickelt.« Sie nahm die Thermoskanne, goss etwas heißen Kakao in eine Tasse und reichte sie Matt. »Wir könnten sie ringsherum an den Wänden aufhängen. Sie halten die Wärme im Innern.«

Matt nickte, rieb sich gedankenverloren die Nase – und zuckte vor Schmerzen zusammen.

»Wie geht's dir mittlerweile?«, wollte Elena wissen.

»Gut«, sagte Matt. »Ist nicht mehr so schlimm, wie es war. Meinem Gegner jedenfalls geht es schlechter ...«

»Das ist nicht witzig, Matt«, wandte Elena ein. »Du weißt doch, dass er immer noch im Krankenhaus liegt.«

»Wie bitte!? Was ist denn passiert«, fragte Tima gespannt. »Du hast doch niemanden k.o. geschlagen, Matt? Du machst deinem Ruf als Krimineller ja wieder alle Ehre!«

Erneut verdrehte Matt genervt die Augen. »Nein. Liam Bassiter hat mich fast bewusstlos geschlagen. Er hat mir in der Turnhalle einen Kopfstoß verpasst.«

»Und ein paar Minuten später ist er zusammengebrochen«, erzählte Elena. »Sie haben ihn mit dem Krankenwagen abgeholt.«

»Was stimmt denn nicht mit ihm?«, fragte Tima.

»Mmmh, mal überlegen ...«, sagte Matt. »Ist er vielleicht ein extrem verblödeter Loser? Oder ein –?«

»Bisher weiß niemand etwas Genaues«, fiel Elena ihm ins Wort.

»Er ist einfach bewusstlos zu Boden gefallen und trotz aller Bemühungen nicht mehr zu sich gekommen. Es war, na ja, du weißt schon – ernst. Keiner der Lehrer verliert auch nur ein Wort darüber. Was nur bedeuten kann, dass es richtig ernst ist.«

»Ihr glaubt doch nicht, dass …« Tima sah Matt argwöhnisch an. »Du weißt schon: Als du die Bussarde und Rotmilane auf ihn losgelassen hast …?«

Matt sah sie an. »Was?«

Tima zuckte mit den Schultern. »Ich mein ja bloß. Nicht, dass ich dir irgendetwas vorwerfe. Liam wollte dich im 15. Stock vom Balkon werfen, von daher …«

»Ja. Und warum hast du dann darauf angespielt?«, fragte Matt empört. Glück schien seine Empörung zu teilen und flatterte aufgeregt mit den Flügeln.

»Na ja … Er war doch nach dem Greifvogelangriff ohnmächtig, stimmt's? Bewusstlos. Vielleicht hat er damals einen Hirnschaden erlitten.«

»Liam Bassiter hat nicht genug Hirnmasse, als dass da irgendwas kaputtgehen könnte«, fauchte Matt.

»Ist ja gut, Matt.« Elena warf Tima einen warnenden Blick zu. »Damit hatte dieser Vorfall jetzt nichts zu tun. Wir wissen, dass dir in dieser Situation nichts anderes übrig geblieben ist. Wir sind schließlich alle Nachtflüsterer und –«

»Wenn du mir jetzt wieder mit dem Zitat aus *Spider-Man* kommst, kipp ich dir den Kakao über den Kopf!«, drohte Matt und hielt seine Tasse hoch. »Ich weiß, wir tragen die Verantwortung für unsere Gabe. Ich verbringe quasi jede wache Stunde damit, den Vögeln begreiflich zu machen, dass sie Liam Bassiter *nicht* angreifen sollen. Das würden sie nämlich liebend gerne. *Ich* aber halte sie davon ab. Obwohl er alles, was ihm zustößt und was ihm zustoßen wird, hundertprozentig verdient hat.«

Matt schwieg einen Augenblick, dann schüttelte er den Kopf. »Der kommt wieder auf die Beine. Wahrscheinlich zieht er seinen kleinen Schwächeanfall unnötig in die Länge, um noch ein paar Tage schulfrei zu haben. Das ist alles. Ihm geht's gut.«

6

»Wir haben schlimme Neuigkeiten«, sagte Mr Rosen am Montagmorgen in der Aula. Ein Raunen ging durch die Schülervollversammlung. Der Direktor starrte nach unten auf das hölzerne Pult, auf dem er sich abstützte, und nestelte an einem Blatt Papier herum. Das nervte. Für gewöhnlich war er ein lebhafter, selbstbewusster und redseliger Mann. Nun sah Matt, dass Mr Rosen zweimal schlucken musste, bevor er erneut das Kinn hob und seinen Blick über die Schüler schweifen ließ.

In Matts Magengrube klopfte die Angst an.

»Wie ihr alle wisst, wurde Liam Bassiter am Freitag ins Krankenhaus gebracht, nachdem er in der Turnhalle zusammengebrochen war«, sagte Mr Rosen. »Man hat ihn zur Beobachtung auf der Kinderstation aufgenommen. Allem Anschein nach hatte Liam schon seit vielen Jahren ein Problem mit dem Herzen, das aber nicht entdeckt worden ist. So etwas kommt vor.« Der Direktor räusperte sich. Auf der anderen Seite der Bühne standen zwei Lehrerinnen, die Taschentücher in den Fäusten hielten und konzentriert auf ihre Füße sahen. Matts Blick fiel auf Ahmed, der in der Reihe vor ihm saß. Auf seinem Schul-Blazer prangte ein weißer Fleck. Vermutlich Vogelkacke. Ahmed bekam in diesem Schuljahr ziemlich viel davon ab.

»Heute in den frühen Morgenstunden«, fuhr Mr Rosen fort, »hat Liam einen Herzinfarkt erlitten. Traurigerweise konnten die Ärzte nichts mehr für ihn tun. Er ist gestorben.«

Der Raum füllte sich mit dichtem Schweigen, so dicht, dass es Matts Ohren zu verstopfen schien. Drei Reihen weiter vorne saß Elena, die sich mit schreckgeweiteten Augen zu ihm umdrehte. Ahmed, direkt vor ihm, ließ den dunklen Haarschopf sinken.

»Ich weiß, dass ihr jetzt alle sehr geschockt seid«, fuhr Mr Rosen fort. »Wenn ihr das Bedürfnis habt, mit jemandem zu reden, dann könnt ihr das tun: Zwischen den Unterrichtsstunden, in der Mittagspause und nach der Schule sind die Vertrauenslehrer für euch da – ihr findet sie in den üblichen Räumen. Über die Einzelheiten zu Liams Beerdigung werden wir euch auf dem Laufenden halten – für den Fall, dass jemand von euch daran teilnehmen möchte.«

Benommen schlurfte Matt mit den anderen hinaus. Auf dem Schulkorridor holte Elena ihn ein und zupfte ihn am Ärmel. »Matt. Ist alles in Ordnung mit dir?«

Er zuckte mit der Schulter. »Ja. Klar ist alles in Ordnung.«

»Du siehst aber nicht so aus.« Sie zog ihn aus dem vorbeirauschenden Schülerstrom und führte ihn in eine Ecke bei den Schließfächern.

»Was willst du von mir? Ich fühle rein gar nichts«, blaffte er. »Liam ist mir immer nur tierisch auf die –«

»Ich weiß«, sagte Elena. »Ich weiß, dass er dir das Leben zur Hölle gemacht hat.«

»Das hat er *nicht*. Eine sooo große Rolle hat er in meinem Leben nun auch wieder nicht gespielt. Er war wie ein … Pickel auf meinem Rücken. Weiter nichts. Und ich kann jetzt nicht so tun, als ob ich traurig über seinen Abgang bin. Bist du etwa traurig?«

Elena sah ihn einen Augenblick lang an. Dann holte sie tief Luft und murmelte: »Ich bin nur geschockt, das ist alles.«

»Tja, wir waren schon öfter geschockt und haben es überstanden«, raunte Matt.

»Da hast du recht.« Sie klopfte ihm auf die Schulter und ging davon.

Als sie wieder in den Strudel der Schülerinnen und Schüler eintauchte, kam Matt sich plötzlich mies vor. Sie hatte sich Sorgen um ihn gemacht, und er hatte sie eiskalt auflaufen lassen. Weshalb? Das

Problem mit Elena war, dass sie ihn langsam aber sicher viel zu gut kannte.

Wieso sollte es ihm etwas ausmachen, dass Liam nicht mehr am Leben war? Liam hatte versucht, ihn umzubringen. Buchstäblich. Hätte er sich entscheiden müssen, welcher seiner Mitschüler tot umfallen sollte, wäre seine Wahl zweifellos auf Liam gefallen. Jemand anderes wäre ihm gar nicht in den Sinn gekommen.

Aber … weshalb fühlte er sich dann so elend?

7

Heftige Würgegeräusche nebenan. Alistair kotzte sein Abendessen raus. Für den Fall der Fälle hatte er eine graue Pappkartonschale bekommen, es aber trotzdem irgendwie geschafft, zwischen ihren beiden Betten auf den Boden zu spucken.

»Ein bisschen übers Ziel hinausgeschossen, was?«, murmelte Spin.

Alistair hob das schweißnasse Gesicht von der Schale und starrte ihn an. »Ich kann's … nicht ändern«, gurgelte er.

Spin seufzte. »Nein, schätze, das kannst du nicht.«

»Das sind die Schmerzmittel«, fuhr Alistair fort. »Die sind echt stark. Mir wird speiübel davon.«

»Jedem wird speiübel davon, sobald du loslegst.« Spin warf einen missmutigen Blick auf den Teller mit Käsemakkaroni, der neben seinem Bett stand. Das Krankenhausessen war ohnehin nicht besonders gut, aber begleitet von heftigen Würgegeräuschen und dem Geruch von Erbrochenem, verging einem vollends der Appetit.

Spin wusste, dass er hätte essen sollen. Er musste wieder zu Kräften kommen, damit er entlassen werden konnte. Der Austausch der roten Blutkörperchen war endlich abgeschlossen. Vor zwei Stunden hatte man ihm die unangenehmen Schläuche aus dem Oberschenkel entfernt – wobei das Ganze ein letztes Mal übelst geschmerzt hatte. Ein dicker Verband war über die Einstichstellen gewickelt und fixiert worden. Die darunterliegende Wunde pochte noch immer.

Sein Krankenhausaufenthalt war wegen seiner Kreislaufprobleme verlängert worden. Rein theoretisch aber sollte er morgen, sobald er genug Energie dazu hatte, am helllichten Tag herumspazieren können. Er konnte es kaum glauben. Zum einen, weil er noch so schwach war wie ein Häschen mit Grippe und sich nicht vorstellen konnte, überhaupt irgendwohin zu gehen. Zum anderen, weil sein letzter Ausflug bei Tageslicht einfach zu lange her war. Astrid versicherte ihm zwar, dass so etwas wieder möglich sei, aber vielleicht war es auch nur Wunschdenken von ihr.

Trotzdem würde es guttun, hier rauszukommen. Zwei Patienten waren gestorben, seit er auf der Kinderstation war. Und der zweite war ihm wahnsinnig bekannt vorgekommen, als sie ihn am Freitag ins Nachbarzimmer gerollt hatten. Wenn Spin sich nicht irrte, ging der Junge mit dem Buzzcut auf Elenas Schule. Und hieß Liam. Er war der, der den Autowäscher-Knaben vor ein paar Wochen verprügelt hatte. Spin hatte nichts mehr von ihm gesehen oder gehört, bis ihn am Montag in den frühen Morgenstunden schnelle Schritte und gedämpfte, besorgt klingende Stimmen aus einem leichten Schlummer geweckt hatten. Er war aufgestanden und verschlafen in den nur spärlich beleuchteten Flur getrottet. In einem kleinen Stationszimmer, das den Gang runter auf der linken Seite lag, waren die Vorhänge um das vordere Bett zugezogen worden. Dahinter wurden dringliche Anweisungen hin und her gezischt. Monitore piepten und schlugen Alarm. Eine Krankenschwester murmelte: »Komm schon, Liam, komm schon …« Und dann … Stille. Es war so lange still gewesen, dass Spin bereits begriffen hatte, was geschehen war, noch bevor eine Männerstimme leise sagte: »Okay. 2:44 Uhr. Danke. Ihr habt alle euer Bestes gegeben.«

Erschöpft war Spin wieder ins Bett geschlichen und ungewöhnlich schnell eingeschlafen.

Als er heute Morgen aufgewacht war, hatte er es bedauert, nie mit Liam gesprochen zu haben. Sie hätten Freunde werden können. Schließlich hatte auch Liam den König der Gummischrubber verprügelt. Dem Autowäscher-Knaben eins übergebraten zu haben, hätte sie beide sicher zusammengeschweißt – wenn nur Zeit dazu geblieben wäre.

»Ich muss runter von dieser Station«, sagte Alistair, stellte seine Pappschale zur Seite und sank wieder ins Kissen. »Es ist, als ob der Todesengel hier sein Unwesen treibt.«

»Ich denke nicht, dass du an einem kaputten Bein stirbst«, erwiderte Spin. Er richtete sich auf, indem er sich auf den Ellbogen abstützte, und begutachtete seine Käsemakkaroni. Vielleicht könnte er jetzt, da Alistair aufgehört hatte, sein Abendessen hochzuwürgen, etwas von seinem hinunterwürgen? Astrid hatte er versprochen, dass er es zumindest versuchen würde.

»Na ja, Kacey – dieses Mädchen, das am Freitag gestorben ist – wurde zunächst auch nur mit einem Schwächegefühl und unruhigem Herzschlag eingeliefert«, erklärte Alistair. »Sie saß aufrecht im Bett und hat geredet, genau wie wir, und dann – *PENG* – war sie tot.« Er schluckte. »Hier geht's nicht gerade lustig zu, was?«

Spin betrachtete die verschiedenen Disney-Figuren, die überall auf den Wänden umhertanzten. Mit knapp 17 fand er es furchtbar, auf der Kinderstation zu sein. Sie hätten ihn genauso gut bei den Erwachsenen unterbringen können, aber nein: Ganz offiziell war er noch ein »Kind« und musste hier bei den Kleinen herumliegen. »Aber eine grottenschlecht gemalte Elsa aus *Die Eiskönigin* macht das Ganze doch gleich *viel* spaßiger!«

Alistair sagte nichts.

»Haben sich ihre Eltern mal hier blicken lassen?«, fragte Spin. »Ich hab niemanden gesehen, aber sie war ja schon da, bevor ich gekommen bin.«

»Nein. Keine Eltern. Nur eine Sozialarbeiterin, glaube ich. Niemand, der um sie trauert.« Alistair verzog das Gesicht. Seine Eltern waren schon mehrmals da gewesen und um ihn herumgegluckt.

Normalerweise stellte Spin sich schlafend, wenn sie kamen. Das alles war einfach unangenehm privat. Wenn Astrid ihn besuchte, sorgte er dafür, dass sie sich auf die andere Seite des Bettes setzte, an die Wand, möglichst weit weg von allen anderen.

»Bei Liam ist doch auch nie jemand gewesen, oder?«, hakte er nach. Besucher mussten am Schwesternzimmer vorbei den Flur entlangmarschieren, wo Spin sie von seiner dunklen Ecke aus gut sehen konnte. Zu Liams Zimmer war seines Wissens nach niemand gegangen.

Alistair schüttelte den Kopf. »Ich glaube, er hatte eine Großmutter, die aber nicht kommen konnte, weil sie zu krank ist. Das hat zumindest der Typ, der ihn hergebracht hat, der Krankenschwester erzählt. Aber die Sozialarbeiterin war da – dieselbe, die auch Kacey besucht hat. Sie hat heute seine Unterlagen im Schwesternzimmer ausgefüllt. Vielleicht kannten sie sich ja – dieselbe Schule, dasselbe Kinderheim oder was auch immer. Vielleicht ist es ansteckend. Genau das meine ich. Wir müssen hier raus!« Im Dämmerlicht der Bettbeleuchtung sah Spin Alistairs Augen vor Angst funkeln.

»Ich werde morgen früh entlassen«, sagte Spin. »Und bis dahin nehme ich das Risiko in Kauf.«

Alistair bewegte das eingepferchte Bein und stöhnte. »Ich stecke hier noch weitere drei Tage fest. Das heißt, wenn ich überhaupt so lange durchhalte.«

Spin setzte sich auf und griff nach dem Teller mit Makkaroni. »Glaubst du, du könntest deinen Brechreiz möglicherweise mal für ein paar Minütchen unterdrücken?«

»Kein Ding. Ich bin durch. Du kannst loslegen.«

Spin musste sich eingestehen, dass er Alistair nicht völlig unsympathisch fand. Der Junge veranstaltete einen Höllenlärm, aber alles in allem ertrug er sein wirklich mieses Schicksal mit Gleichmut.

Während Spin sich seinem Abendessen widmete, spann Alistair

seine Verschwörungstheorie weiter. »Zwei Kinder innerhalb von drei Tagen tot«, resümierte er. »Und beide wurden von derselben Sozialarbeiterin betreut. Ich glaube ja, dass die Stadt sich nicht mehr so viele Sozialarbeiter leisten kann und sie die Kinder deshalb langsam vergiften.«

»Na, dann bist du ja auf der sicheren Seite«, entgegnete Spin. Das Essen war nicht so grauenvoll wie erwartet, und er fühlte sich gleich etwas kräftiger. »Es sei denn, ich schlage dir heute Nacht meine Zähne in den Hals.«

Alistair lachte unsicher. *Gut*, dachte Spin. Er hatte es also noch drauf.

»Andererseits …«, fuhr Spin fort, »ist das bei all den Brechreiz auslösenden Medikamenten, die gerade durch deinen Blutkreislauf jagen, eher unwahrscheinlich.«

Kurz darauf mussten die Schmerzmittel Wirkung gezeigt haben, denn um Mitternacht schlief Alistair tief und fest. Spin hingegen war hellwach. Immerhin war er ein Nachtmensch. Sein Energielevel stieg weiter an – nach dem Abendessen hatte er sich noch einen Haufen Weintrauben und eine Banane genehmigt. Und so wurde er jetzt Augen- und Ohrenzeuge, als eine weitere kleine Patientin ins Krankenzimmer gebracht wurde.

Die üblichen gedämpften, besorgten Stimmen kündigten ihre Ankunft an. Dann wurde ein dünnes, blasses, halb tot aussehendes Mädchen von vielleicht elf oder zwölf Jahren hereingerollt. Sie war an einen Monitor angeschlossen, der ihre Herztöne überwachte. Der leitende Oberarzt der Kinderstation – Mr Castle – überflog ihre Unterlagen und sagte leise zur Krankenschwester: »Sieht nach HCM aus, aber das wissen wir erst, wenn uns die Untersuchungsergebnisse vorliegen.«

»Drei in einer Woche!«, murmelte die Krankenschwester, als sie die langen Haare des Mädchens glatt strich.

»Ja, so ist das manchmal«, sagte der Kinderarzt. »Zufällige Häufungen. Wobei es in unserer Klinik genau genommen nur zwei Fälle sind. Kacey wurde ja vom Krankenhaus in Peterborough zu uns gebracht, weil es auf der dortigen Kinderstation Noroviren gab. Nun, mit etwas Glück wird die kleine Megan hier nicht denselben Weg gehen wie die anderen beiden. Viertelstündlich überwachen, bitte. Ich schaue gegen zwei wieder vorbei.«

Spin musste pinkeln. Und dieses Mal wollte er die Bettpfanne unbedingt vermeiden. Er war an keinen Monitor mehr angeschlossen und wieder fit genug, um eigenständig aufs Klo zu gehen. Sobald der Kinderarzt und die Krankenschwester hinausgegangen waren, schlüpfte er aus dem Bett und ging auf zittrigen Beinen zur Patiententoilette. Um dorthin zu gelangen, musste er am Schwesternzimmer vorbei, das aber gerade nicht besetzt war. Und so lief er langsam den spärlich beleuchteten Flur entlang. Die Innenseite seines Oberschenkels pochte heftig, aber er schaffte es ohne größere Probleme zur Toilette. Dort tat er, was er tun musste, und wusch sich anschließend gründlich die Hände. Wasser auf der Haut schmerzte normalerweise, doch Astrid bestand im Moment aufs Händewaschen. »Du hast offene Wunden«, hatte sie gesagt. »Alles um diese Wunden herum muss blitzsauber sein.«

Überraschenderweise tat das Wasser ihm diesmal nicht weh. Genauso wenig wie die antibakterielle Flüssigseife. War es möglich, dass der Blutaustausch derartig schnell Wirkung zeigte? Spin betrachtete sein Spiegelbild. Das schmale, kantige Gesicht war bleich, und er hatte Schatten unter den Augen, wie üblich. Er mochte das. Dennoch musste er zugeben, dass er es heute Abend mit dem Grufti-Look ein wenig übertrieben hatte. Sein Gesicht sah aus wie eine blanchierte Mandel, seine Lippen waren farblos, und seine blaugrünen Augen wirkten riesig. Er hatte nichts gegen den Dracula-Effekt, aber wie Nosferatu wollte er dann doch nicht aussehen.

Außerdem musste er sich mal wieder die Haare schneiden.

Zurück im Flur, blieb Spin plötzlich stehen. Mondlicht fiel durch den oberen, gläsernen Teil der Tür zum Treppenhaus. Sein Herz drängte nach draußen. Er war schon seit einigen Nächten nicht mehr unterwegs gewesen und hörte den Ruf der dunklen, süßen Luft. Spin wickelte seinen schwarzen Morgenmantel enger um sich und stieß die Tür auf. Die Außenwand des Treppenhauses bestand aus einer Glasfront, die den Blick auf Thornleigh bei Nacht freigab – funkelnde Lichter, über die sich dunkle Hügel und Wälder erhoben. Er ließ den Mondschein über sein Gesicht gleiten, seine Haut prickelte vor Sehnsucht. Wenn er doch nur nach draußen könnte … Als er sich umsah, entdeckte er an der Wand neben dem Treppenaufgang ein Schild mit der Aufschrift ZUTRITT NUR FÜR PERSONAL. Die Kinderstation lag im obersten Stock der Klinik, die Stufen konnten demnach nur noch zum Dach hinaufführen. Dort oben gab es bestimmt eine Art Terrasse, auf der sich die gestressten Krankenschwestern, Pfleger und Assistenzärzte eine kleine Zigarette gönnten. Spin lief die Treppe hinauf, seine Hausschuhe setzten lautlos auf den glatten Betonstufen auf. Er spürte, dass sich die köstliche Dunkelheit wie ein Pelzmantel um ihn legte. Am oberen Ende der Treppe befand sich ein Notausgang. Der lange Metallgriff würde vielleicht Alarm auslösen, wenn er ihn berührte. Als er näher trat, entdeckte er jedoch, dass die Tür bereits einen Spalt weit offen stand. Er drückte sie auf und schlich sich leise auf das Krankenhausdach.

Die Nachtluft strich ihm übers Gesicht wie die zärtliche Hand eines Mädchens. *Endlich.*

Die Dachterrasse war alles andere als schön – ein weitläufiges, ebenes Rechteck mit einer Reihe von Schächten, Schornsteinen und Belüftungsrohren. Neben einem hohen Schornstein aus Schlackenbetonsteinen waren ein paar Gartenstühle aus Metall rund um einen Feuereimer gruppiert worden. Ohne Zweifel trafen sich hier die Raucher, aber im Augenblick hielt sich glücklicherweise niemand auf dem Dach auf.

Spin lief zu einer Stelle hinter dem Schornstein, wo das silbrige Mondlicht nicht ganz so hell war. Er lehnte sich gegen die Betonblöcke, schloss die Augen und schwelgte genussvoll in der Dunkelheit. Das erste Mal seit fast einem Monat fühlte er sich wieder wie er selbst. Es war eine milde Nacht, und der flauschige Morgenmantel hielt ihn warm. Vermutlich könnte er sogar hier oben schlafen. Weit weg von Alistairs Gestöhne und Gewürge, weit weg von Megan, die halb tot auf ihrem Bett lag wie eine Heldin auf einem alten Bild. Sie erinnerte ihn an ... was war es doch gleich? Ach ja, dieses präraffaelitische Gemälde von Millais – »Ophelia«. Er hatte es gesehen, als er mit Astrid in der Tate Gallery gewesen war. Eine blasse junge Frau, die, kaum bei Bewusstsein, in einem Bach oder Fluss liegt und deren kupferrote Haare wie Algen im Wasser treiben.

Hmmm. Was für künstlerische Gedanken ... Sicher hatte das frische Blut in seinen Adern etwas damit zu tun. Megan war keine präraffaelitische Heldin. Sie war ein bedauernswertes Kind in einem Krankenhaushemd. Morgen früh würde er sich selbst entlassen und nie erfahren, wie es ihr weiter ergangen war – falls sie die Nacht überstehen würde.

»Wo bist du?«

Spin schreckte aus seinem Halbschlaf hoch, erstarrte instinktiv und hielt den Atem an.

»Okay. Ja. Wir haben noch eins.«

Eine Männerstimme. Da keinerlei Erwiderungen folgten, ging Spin davon aus, dass der Mann in sein Handy sprach. Er musste genau auf der anderen Seite des Schornsteins stehen. Spin kauerte sich hin, ignorierte den stechenden Schmerz im Oberschenkel und zog sich die Kapuze des Bademantels über den Kopf.

»Das weiß ich. Wir beeilen uns. Aber nach dem hier müssen wir eine Pause einlegen. Keine weiteren bis Silvester.«

Wieder herrschte Stille – vermutlich redete gerade der Gegenpart. Kurz darauf fuhr der Mann fort: »Sie ist perfekt. Sogar besser als die anderen beiden. Toller Farbton. Und jung … leichter zu trainieren. Mhmm. Gar niemand. Edwina hat dafür gesorgt.«

Pause.

»Dominic, entspann dich«, sagte der Mann schließlich. »Alles wird gut. Du bist doch ab Mittag da, oder nicht? Ich stelle sicher, dass sie nicht geht, bevor ich um eins wiederkomme. Gegen zwei Uhr wird es vermutlich so weit sein. Ich kümmere mich darum. In der Kammer ist noch genügend Platz für eine mehr.«

Ein Piepen folgte, danach blieb alles ruhig. Kurz darauf hörte Spin, wie der Mann langsam und geräuschvoll ausatmete, dann Schritte, die sich entfernten.

Einige Minuten lang rührte Spin sich nicht von der Stelle und ging in Gedanken noch einmal die seltsamen Gesprächsfetzen durch. Worüber hatten die beiden gesprochen? Es war um Farbtöne und Training gegangen. Wollte sich einer von ihnen einen Hundewelpen kaufen? Und weshalb sollte dieser Hund beziehungsweise diese Hündin – denn der Mann hatte ja von einer *Sie* geredet – besser sein als die anderen beiden?

Spin stand auf, lief nachdenklich über das Dach zurück und stellte erleichtert fest, dass der Mann die Tür nicht zugezogen hatte. Er war sich ziemlich sicher, dass es sich um den Kinderarzt Mr Castle gehandelt hatte. Die Unterhaltung war nicht ungewöhnlich gewesen. Überhaupt nicht. Castles Worte konnten alles Mögliche bedeuten, völlig harmlos gemeint sein. Aber weshalb …, fragte sich Spin, … weshalb hatten sie dann so bedrohlich geklungen?

Ach, sagte er zu sich selbst. *Mit Bedrohlichem kennst du dich doch aus. Wenn jemand etwas Bedrohliches spüren kann, dann du.* Während er über die Türschwelle trat und die ersten Stufen hinunterging, fühlte er etwas Warmes an der Innenseite seines Oberschenkels. Einen Moment lang fragte er sich, ob er die Kontrolle über seine Blase verloren hatte. Dann begriff er, dass es vermutlich noch schlimmer war. Er blutete. Stark.

Der Verband an seinem Oberschenkel hing lose herab und war völlig durchnässt, und die Oberschenkelvene sprudelte fröhlich vor sich hin. Er schaffte es noch bis zum Fuß der Treppe, wo er in einer immer größer werdenden Pfütze aus Blut zusammensackte. *Verdammt*, war sein letzter Gedanke. *Es hat sooo lange gedauert, das alles in mich reinzukriegen.*

Dann verlor er das Bewusstsein.

8 SIEBEN JAHRE ZUVOR

»Vermutlich hätte ich dich gar nicht kriegen sollen.«

Mum stand am Fenster. Sie zupfte am Vorhang, und ein Sonnenstrahl ergoss sich ins Zimmer. Sie drehte sich zu ihm um, wobei die Helligkeit von ihrem Gesicht und den hellblonden Haaren reflektiert wurde.

»Das haben mir zumindest einige Leute gesagt«, fuhr sie fort. »Und vielleicht haben sie recht. Vielleicht war es egoistisch von mir, ein Baby zu wollen, obwohl die Möglichkeit bestand, dass es genauso …«

Cris schluckte. Hier in der sicheren, kühlen Dunkelheit ging es ihm gut. Nichts an ihm war anders als bei anderen Kindern. Nichts. Doch wenn er auch nur für ein paar Minuten nach draußen ging …

»Die Chancen standen gut, dass du gesund sein würdest«, sagte Mum. »Sehr gut. Als ich erfahren habe, dass du unterwegs warst … Ich durfte dir diese Chance nicht nehmen. Das durfte ich nicht. Und, weißt du, mir selbst ging es in den letzten Jahren auch nicht so schlecht. Ich komme klar damit. Während ich mit dir schwanger war, war es völlig verschwunden. Ich hielt es für ein gutes Zeichen, was dich anging – auch wenn es mich selbst danach wieder einholte. Und dir ging es tatsächlich gut. Ich dachte wirklich, du wärst gesund.«

»Mum«, sagte er. »Ist schon gut. Ich mache dir keine Vorwürfe.«

Sie trat vom Vorhang zurück und nahm ihn in die Arme. Der Sonnenstrahl verschwand. Im schwachen Lichtkegel der Lampe sah er sie lächeln. »Du bist so ein lieber Junge«, sagte sie. »So süß und zart.« Sie zog die Luft ein und stieß ihn von sich. »Das muss sich ändern. Zumindest nach außen hin. Das Leben wird nicht leicht für dich werden, Cris. Es wird gemein zu dir sein. Gnadenlos. Die Menschen werden dich nicht immer verstehen. Die Erythropoetische Protoporphyrie ist anders als alles andere, weißt du. Sie ahnen nicht einmal, welche Schmerzen du hast. Sie werden glauben, du stellst dich einfach nur an. Und wenn du versuchst, ihnen etwas über EPP und dein Blut zu erzählen, werden es viele von ihnen schlichtweg nicht glauben.«

Cris nickte. »Wie Mr Crosby.« Bei der Erinnerung an Mr Crosby, der ihn durch die qualvolle Hitze geschleppt und geschrien hatte, dass er sich zusammenreißen solle, begann er zu zittern. Seit jenem Tag war er nicht mehr in der Schule gewesen. Mum unterrichtete ihn nun schon beinahe drei Monate zu Hause. Er hatte sämtliche Untersuchungen durchlaufen und war zahlreichen Behandlungen unterzogen worden, die ihm überhaupt nichts zu bringen schienen.

»Und weißt du was?«, sagte seine Mutter mit einem strahlenden, wenn auch angespannten Lächeln. »Einige Leute werden dich vielleicht für einen Vampir halten.«

Cris blinzelte. »Einen Vampir? Wirklich?« Er grinste, halb belustigt. An so etwas hatte er bislang nicht gedacht.

»Und irgendwie werden sie sogar recht damit haben«, fuhr Mum fort. »Weil du nicht wie sie bei Sonnenschein nach draußen wollen wirst. Du wirst im Schatten bleiben. Und die Wahrheit ist, du wirst tatsächlich ihr Blut wollen.«

Erschrocken, aber auch fasziniert starrte Cris seine Mutter an. »Im Ernst?«

Mum setzte sich auf die Couch und seufzte. »Unser Blut ist ... fehlerhaft. Normalerweise müssen Menschen sich nicht täglich gegen zu viel Protoporphyrin wehren. Ihr Blut verdickt nicht und wird auch nicht dunkel oder kratzt in ihren Venen wie flüssiges Sandpapier. Natürlich wollen wir lieber *ihr* Blut haben.«

Cris versuchte es mit Galgenhumor: »Soll ich mir ein paar Fangzähne wachsen lassen?«

Seine Mutter lachte nicht. »Das würde nichts bringen«, erklärte sie stattdessen. »Vor Hunderten von Jahren haben Menschen wie wir Heilung gesucht, indem sie Blut tranken – Tierblut. Abgesehen davon, dass die Magensäure es sofort zersetzt hat, war das Blut von Tieren auch völlig nutzlos. Es musste schon menschliches Blut sein, durch direkte Übertragung in den Körper gelangen und idealerweise von jemandem stammen, der jung und gesund war und noch lebte. Tatsächlich sind daraus vermutlich all diese Vampir- und Jungfrau-Legenden entstanden. Die Menschen haben sich blöde Geschichten ausgedacht, weil wohlhabende Leute, die unter der Stoffwechselstörung EPP litten, ihre unverheirateten Hausmädchen dafür bezahlt haben, dass die ihnen von Zeit zu Zeit etwas Blut spendeten. Und eine Bluttransfusion zur damaligen Zeit war ja mordsmäßig gefährlich – sie bestand nur aus einem dünnen Rohr, das Vene mit Vene verband. Hin und wieder ist sicher eines dieser eigentlich gesunden Hausmädchen dabei gestorben – ihre Wunden hatten sich entzündet, oder sie hatten bei der Prozedur schlicht zu viel Blut verloren. Die Einstichstellen in ihrer Haut müssen ausgesehen haben, als hätten sich Fangzähne eingegraben. Außerdem sind Menschen mit EPP damals fast ausschließlich nachts nach draußen gegangen. Mussten sie tagsüber doch einmal raus, haben sie sich in schwarze Umhänge gehüllt und vor Schmerzen aufgeschrien, wenn das Tageslicht sie erwischt hat. Heutzutage ist es natürlich noch schlimmer.«

»Schlimmer als damals?«, hakte Cris nach.

»Ja. Damals gab es nämlich nur Kerzenlicht. Das Tageslicht war ein Albtraum, doch zumindest konnten sich die Betroffenen drinnen aufhalten. Heutzutage gibt es kein Entrinnen mehr, auch das künstliche Licht setzt uns zu. Neonröhren und Lampen in den

Geschäften, in der Turnhalle, im Krankenhaus ... in deiner Schule. Moderne Leuchtmittel sind fast so schlimm wie die Sonne.«

»Aber Mum ... was ist mit dir?«, fragte Cris. »Weshalb bist *du* so ... normal geblieben?«

Seine Mutter lachte leise und freudlos in sich hinein. »Normal? Oh, Crispin. Ich bin nie normal gewesen. Du kanntest es bloß nicht anders. Was glaubst du wohl, warum es in diesem Haus immer so dunkel ist? Warum die Lampen so schwach leuchten? Weshalb habe ich wohl die Bäume im Garten so hoch und dicht wachsen lassen? Und du weißt doch, dass unser Auto getönte Scheiben hat. Weshalb trage ich auch im Hochsommer Handschuhe? Weshalb wickle ich mich am Strand wie eine Mumie ein? Warum liegen bei uns so viele Kältekompressen im Kühlschrank? Erinnerst du dich an die Wochenenden, an denen ich im Bett gelegen habe und Tante Sue auf dich aufgepasst hat?«

Cris schüttelte den Kopf. »Mir ist nie etwas aufgefallen.«

»Gut.« Mum hob das Kinn und schenkte ihm ein echtes Lächeln. »Das sollte es auch nicht. Ich wollte dir deine Kindheit nicht verderben. Und manchmal war es auch gar nicht so schlimm, weißt du? Ich halte das schon aus. Ich halte alles aus, um deine Mum zu sein. Ich hätte ...« Ihre Stimme brach ab. »Ich hätte nur nie gedacht, dass auch du das alles einmal durchmachen musst.«

»Tee«, sagte Cris. Er ging in die Küche, machte Tee, stellte die Tassen auf ein Tablett und legte ein paar Kekse dazu. Als er zurückkam, sah seine Mutter schon wieder besser aus.

»Ich habe eine Entscheidung getroffen«, sagte sie. »Für uns beide.«

»Okay«, erwiderte Cris, unsicher und aufgeregt zugleich. Seine Mutter klang fest entschlossen.

»Wir könnten es mit einer Lichttherapie versuchen«, erklärte sie. »Dabei würdest du täglich unter einer Tageslichtlampe liegen, damit deine Haut abgehärtet wird. Das würde ewig dauern und vielleicht nicht einmal helfen. Ich könnte dich mit Möhren füttern, bis du orange wirst. Ich könnte dich für all dieses experimentelle Zeug wie zum Beispiel einen Blutaustausch anmelden. Natürlich wäre es möglich, dich wie ein kleines, haarloses Meerschweinchen an vorderster Front des medizinischen Fortschritts einzusetzen.« Sie hielt inne und trank von ihrem Tee. »Aber nichts davon werde ich tun.«

»Verstehe«, sagte Cris. »Und was tust du stattdessen?«

»Unser Leben wird sich um zwölf Stunden verschieben. Wir sind nicht für den Tag gemacht. Wir brauchen die Nacht. Also werden wir nachts leben. Wir schlafen tagsüber, von 8 bis 16 Uhr. In den Wintermonaten wird uns das leichtfallen – im Sommer könnte es schwieriger werden. Aber wir schaffen das schon.«

»Wirklich?«, fragte Cris atemlos. »Dürfen wir das denn?«

»Natürlich dürfen wir das!«, sagte Mum.

»Aber ... was ist mit der Schule?«

»Ich werde dich einfach weiter zu Hause unterrichten«, sagte Mum. »Und abends, wenn es nicht mehr so hell ist, kannst du in Vereine gehen oder andere Aktivitäten einplanen, die draußen stattfinden. Deine Freunde können dich nach der Schule weiterhin besuchen kommen, solange es ihnen nichts ausmacht, an den hellen Nachmittagen und Abenden drinnen zu spielen.«

»Was ist mit deiner Arbeit?« Cris wusste, dass Mum als Analystin für ein internationales Unternehmen tätig war. Erst jetzt fiel ihm auf, dass sie in dessen Niederlassung in Thornleigh immer in einem Kellerbüro gesessen hatte.

»Ich werde meinen Job nur noch in Teilzeit ausüben können, doch in der Firma haben sie schon zugestimmt, dass ich von zu Hause aus arbeiten kann. Wir werden dadurch nicht mehr so viel Geld zur Verfügung haben ... Dafür bekommen wir aber vermutlich bald einen staatlichen Zuschuss für dich.«

»Heißt das, ich bin ... behindert?«

Sie stand auf. »Das darfst du nicht einmal denken«, sagte sie entschieden. »Du bist nicht behindert. Ich meine ... nicht im eigentlichen Sinn. Du bist fit und stark und wunderbar! Nur, dass du all das ab sofort in der Dunkelheit sein wirst.«

»Alles klar«, sagte er. »Fit könnte ich tatsächlich werden. Ich könnte in meinem Zimmer trainieren.«

Mum lächelte und ihre Augen funkelten geradezu. »Ich weiß was Besseres. Ich habe beschlossen, Opas Erbe auszugeben. Wir werden den Keller ausbauen. Dann erschaffen wir uns da unten einen Sportraum mit Fitnessgeräten und Matten und mit einem Licht, das wir beide gut vertragen. Und wir üben uns in der Kampfkunst.«

»Was? Meinst du Kung-Fu und all so was?« Ungläubig starrte Cris sie an.

»Ja. Kung-Fu und all so was«, erwiderte Mum. »Denn wenn wir nachts unser Leben leben wollen, müssen wir in Form sein. Wir müssen schnell sein und in der Lage, uns gegen betrunkene Idioten und Kriminelle zu verteidigen.«

Cris kam aus dem Staunen nicht mehr heraus. »Hier in *Thornleigh*?«

»Wenn du eines Tages alleine da rauswillst«, sagte seine Mutter, »werde ich mir nur dann keine Sorgen um dich machen, wenn ich weiß, dass du gut auf dich aufpassen kannst. Und ja – das ist sogar hier in Thornleigh nötig. Wir beide werden Kampfsport machen, bis wir den schwarzen Gürtel haben. Crispin ... unser Leben wird sich vollkommen verändern. Aber es könnte dadurch auch ganz großartig werden.«

Cris aß einen Keks und dachte darüber nach. Aufregung machte sich in ihm breit. Er würde etwas ganz Besonderes sein, das wusste er, denn all das klang verdächtig nach der Vorgeschichte eines Marvel-Helden.

»Mum«, sagte er. »Wenn wir schon alles auf den Kopf stellen, könntest du mir dann einen Gefallen tun?«

»Was denn, Schatz?«

»Es geht um meinen Namen – könntest du in Zukunft die weniger langweilige Hälfte von Crispin nehmen?«

9 JETZT

»Spin. Spin …? Kannst du mich hören?«

Spin öffnete die Augen und stöhnte. Er lag wieder in seinem Krankenhausbett, und dem hartnäckigen Jucken in seinem Oberschenkel nach zu urteilen, waren die Schläuche zurück, und man fütterte ihn noch einmal mit erstklassigen roten Blutkörperchen der Blutgruppe A positiv.

»Wie viel hab ich verloren?«, ächzte er.

»Einen ganzen Beutel, du Idiot«, sagte Astrid. »Was hast du denn nur gemacht? Sie haben dich im Treppenhaus gefunden!«

»Ich habe mir den Mond angesehen«, erwiderte er.

Sie nickte und seufzte. »Ich weiß. Du bist schon ganz schön lange hier eingesperrt. Aber hey – Glückwunsch: Du hast dir gerade noch mal mindestens 24 weitere Stunden eingebrockt, Dummkopf! Du hattest *unglaubliches* Glück, dass sie überhaupt noch Blutkonserven hatten. Ein Austausch roter Blutkörperchen ist etwas sehr Spezielles. Die haben hier nicht massenhaft Reserven in der passenden Blutgruppe im Kühlschrank rumliegen.«

»Ich hoffe nur, es funktioniert wenigstens«, sagte Spin. »Astrid – bist du sicher, dass es das wert ist?«

Sie senkte die Stimme. »Du reagierst nicht mehr auf die Beleuchtung hier im Krankenhaus, stimmt's?«

Spin sah sich um und bemerkte erst jetzt die Helligkeit, die durch die Flure brach und von den Wänden abprallte. Sie hatte recht. Er war erschöpft, aber abgesehen von den Schläuchen, die in seinem Oberschenkel steckten, tat ihm überhaupt nichts weh. Fast regte sich so etwas wie Begeisterung in ihm. »Stimmt«, sagte er.

»Da wäre noch was«, sagte sie und drückte seine Hand. »Spin – könntest du mich Mum nennen, während du hier bist? Die Leute werden es seltsam finden, dass du Astrid zu mir sagst.«

Spin grinste und seufzte. »Okay ... Mum.« Schon vor Jahren hatte er damit begonnen, sie Astrid zu nennen. Damals, als sie es in Karate bis zum braunen Gürtel gebracht hatten. Es hatte sich einfach merkwürdig angefühlt, weiterhin Mum zu ihr zu sagen, wo sie sich doch jede Nacht mindestens eine Stunde lang gegenseitig attackiert hatten. Anfangs hatte sie noch darüber gelacht, sich aber irgendwann daran gewöhnt. »Wie viel Uhr ist es?«

»16:30 Uhr. Du warst stundenlang bewusstlos und hast das eigentliche Drama gar nicht mitbekommen.« Sie seufzte. »Furchtbar traurig – es ist jemand gestorben.«

Spin richtete sich halb auf. Während er gegen die Benommenheit ankämpfte, sah er sich um. Alistair lag noch immer im Bett nebenan und las in einem neuen Wrestler-Magazin. »Ich dachte schon, du wärst hinüber«, sagte Alistair unheilvoll, ohne aufzusehen. »Der Todesengel ist wieder aufgetaucht, aber dich wollte er nicht.«

»Ich war gerade nicht hier, musste mal eine Stunde an die frische Luft«, sagte Astrid. »Als ich zurückkam, waren die Vorhänge zugezogen.« Sie nickte hinüber zum Ende des Raums, wo jetzt ein leeres, abgezogenes Bett stand. »Sieht so aus, als hätte das kleine Mädchen da hinten es nicht geschafft.«

Spin spürte ein eiskaltes Gewicht auf seinem Brustkorb lasten. »Wann ... Wann ist sie gestorben?«

»Um kurz nach zwei«, brummte Alistair. »Friedlich, im Schlaf.«

10

Lily lag wie gelähmt im Gras. Ihr Körper war eine einzige wogende, dunkel glitzernde Masse. Ameisen, Fliegen und glänzende schwarze Käfer bedeckten jeden Zentimeter ihrer Haut, und selbst als sie um Gnade flehte, war nur ihre zitternde rosa Zunge zu sehen.

»Insekten-Girl!«, zischte Clara. *»Bssssssssssss.«*

Timas Rachefantasie verpuffte, als sich Lily, Clara und Keira bei der Essensausgabe in der Schulkantine hinter ihr einreihten. »Nein«, murmelte sie, als sechs oder sieben Fliegen in entschlossener Formation auf ihre Feindin zuflogen. *Das war nur ein Tagtraum*, sandte sie der hilfsbereiten Flugstaffel zu. *Ich darf euch nicht auf Lily Fry loslassen, so gern ich es auch möchte.*

Und was hätte sie darum gegeben ... Lily und ihre Freundinnen hatten sie schon die ganze Woche über »Insekten-Girl« genannt. Und »Ungeziefer«. Und »Spinnenschwester«. Oder einfach »Freak«. »Spinnenschwester« hatte ihr eigentlich ganz gut gefallen, obwohl sie natürlich wusste, dass es nicht als Kompliment gemeint war. Was auf Lilys Geburtstagsparty passiert war, hatte sich in der ganzen Schule herumgesprochen, und die Geschichte war dabei so ausgeschmückt worden, dass sie mit dem eigentlichen Geschehen nicht mehr viel zu tun hatte.

Der *Lily-Fry-Morgenzeitung* zufolge war Tima gar nicht eingeladen und damit ein ungebetener Gast gewesen. Während des Piñata-Spiels sei sie plötzlich wütend davongestürmt. Im Flur habe sie dann Lilys Mutter angegriffen, indem sie sie mit Spinnen beworfen, zu Boden gestoßen und anschließend mit den Geburtstagsgeschenken bombardiert habe. Und das alles nur, weil Tima neidisch auf Lilys tolles Haus und ihre fabelhaften Freundinnen gewesen sei.

»Bsssssssssss«, machte Keira. »Nehmt euch vor Insekten-Girl und ihren Spinnenfreunden in Acht!«

Tima drehte sich zu den Mädchen um und sah ihnen in die Augen. »Hört mal: Wenn ihr mich schon beschimpfen wollt, solltet ihr das halbwegs korrekt auf die Reihe kriegen. Spinnen gehören nicht zu den Insekten. Es sind Arachnida. Wenn es hier also unbedingt um Spinnen gehen soll, müsst ihr mich Arachnida-Girl nennen.«

»Willst du damit etwa sagen, wir wären dumm?«, sagte Lily.

»Weshalb sollte ich das tun?«, entgegnete Tima. »Das wäre ja so, als würde ich sagen, dass ein Teller rund ist. Oder eine Gabel aus Metall. Auch das ist offensichtlich. So etwas muss man nicht extra erwähnen.«

»Kein Wunder, dass du nur Insekten als Freunde hast«, knurrte Lily.

»Und Arachnida«, warf Tima ein. »Vergiss die Spinnentiere nicht.«

»Kein Mensch will mit dir abhängen – nur Ungeziefer. Du bist so ein Freak.«

»Wenn *du* das sagst«, entgegnete Tima lächelnd und drehte sich wieder nach vorne, um ihre Portion Spaghetti bolognese in Empfang zu nehmen.

»Ich frage mich wirklich, weshalb ich dich überhaupt eingeladen habe«, zischelte Lily hinter ihr, die ihre eigene Version vom ungebetenen Gast anscheinend schon wieder vergessen hatte. »Dabei hab ich nur versucht, nett zu dir zu sein. Freundlich. Ich hab nur versucht, dich mit einzubeziehen, weil niemand dich mag.«

»Ja, und du hast dich wirklich ganz, ganz dolle bemüht, danke schön«, äffte Tima ihr nach, während sie ihr Tablett über die Metallschiene zu den Besteckkörben schob. Sie wusste, dass ihre Reaktion die Situation nicht besser machen würde, aber Lily war nur zu ertragen, wenn man sie nicht ernst nahm.

Lily ließ nicht locker. »Meine Mutter glaubt, dass du Hilfe brauchst. Professionelle Hilfe.«

»Am Sonntag hast du auf einen Esel eingeschlagen«, sagte Tima. »Fragt sich, wer von uns beiden Hilfe braucht.«

Sie setzte sich an einen leeren Tisch und stöhnte auf, als auch Lily und ihre Freundinnen im Gänsemarsch darauf zusteuerten.

»Ist das euer Ernst?«, fragte sie, als die drei gegenüber von ihr Platz nahmen. »Ich dachte, nur Ungeziefer will mit mir abhängen ...«

Nichts hätte sie lieber getan, als Lily mit einem kleinen Wespenschwarm davonzujagen. Die meisten Wespen aber waren jetzt, kurz vor dem Wintereinbruch, bereits eingegangen, und die Spinnen um Hilfe zu bitten, wäre für Timas Ruf vermutlich nicht gerade förderlich gewesen. Außerdem würde Elena ihr gehörig die Meinung sagen, wenn sie ihre Superkraft als Nachtflüsterin benutzen würde, nur um sich an Lily zu rächen.

Lily ignorierte Tima demonstrativ und unterhielt sich ausschließlich mit Clara und Keira. Tima konzentrierte sich darauf, ihre Spaghetti auf die Gabel zu wickeln, ohne sich mit Soße zu bespritzen. Sie bemühte sich, Lilys gedämpftes Reden auszublenden, bekam aber dennoch unfreiwillig mit, worüber sie sprach.

»... Heimkinder. Mum unterstützt eines von ihnen finanziell, deshalb war das Mädchen da.«

»Mir hat sie richtig leidgetan«, sagte Clara. »Es hat ganz danach ausgesehen, als wären ihre Haare noch nie einer Bürste begegnet.«

»Ich weiß«, sagte Lily. »Wie furchtbar. Wahrscheinlich dürfen sie im Heim nur einmal die Woche baden. Na ja, jedenfalls wurde sie am Montag spätabends ins Krankenhaus gebracht und –«

»Redet ihr von Megan?«, unterbrach Tima das Gespräch. Gerade hatte sie sich wieder an das blasse Mädchen im Eingangsbereich von Lilys Haus erinnert.

»Was geht dich das an?«, schnauzte Lily sie an.

Tima sah ihr in die Augen. »Ich hab mich mit ihr unterhalten, sie schien nett zu sein. Ist sie krank?«

»Sie war krank«, sagte Lily. »Und ist gestorben.«

Tima war sprachlos.

»Es ist so furchtbar traurig«, sagte Lily, was sie allerdings nicht davon abhielt, ihr Essen hinunterzuschlingen.

»Woran ist sie denn gestorben?«, fragte Tima, als sie ihre Stimme wiedergefunden hatte.

Lily zuckte mit den Schultern. »Weiß nicht.«

»Und es interessiert dich auch nicht«, murmelte Tima.

Lily kniff die Augen zusammen. »Selbstverständlich interessiert es mich. Meine Mutter war sooo bestürzt. Aber das dürfte *dich* ja nicht weiter beeindrucken – schließlich hast du schon auf der Party dafür gesorgt, dass es ihr schlecht ging.«

»Ich habe überhaupt nichts gemacht!«, fauchte Tima. »Die Spinne hat sie in Panik versetzt, nicht ich. Glaubst du im Ernst, ich hätte extra eine Spinne mit zu euch genommen, um deine Mutter zu erschrecken?!«

»Du weißt schlicht und einfach nicht, wie man sich als Besucher im Haus anderer Leute benimmt«, erklärte Lily. »Du tust mir leid.«

Tima biss die Zähne zusammen und drehte ihre Gabel mit Spaghetti so energisch, dass Tomatensoße auf Lilys hübsches und blitzsauberes Trägerkleid spritzte. »Ups, das tut mir aber leid. Ich weiß eben einfach nicht, wie man sich benimmt.«

Lily ließ ihr Besteck fallen und stand auf. Völlig entgeistert blickte sie an ihrem Kleid hinunter. Dann griff sie sich ihren Becher mit Orangensaft und kippte ihn Tima ins Gesicht. Tima japste nach

Luft, nahm eine Handvoll Spaghetti vom Teller und schleuderte sie Lily entgegen. Lily schrie auf und rächte sich mit einer Gabel Kartoffelbrei. Daraufhin hob Tima ihren Teller hoch, neigte ihn in der Handfläche und …

… wurde im nächsten Moment von kühlen Fingern am Arm gepackt. Hinter den Mädchen stand Mr James und blickte finster drein. »Ihr beide – ab ins Büro des Direktors. Sofort!«

11

Mit einem dumpfen Schlag traf die Erde auf dem hölzernen Sargdeckel auf. Als Elena von der Grabstätte zurücktrat, ging Ahmed nach vorne und tat dasselbe wie sie. Elena war froh, dass sie gekommen war. Nicht weil sie Beerdigungen mochte – wer tat das schon? –, sondern weil so erbärmlich wenige Leute um das Grab herumstanden.

Am Dienstag hatte Mr Rosen die Schüler bei der Anwesenheitsprüfung wissen lassen, dass Liams Beerdigung am Donnerstag in der Pfarrkirche von Thornleigh stattfinden würde und dass seine Freunde ab Mittag schulfrei bekämen, um teilnehmen zu können. Der Gottesdienst in der muffigen alten Kirche hatte um 14 Uhr begonnen, und außer dem Pfarrer waren nur acht weitere Personen gekommen.

Mr Rosen war anwesend und auch Ahmed, einer von Liams Freunden. Liams Sozialarbeiterin, eine Mittdreißigerin mit versteinerter Miene, mattbraunem Haar und schwarzem Anorak. Ebenso Liams »Tante«, die eigentlich nur seine Kurzzeit-Pflegemutter gewesen war – eine Frau mittleren Alters, die laut in ein Taschentuch schniefte, ohne wirklich zu weinen. Anscheinend war Liam erst vor sechs Monaten zu dieser Pflegemutter gezogen, nachdem seine Großmutter zu krank gewesen war, um noch mit ihm fertigzuwerden. Liams Oma hatte es heute auch nicht zur Beerdigung geschafft.

Bei den restlichen Trauergästen handelte es sich um den Fahrer des Leichenwagens und seine zwei Assistenten, die geholfen hatten, den Sarg zu tragen und ihn ins Grab hinabzulassen. Ein würdevoller Abschied sah anders aus. Drinnen, in der feuchtkalten, düsteren

Kirche, hatte der Pfarrer noch davon gesprochen, dass ein junges Leben zu früh zu Ende gegangen war, und behauptet, Liam würde schmerzlich vermisst. Für Elena stellte sich das Ganze anders dar. Und das war ziemlich traurig.

Nun sah Elena zu, wie auch Ahmed eine Handvoll Erde ins offene Grab warf. Sie fragte sich, ob ihm Liams Tod sehr naheging. Ahmed hatte in letzter Zeit nicht sehr oft mit ihm herumgehangen, nicht seit dem Kampf auf Liams Balkon. Vor ein paar Wochen war Matt an einem stürmischen Abend von Liam, Ahmed und Tyler dort hinaufgebracht worden, und Liam hätte ihn fast über das Geländer gestoßen. Hätte Matt nicht einige Rotmilane und Bussarde um Hilfe gerufen, wäre er jetzt vielleicht tot – und Liam hätte seinen tödlichen Herzinfarkt in einem Gefängniskrankenhaus erlitten.

»Wie nett, dass du gekommen bist«, sagte sie zu Ahmed, als sie alle zurück in den kleinen Saal hinter der Kirche gingen, wo ein karges Buffet hergerichtet worden war.

Überrascht sah Ahmed sie an. »Das sagt die Richtige. Du konntest ihn ja nicht mal leiden und bist trotzdem hier.«

»Hast du ihn denn gemocht?«, fragte sie.

Ahmed überlegte und fuhr sich mit der Hand durchs dichte dunkle Haar. »Nicht wirklich«, sagte er. »Eine Zeit lang dachte ich, er wär cool. Aber diese Sache auf dem Balkon mit Matt … das war nicht cool. Ich hab nur gedacht, Mann, Alter, nicht dein Ernst, oder? Du kannst jemandem Angst einjagen, klar, aber du kannst doch nicht … Ich mein, schwere Körperverletzung oder Mord oder so was geht gar nicht.«

Elena nickte. »Du bist doch mal Matts Freund gewesen, oder?«

»Yep«, sagte Ahmed, wobei er die Luft einsog. Dann nahm er sich ein labbriges Wurstbrötchen. »Bis *du* aufgetaucht bist.«

Elena blinzelte. »Ich? Was hab ich damit zu tun?«

»Du bist doch … so was wie seine Liebste.«

»Das bin ich *nicht*«, entgegnete sie kopfschüttelnd. »Wir sind miteinander befreundet, mehr nicht.«

»Okay, von mir aus«, nuschelte Ahmed mit vollem Mund. »Vorher war jedenfalls alles super zwischen ihm und uns. Ich meine, bevor er sich mit dir und diesem dämlichen Vogel und so eingelassen hat.«

»Hör mal, auch wenn er sich neuerdings für Vögel und die Natur interessiert, kann er trotzdem noch ... cool sein. Für dich als sein Freund dürfte das doch gar keine Rolle spielen, findest du nicht?«

Ahmed griff nach einem weiteren Wurstbrötchen. »Er ist aber nicht mehr mein Kumpel. In Englisch ist er jetzt im Kurs für die Streber. Und er geht in die Bibliothek.« Das letzte Wort presste er mit deutlicher Verachtung hervor.

Elena seufzte. »Na, wie auch immer. Es war jedenfalls nett von dir, dass du hier gewesen bist.«

»Ach was ...« Ahmed wischte sich Blätterteigkrümel von den Fingern. »Gab doch schulfrei dafür, stimmt's?« Dann stolzierte er wichtigtuerisch Richtung Ausgang – was in einer Schuluniform jedoch irgendwie die Wirkung verfehlte.

»Schön, dass du da warst, Ahmed«, rief Mr Rosen ihm nach. Der Direktor schüttelte dem Pfarrer die Hand, dann wandte er sich an Elena und lächelte traurig. »Schön, dass auch du gekommen bist, Elena. Ich wusste gar nicht, dass du mit Liam befreundet warst.«

»Das war ich auch nicht. Ich ... Es hat mir nur leidgetan für ihn, das ist alles. Ich habe versucht, Matt davon zu überzeugen, herzukommen.«

»Äh ... Matteus Wheeler?« Mr Rosen nickte. »Und das wollte er nicht?«

»Nein. Ich glaube, er fühlt sich mies. Die beiden hatten einen ... Zusammenstoß ... in der Turnhalle – an dem Tag, an dem Liam zusammengebrochen ist.«

»Davon habe ich gehört«, sagte Mr Rosen, nahm seine Brille ab und begann sie mit einem Tuch zu putzen. »Ein paar der anderen Jungs haben das Ganze beobachtet. Und soweit ich das verstanden habe, ist Liam absichtlich mit Matt zusammengestoßen. Matt hat keinen Grund, sich schlecht zu fühlen. Der Herzinfarkt hatte damit nichts zu tun.«

»Das hab ich ihm auch gesagt«, erwiderte Elena.

»Matt ist ein guter Kerl.« Mr Rosen setzte seine Brille wieder auf. Als sie nach draußen gingen, wo die kühle Luft der Stimmung entsprach, passte er sich Elenas Schritttempo an. »Und er macht sich. Ich glaube, du hast einen guten Einfluss auf ihn, Elena.«

»Wir sind nur gute Freunde, wissen Sie.«

»Etwas anderes habe ich nie behauptet«, entgegnete der Direktor mit einem freundlichen Lächeln. »Gute Freunde können dein Leben entscheidend bereichern. Ich zum Beispiel wäre ohne meine Freunde verloren.«

»So geht es mir auch«, sagte Elena. Als sie einen Blick zurück auf den Friedhof warf, meinte sie, ein Tier mit rotbraunem Fell bei der Hecke aus Eiben zu sehen. Velma wartete auf sie. »Ich gehe in diese Richtung«, sagte sie zu Mr Rosen.

»Na, dann mach's gut«, erwiderte der Direktor und wandte sich zum Haupttor. »Wir sehen uns morgen in der Schule.«

Elena lief an den Gräbern entlang auf den Rand des Friedhofs zu. Als sie Velmas vertraute Schnauze unter den dunklen, mit Nadeln besetzten Zweigen hervorblitzen sah, wurde ihr trotz der nachmittäglichen Kälte ganz warm. Sie ging in die Hocke und strich der Füchsin über den Kopf. »Es tut gut, dich zu sehen«, murmelte sie. »An einem solchen Tag kann ich etwas Aufmunterung gebrauchen.«

Velma sagte nicht viel, dennoch schien sie unruhig zu sein. Sie fragte sich, weshalb Elena hier war.

»Ein Junge aus der Schule«, erklärte Elena und sah hinüber zu dem noch immer offenen Grab, das von Streifen aus leuchtend grünem Plastikrasen gesäumt war. »Er ist gestorben. Und wurde heute hier beerdigt.«

Velma trottete, den Schwanz gerade nach hinten gereckt, zum Grab und sah hinein. Elena blickte sich unsicher um, dann folgte sie dem Tier. »Wir sollten gehen«, sagte sie. Und dachte: *Ich fühle mich nicht wohl dabei, hier herumzustehen und auf einen Sarg zu starren. Da liegt ein Junge drin, den ich kannte. Ich mochte ihn nicht, aber … letzte Woche war er noch am Leben.*

Velma schnüffelte am Rand des Grabs entlang, dann hob sie die mit feinen Schnurrhaaren gespickte Nase und blickte zu Elena. Die Füchsin sah eindeutig überrascht aus.

Kein Junge, sagte sie.

Elena verstand nicht. »Nein … kein richtiger Junge. Nicht mehr. Er ist gegangen … gestorben. Hier liegt nur noch sein Körper.«

Velma ließ den Schwanz herumschnellen und sah sich um. Dann suchte sie wieder Elenas Blick und sandte ihr noch einmal dieselbe Nachricht: *Kein Junge*.

Elena zuckte mit den Schultern. Vielleicht war es die Art und Weise, wie Füchse den Tod sahen. Du *bist* … und plötzlich bist du … *nicht mehr*. In der Natur hatte Velma vermutlich schon viele tote Tiere gesehen, und vielleicht war es für sie einfach so: Fuchs … kein Fuchs. Junge … kein Junge.

»Ich muss nach Hause«, sagte Elena und trat erleichtert einen Schritt vom Grab zurück. Es war eine sehr seltsame Woche gewesen. Gut, dass sie die anderen heute Nacht im Baumhaus treffen würde. Bald würde alles wieder wie immer sein.

Velma knurrte. Elena blieb regungslos stehen. *Was?* Sie folgte der Blickrichtung der Füchsin. Einen winzigen verrückten Augenblick lang meinte sie, *Spin* bei dem hohen steinernen Mausoleum stehen zu sehen, das den Friedhof überragte. Ja, dort drüben, und das am helllichten Tag. Sein weißes Haar schimmerte im diesigen Sonnenlicht.

Velma knurrte erneut, und nachdem Elena kurz, vielleicht eine Sekunde, zu ihr hingesehen hatte, war Spin auch schon verschwunden. Wenn er es überhaupt gewesen war. Spin kam niemals bei Tageslicht raus, oder? Er konnte es nicht gewesen sein. Vermutlich hatte jemand anderer dort gestanden.

Aber wenn er es *doch* gewesen war ... Vielleicht war das Mausoleum sein »Zuhause«. Der Ort, an dem er abhing.

Mit einem Kribbeln auf der Haut ging Elena zum Mausoleum hinüber und umrundete es einmal. Könnte Spin – oder wer auch immer es gewesen war – in das Gebäude hineingegangen sein? Sie rüttelte an der Tür, doch die war verschlossen. Elena atmete hörbar aus und verdrehte die Augen. Was tat sie hier nur? Als sie sich umblickte, sah sie Velma ins Gestrüpp huschen. Da stand sie nun alleine auf einem Friedhof und versuchte, die Tür zu einem Mausoleum zu öffnen, weil sich vielleicht ein Vampir, den sie kannte, darin aufhielt.

Elena schüttelte den Kopf und lief nach Hause.

12

Spin lag im Schatten eines Engels. Das steinerne Gesicht der Statue war verwittert, die Augen blickten ausdruckslos, und auf den Flügeln wuchsen grüne Flechten. Dennoch: Der Engel war groß genug, um ihm wohltuenden Schatten zu spenden.

Er wusste, dass er eine Dummheit begangen hatte. Eigentlich sollte er zu Hause im Bett liegen, um wieder zu Kräften zu kommen. In seinem Keller, in Sicherheit. Gestern erst war er entlassen worden. Es war Irrsinn, sich auf einem Friedhof herumzutreiben – bei Tageslicht.

Astrid hatte ihm verboten, nach draußen zu gehen – mindestens zwei Tage müsse er im Bett bleiben, hatte sie gesagt. Astrid verbot ihm fast nie etwas – sie vertrat die Ansicht, dass sie ihm in den letzten sieben Jahren schon genug beigebracht hatte und er nun alt genug sei, eigene Entscheidungen zu treffen. Und so hatte er entschieden, sich auf Liam Bassiters Beerdigung umzusehen. Er war immer noch völlig erschöpft und spürte zugleich eine innere Unruhe und Zappeligkeit. Heute Nacht hatte er im Internet die Lokalnachrichten überflogen und im *Thornleigh-Anzeiger*, gut versteckt unter »Verschiedenes«, eine Anzeige gefunden, in der Zeitpunkt und Ort der Beisetzung genannt worden waren.

Der Tod des armen Bassiters schien bei den Lokalzeitungen keinerlei Interesse geweckt zu haben, vermutlich weil es keine trauernden Eltern gab, die man hätte interviewen können – nur eine Sozialarbeiterin und eine kränkelnde Oma, die zu alt war, um noch von Reportern belästigt zu werden. Ansonsten hätte es sicher das obligatorische Schulfoto gegeben, einen Aufhänger auf der Titelseite, frei nach dem Motto ER WAR IMMER SO LEBENSFROH, und ein paar Absätze mit bedeutungslosem Klatsch über ihn.

Spin hatte beschlossen, bis mittags zu schlafen und, während Astrid in ihrem Arbeitszimmer saß, hinauszustürmen. Er wollte den Lichtschutzfaktor seines Gesichts testen – und Liam Bassiter ganz nebenbei auf seine Art die letzte Ehre erweisen.

Elena am Grab zu sehen, damit hatte er nicht gerechnet. Und es hatte ihn ziemlich umgehauen. Er war noch nicht fit genug, um sich mit einem Nachtflüsterer anzulegen, und hatte sich deshalb instinktiv versteckt. Der Blutaustausch hatte funktioniert. Erstaunlich. Von dem Moment an, als er am Dienstag aufgewacht war und Astrid an seinem Bett gestanden hatte, waren die Symptome verschwunden – doch erst jetzt, da er seit über einer Stunde im Tageslicht zugebracht hatte, konnte er es endlich glauben. Er war *normal*. Fürchterlich erschöpft durch die Behandlung, aber dennoch: *normal*. Trotzdem hatte er zwiespältige Gefühle bei dem Gedanken daran, tagsüber nach draußen zu gehen. Er war sich nicht sicher, ob er in die gewöhnliche Welt zurückkehren wollte.

Astrid hatte vor vielen Jahren aus Überzeugung entschieden, ihr Leben und das ihres Sohnes auf den Kopf zu stellen und nachtaktiv zu leben. Er war daher überrascht gewesen, als sie ihm vor einigen Monaten vorschlug, es nun doch einmal mit einer dieser Therapien zu versuchen, vor denen sie ihn in den Jahren zuvor hatte schützen wollen.

Ein Austausch der roten Blutkörperchen war nichts für die Ewigkeit, aber er konnte vorübergehend von den Symptomen der EPP befreien. Der Grund, weshalb Astrid ihm schließlich doch zu der Behandlung geraten hatte, war seine Zukunft. Sie wollte, dass er sich mit dem Gedanken anfreundete, auf die Universität zu gehen, und wusste, dass ein Bewerbungsgespräch in den Abendstunden so gut wie unmöglich war. Spin hatte nicht nur in diesem

Punkt Bedenken. Er hatte sich auch noch nie als zukünftigen Studenten gesehen.

»Aber du bist schlau. Unglaublich schlau«, hatte sie gesagt. »Du solltest es versuchen.«

»Ich kann mich für ein Fernstudium einschreiben, bei dem ich nur online mit meinen Lehrern zu tun habe«, hatte er eingeworfen.

»Ich weiß. Aber bei einem Studium geht es nicht nur ums Studieren, sondern mindestens genauso sehr darum, Leute kennenzulernen. Kontakte zu knüpfen.«

»Und … tagsüber … in Vorlesungen zu gehen.«

»Darum machen wir uns erst Gedanken, wenn es so weit ist. Für den Moment wollen wir einfach nur wissen, ob du dem Tageslicht kurz Hallo sagen kannst, ob du Neonlicht verträgst oder es schaffst, einen sonnigen Innenhof zu durchqueren.«

Und so hatte er zugestimmt. Natürlich war er interessiert gewesen, aber er hatte nicht ahnen können, wie schmerzhaft, erschöpfend und erniedrigend das Ganze werden würde.

Gerade warfen die Trauergäste Erde ins offene Grab. Spin kam auf die Beine, trat hinter dem Engel hervor und schlich zwischen den Grabsteinen nach vorne. Er entdeckte ein kleines Mausoleum mit Steinsäulen, hinter dem er sich verstecken und von wo aus er alles weiter beobachten konnte. Elena stand in ihrer Schulkleidung neben einem dunkelhaarigen Mann mit Brille und einem asiatisch aussehenden Jungen, der – ebenfalls in der Schuluniform der Harcourt High – Kaugummi kaute und auf seine Schuhe starrte. Elena strich sich die Haare aus dem Gesicht. Auf Spin wirkte sie ruhig und feierlich, aber keineswegs durcheinander oder todtraurig. Was machte sie überhaupt hier? Ein- oder zweimal sah sie in seine Richtung, woraufhin sein Herz zu klopfen begann und er sich merkwürdig leicht und benommen fühlte. Das hier war wirklich keine gute Idee gewesen.

Nachdem die mitleiderregend kleine Trauergemeinde in die Kirche gegangen war, schlenderte er zum Grab hinüber. Sorgsam achtete er darauf, dass ihn niemand entdeckte. Er kniete sich auf den scheußlichen Kunstrasen und starrte hinunter auf den Sarg. Der Sarg war schlicht und hatte nicht einmal ein Namensschild. Höchstwahrscheinlich bestand er aus Pressspan. Ein billiges Begräbnis. Vermutlich würden sie später einen Grabstein aus Styropor aufstellen – mit Graniteffekt.

»Na, da haben sie sich ja beeilt, was, Bassiter?«, sagte er. »Hast gar keine Zeit mehr zum Rumgammeln gehabt. Krankenstation – Kühlkammer – Pathologie – Leichenhalle: alles in Rekordzeit. Nicht gerade respektvoll, oder?« Irgendetwas fühlte sich falsch an. Das Ganze war … zu hastig geschehen. Andererseits lief es vielleicht immer auf diese Art ab, wenn jemand außer einer alten, gebrechlichen Großmutter keine nennenswerten Angehörigen hatte. In einem solchen Fall kam es nicht zu Verzögerungen, nur weil sich alle erst einmal einen Termin für die Beerdigung freischaufeln mussten. Niemand stritt sich über die Details. Es mussten keine Blumen bestellt werden, und es gab auch keine Großfamilie, die beim Leichenschmaus versorgt werden musste.

Als er Geräusche drüben bei der Kirche hörte, lief er lautlos zurück zum Mausoleum, wo er sich instinktiv in den Schatten zurückzog. Der asiatisch aussehende Junge war gerade aus dem Nebenraum der Kirche gekommen und stapfte nun über den Kiesweg. Während sein Energielevel langsam ins Wanken geriet und zu kippen drohte, beobachtete er den Jungen beim Verlassen des Friedhofs. Kurz darauf trat der dunkelhaarige Brillenträger zusammen mit Elena nach draußen. Spin atmete tief durch, Müdigkeit überkam ihn. Er musste nach Hause. Auch wenn sein Verstand wusste, dass das Tageslicht heute keine Gefahr für ihn darstellte, sorgte die Macht der Gewohnheit dafür, dass er panisch und zittrig wurde.

Doch Elena verabschiedete sich ohnehin gerade und ging über den Friedhof zurück. Als Spin ein rotbraunes Fellkleid unter der dunkelgrünen Eibenhecke entdeckte, begriff er, dass sie etwas vorhatte. Aah. Elenas kleiner pelziger Freund war hier, um sie zu begrüßen. Spin knirschte mit den Zähnen. Dieser verflixte Fuchs hatte ihn angegriffen, als er sich vor ein paar Monaten zum ersten Mal mit der kleinen Mona Lisa angelegt hatte. Das ärgerliche Ende einer ansonsten perfekten Erinnerung. Trotz allem hatte er damals den Rauch einsetzen und einen professionellen Abgang hinlegen können, bevor Elenas räudiger Beschützer ihm noch einmal seine Zähne ins Fleisch graben konnte.

Verdammt. Er verschwand hinter dem Mausoleum und ließ sich Sekunden später wieder hinter den Engel fallen. Hatte sie ihn gesehen? Er spähte am Sockel des Engels vorbei nach vorne und sah, dass Elena um das Mausoleum herumging und sogar an der Tür rüttelte. Sie wirkte ratlos, verwirrt. Gut. Später konnte er all dies hier immer noch leugnen.

Als sie gegangen war, kam er aus seinem Versteck hervor und wollte direkt nach Hause laufen … als er plötzlich das andere Grab entdeckte. Offensichtlich frisch aufgeschüttet. Auf dem Erdhügel darüber lag ein Strauß welkender Nelken. Ein kleines, hölzernes Schild informierte über Geburts- und Sterbedatum. Der Todestag war erst diesen Freitag gewesen … Außerdem standen dort Name und Alter der Verstorbenen – Kacey Barnet, elf Jahre. An den Blumen war ein kleiner Plastikrahmen mit einem Foto befestigt, und auf dem Foto lächelte Kacey schüchtern unter ihren wilden rostroten Ringellocken hervor.

Spin stand da und starrte regungslos auf das Grab. Das Mädchen, das am Freitag auf der Kinderstation gestorben war. Ebenfalls hier. Ebenfalls schleunigst begraben.

Wenn er morgen wieder hierherkäme, hätten sie Megan dann

auch schon beerdigt? Wurde auch sie gerade mit respektloser Eile von der Kühlkammer in die Pathologie und von dort aus in die Leichenhalle gebracht?

Spin war kein Freund von Verschwörungstheorien, und doch fragte er sich langsam, ob Alistair recht hatte. Es war irgendwie unheimlich, wie zügig das alles abgewickelt wurde …

Spin sah seinen Schatten auf ein verwittertes Kreuz fallen und spürte die Panik wie Nadelstiche in seinem Inneren – Nadelstiche, gegen die kühle Logik nun nicht mehr ankam. In seinem Kopf drehte sich alles. Es war Zeit, nach Hause zu gehen. Und so floh er in den Schatten der Bäume.

13

»Ich hab Hausarrest«, sagte Tima.

Matt schnaubte. »Klar. Man sieht's.«

»Ich meine, zu normalen Tageszeiten. Und gestern Nacht habe ich mich nicht rausgewagt, weil ich derart Hausarrest habe, dass meine Eltern vielleicht um 2 Uhr nachts in mein Zimmer gekommen wären, nur um es mir *noch mal* zu sagen.«

Elena lehnte sich gegen den Sitzsack, wo das Laternenlicht und die Flamme des Gasofens ihr Gesicht erhellten. »Ich fasse es nicht, dass du dir an deiner piekfeinen Privatschule eine Essensschlacht geliefert hast.«

Tima wirkte verlegen. »Lily hat es einfach drauf angelegt.«

»Hat sie dich wieder ›Insekten-Girl‹ genannt?«, fragte Matt. »Ach komm schon, das ist doch kein Drama! Immerhin haben sie und ihre Freundinnen dich nicht hinter die Mülltonen geschleppt und auf dich eingetreten.« Manchmal fragte er sich, ob Tima und er überhaupt denselben Planeten bewohnten. Seine Nase war immer noch empfindlich und wund und erholte sich nur langsam von dem Stoß, den er letzte Woche kassiert hatte.

»Nein«, erwiderte Tima. Sie schien etwas von ihrer sonstigen Fröhlichkeit eingebüßt zu haben. »Damit hatte es eigentlich gar nichts zu tun. Mir ist es egal, wie Lily und ihre Freundinnen mich nennen. Es war nur die Art, wie sie über dieses arme Mädchen geredet haben, das auf Lilys Geburtstagsfeier gewesen ist. Ich bin ihr im Flur begegnet, kurz bevor Spencer den Krawall ausgelöst hat. Sie hieß Megan und machte den Eindruck, als gehöre sie nicht dazu.«

Tima machte eine Pause und schluckte. Elena richtete sich auf. »Wie meinst du das?«

»Zum einen trug sie kein Kleid von Ralph Lauren und auch keine Gucci-Schuhe«, erzählte Tima mit einem müden Lächeln. »Sie hatte ganz normale Klamotten an. Und ganz normale Schuhe. Trotzdem war sie ziemlich hübsch. Sie hatte wunderschönes rotbraunes Haar, und sie war nur da, weil Lilys Mutter das Kinderheim, in dem sie lebt, finanziell unterstützt. Sie war ein Fürsorgefall … und das haben die anderen sie auch deutlich spüren lassen.«

»Wie schrecklich«, murmelte Elena. »Megan wurde mit geheucheltem Mitleid überschüttet, oder?«

»Lily hat meines Wissens nach überhaupt nicht mit ihr geredet. Aber Mrs Fry war ihr gegenüber sooo herablassend. Megan hat sich nicht gut gefühlt und ist in einem Taxi ins Kinderheim zurückgebracht worden – zusammen mit einer Mitgebsel-Tüte und einer Extraportion Mitleid.« Tima machte eine Pause, was ungewöhnlich für sie war, und nestelte an den Schnürsenkeln ihrer neuen Jazzstiefel. Schließlich fuhr sie fort: »Megan kam ins Krankenhaus … und ist gestorben. Das habe ich Mittwoch in der Mittagspause herausgefunden. Es war ein richtiger Schock. Sie war gerade mal so alt wie ich, und jetzt ist sie tot. Wie kann das sein?«

Matt fröstelte. »Wieder jemand so Junges?«

»Furchtbar, nicht?«, sagte Tima und blickte Matt an. »Wie geht es dir denn mittlerweile wegen Liam?«

Matt zuckte mit den Schultern. »Ich hab's euch ja schon mal gesagt – für mich ist sein Tod kein Verlust.« Er log. Das Ganze nahm ihn mehr mit, als er es sich eingestehen wollte.

»Hast du gewusst, dass Ahmed bei der Beerdigung gewesen ist?«, fragte Elena.

Wieder zuckte Matt mit den Schultern. Er öffnete eine Tüte Tortilla-Chips und bot Glück einen davon an. Begeistert pickte das Starenweibchen ihn von seiner Hand auf.

Elena schien zu begreifen, dass er nicht weiter darauf eingehen wollte. Sie wandte sich wieder an Tima: »Jetzt verrat mir mal, warum diese Neuigkeiten über Megan in einer Kantinenschlacht geendet haben.«

Tima schüttelte den Kopf. »Es war einfach die Art, wie sie darüber gesprochen haben. Ich saß am selben Tisch. Sie haben sich aufgeregt, dass ihre Haare so ausgesehen hätten, als würden sie nie gekämmt. Das Mädchen ist tot – und die dissen sie wegen ihrer *Haare*! Und Lily plapperte ständig was in der Art ›Ach Gottchen … dieses arme ungewaschene Mädchen‹.«

Elena nickte. »Okay. Ich nehme alles zurück. In dem Fall hätte ich sie auch mit Essen beworfen.«

»Der Direktor hat uns eine gewaltige Standpauke gehalten …«, murmelte Tima. »Und dann unsere Eltern angerufen. Mum und Dad waren *knallrot* im Gesicht, sie haben sich so für mich geschämt. Ich trau mich kaum noch, mich zu bewegen. Aber eine weitere Nacht habe ich es zu Hause nicht ausgehalten. Sogar Spencer war der Meinung, dass ich wieder raus an die frische Luft muss.«

»Ist schon seltsam, oder?«, meinte Elena. »Zwei tote Kinder in einer Woche …«

»Ich hab was, um das Baumhaus zu isolieren«, sagte Matt, um das Thema zu wechseln. Er setzte Glück auf dem Fensterbrett ab und legte ihr den letzten Tortilla-Chip hin. Dann kramte er in seinem Rucksack und zog mehrere zusammengefaltete Rettungsdecken und eine große Rolle Klebeband heraus.

Elena und Tima standen sofort auf, um zu helfen. Das mochte er so an ihnen: Wenn sie nicht gerade endlos quatschten, waren sie ziemlich cool.

Die nächste Stunde verbrachten sie damit, das Versteck sorgfältig mit den Decken auszukleiden. Die Folie würde die Wärme des Gasofens und sogar ihre Körperwärme reflektieren und so im Raum halten.

»Es fühlt sich hier drin jetzt eindeutig wärmer an!«, sagte Tima. »Aber das könnte auch daran liegen, dass wir uns beim Aufhängen der Rettungsdecken so angestrengt haben. Und es sieht richtig nett aus.«

Das Ergebnis konnte sich wirklich sehen lassen. Auf wacklig-verschwommene Art spiegelten sie sich alle drei in den Folien. Der Schein der Laterne und der Gasflamme wurde von den Wänden zurückgeworfen und erhellte so den ganzen Raum. »Als Nächstes sollten wir Folien unter dem Dach anbringen«, schlug Matt vor.

»Wir gehen jetzt besser mal nach Hause«, sagte Elena seufzend. »Früher oder später, Tima, finden deine Eltern heraus, dass nicht *du* unter der Bettdecke liegst, sondern eine Puppe und zwei Kissen. Was glaubst du, was dann erst bei euch los ist?«

Matt begleitete die Mädchen nach Hause, bevor er selbst den Heimweg antrat. Elena und Tima brauchten ihn nicht als Beschützer – die ortsansässige Tierwelt befand sich stets im Stand-by-Modus, um die beiden gegen etwaige Bösewichte zu verteidigen ... oder gegen Pseudo-Vampire. Nein, er selbst war es, der sich unruhig und unbehaglich fühlte, und das schon seit der Nachricht von Liams Tod. Dabei verstand er nicht, weshalb er auch nur noch einen einzigen Gedanken an diesen Typen verschwendete. Liam hatte ihm das Leben schwer gemacht, seit er das erste Mal an der Harcourt-Highschool aufgetaucht war. Nach und nach hatte er sämtliche Freunde von Matt gegen ihren ehemaligen Kumpel aufgebracht und ihn gnadenlos drangsaliert. Und versucht, ihn vom Balkon seiner Wohnung im 15. Stock zu stoßen! Matt hatte Liam gehasst. Wieso also wühlte sein plötzlicher Tod ihn so auf? Hatte er sich nicht früher mehrmals am Tag gewünscht, Liam möge einfach tot umfallen?

»Hassen, Liam«, sagte Glück plötzlich, was ihn daran erinnerte, dass sie immer noch auf seiner Schulter saß und – zumindest auf ihre eigene, unbewusste Starenart – seine Gedanken lesen konnte.

»Jetzt nicht mehr, Glück.« Er strich ihr über den kleinen, gefiederten Kopf. »Wenn ein Mensch tot ist, sollte man ihn nicht mehr hassen.«

»Hassen. Nicht. Tot«, sagte Glück. Er wusste, was sie meinte. Sie orientierte sich mit ihrer Vogelstimme immer an dem, was er sagte, aber ihre Wörter kamen oft in verkehrter Reihenfolge heraus.

»Du liebst diesen Vogel, stimmt's?«

Matt sprang zur Seite, während Glück erschrocken von seiner Schulter aufflatterte. Neben ihm war jemand auf einem Fahrrad zum Stehen gekommen – Ahmed. Matt blinzelte und sah auf die Uhr. Es war 5:13 Uhr. Mit einem Nicken schickte er Glück nach Hause, damit sie sich ausruhen konnte, und drehte sich erstaunt zu Ahmed um. »Ist es nicht noch ein bisschen früh für dich?«

»Früh für *mich*?« Ahmed zeigte auf die großen Fahrradtaschen zu beiden Seiten des Hinterrads. »Ich fahr Zeitungen aus, weißt du doch. Muss sie erst abholen. Was hast *du* für eine Entschuldigung?«

»Vogelbeobachtung«, erwiderte Matt – ein wenig zu schnell.

»Dafür ist es doch viel zu dunkel.« Ahmed sah ihn misstrauisch an.

»Eulen«, sagte Matt. »Ich beobachte Eulen.«

»Ja, klar. Und deine Kuschelamsel«, sagte Ahmed.

»Sie ist ein Star.«

»Liam hat uns von deinem merkwürdigen Vogeldingsda erzählt«, sagte Ahmed. Da Matt weitergelaufen war, stieg er vom Fahrrad und schob es neben ihm die Straße entlang. »Damals, nachdem uns diese Vögel beim Sportplatz angegriffen hatten … als ihr zwei miteinander gekämpft habt. Und dann die Sache auf dem Balkon …«

»Ja«, grummelte Matt. »Ich erinnere mich …«

»Ey, hör mal.« Ahmed blieb stehen und starrte auf den Bordstein. »Mir hat das alles nicht gepasst, weißt du? Ich hab versucht,

Liam davon abzubringen. Hab ihm gesagt, dass er sich mal beruhigen soll.«

Matt nickte, wenn auch widerwillig. »Ich weiß. Aber vorher, als er auf mich eingetreten hat, hast du noch volle Pulle mitgemacht.«

Ahmed presste die Lippen zusammen. »Du hast uns einfach fallen lassen«, sagte er völlig unerwartet. »Gleich nachdem du diese kleine Lovestory mit Elena Hickson laufen hattest und urplötzlich in der Bibliothek rumhingst, um sie zu beeindrucken. Wir waren dir nicht mehr gut genug.«

Überrascht stellte Matt fest, dass Ahmed tatsächlich *sauer* auf ihn war. Er schüttelte den Kopf. »Ich und Elena – wir haben keine … Lovestory. Wir sind nur Freunde. Gute Freunde. Sie interessiert sich auch für die Natur, für Säugetiere. Und ich mich für Vögel. Das heißt aber noch lange nicht, dass ich keine Kumpels mehr brauche.«

»Ja, du und deine Federviecher«, sagte Ahmed. »Ich hab genauso wenig wie du vergessen, was da auf dem Balkon passiert ist. Liam hatte recht. Du hast diese riesigen Vögel auf uns gehetzt.«

Matt atmete tief durch. »Welche Vögel? An Vögel kann ich mich überhaupt nicht erinnern … Es war nur ein Kampf. Ich hab Liam und Tyler ausgeknockt. Und du hast *dich selbst* ausgeknockt, weil du durch eine Glastür rennen wolltest.«

»Da oben waren Vögel!«, beharrte Ahmed. Sie hatten einen spärlich beleuchteten Zeitschriftenladen erreicht, und Ahmed hob das Rad auf den Bürgersteig.

»Du hattest eine Gehirnerschütterung. Du *denkst* vielleicht, dass du Vögel gesehen hast«, sagte Matt mit versteinerter Miene. »Liam hat euch diese verrückte Idee in den Kopf gesetzt.« Er dachte daran, dass Liam und Tyler glücklicherweise von oben angegriffen worden waren. Die Bussarde hatten sich auf sie gestürzt, und im nächsten Moment waren die beiden quasi schon bewusstlos gewesen.

Liam und Tyler konnten demnach keine klare Erinnerung daran gehabt haben, wer oder was sie angegriffen hatte. Ahmed aber hatte wohl sehr viel mehr gesehen, bevor er mit dem Kopf gegen die Balkontür geknallt war. Einige Rotmilane waren damals auf ihn zugeschossen.

»Du hast dich verändert«, sagte Ahmed und klopfte an die Ladentür.

Matt nickte. »Ja. Das hab ich.«

Ein Mann mittleren Alters öffnete. »Wer ist das denn, Ahmed?«, fragte er.

»Ein Junge aus der Schule«, murmelte Ahmed. »Totaler Loser.«

»Ist das nicht dein Freund Liam?« Der Mann beäugte Matt argwöhnisch.

»Nein. Liam ist der Junge, der gestorben ist, Onkel«, sagte Ahmed. »Und der war schon seit Ewigkeiten nicht mehr mein Freund. Der war ein Psycho.«

»Und was will der Junge dann hier, wenn er nicht dein Freund ist?«

»Ich weiß nicht. Vielleicht will er einen Job als Zeitungsausträger. Aber bemüh dich erst gar nicht. Er würde die Zeitungen vermutlich eh nur in den nächsten Graben werfen.«

Matt schnaubte. »Ich würde sie *nicht* in den Graben werfen! Außerdem will ich gar keine Zeitungen austragen.«

Ahmed und sein Onkel drehten sich um und starrten ihn an.

»Du sprichst Punjabi?«, fragte der Mann, und sein Gesicht hellte sich auf. »Ahmed! Weshalb hast du mir nicht gesagt, dass du einen Freund hast, der Punjabi spricht?«

Ahmed war der Mund offen stehen geblieben. »Er … das tut er nicht. Er hat nur …«

Matt fluchte innerlich. Er hatte sich so bemüht, Ahmed die Erinnerung an die Vögel auszureden, dass er seine andere Superkraft völlig vergessen hatte. Als Nachtflüsterer teilten er, Elena und Tima – neben durchwachten Nächten und chronischem Schlafmangel – nicht nur die Gabe, mit der gesamten Tierwelt zu kommunizieren. Ihr Sprachtalent betraf auch die Menschenwelt. Sie verstanden auf Anhieb jede beliebige Sprache. Sie sprachen problemlos jede beliebige Sprache. Und sie bemerkten kaum, wenn sie einmal Gebrauch von dieser Gabe machten.

»Ich hab in den Sommerferien ein paar Unterrichtsstunden genommen«, erwiderte Matt lahm. »Weil … ich eine Wette verloren hatte.«

Ahmed sah ihn fassungslos an. Matt fiel ein, dass sein früherer Freund in den letzten Jahren oft auf Punjabi mit seinen Eltern gesprochen hatte, während er dabei gewesen war – und er hatte nie auch nur ein Wort davon verstanden.

Matt bemühte sich bewusst, ins Englische zurückzufinden. »Ich muss jetzt nach Hause«, sagte er. »Autos waschen. Wir sehen uns in der Schule.«

Als er um die Ecke bog, starrte Ahmed ihm immer noch nach.

14

Himmelblau war nicht gerade seine Lieblingsfarbe, aber Spin musste zugeben, dass sie ihm ziemlich gut stand. Einen Arztkittel hatte er nicht genommen, weil er fürchtete, die Rolle als junger Assistenzarzt nicht durchziehen zu können, sobald ihm jemand eine knifflige Frage stellte. Aber mit seinen knapp 17 Jahren konnte er gut als Krankenpflege-Azubi durchgehen. Sollte er in Verlegenheit geraten, würde er einfach behaupten, dass er neu an der Klinik sei.

Das Wichtigste war tatsächlich, dass er während seiner Mission nicht aufflog. An diesem Morgen war er in einem Geschäft für Berufskleidung am Stadtrand von Thornleigh gewesen. Für den Hin- und Rückweg hatte er sich ein Taxi genommen, denn selbst wenn er sich langsam an seine neue »Normalität« gewöhnte, war er noch nicht bereit, eine Fahrt mit dem Bus zu riskieren. Das Neonlicht im Laden hatte ihn zwar etwas nervös gemacht, während er sich einen Kittel und eine Hose herausgesucht hatte, aber es hatte ihm keine Schmerzen bereitet. Neben der Kleidung hatte er sich auch noch für ein Band mit Ausweishülle zum Umhängen entschieden sowie für eine ansteckbare Uhr. Der Mann hinter der Ladentheke hatte nicht einmal mit der Wimper gezuckt, als Spin seine Einkäufe mit Karte bezahlte.

An ein Namensschild für die Ausweishülle zu kommen, war schon schwieriger gewesen. Zum Glück hatte Spin ein gutes Auge für Details, ja sogar ein eidetisches – oder fotografisches – Gedächtnis. Er konnte sich genau daran erinnern, wie die Namensschilder ausgesehen hatten, die das Pflegepersonal auf der Station getragen hatte. Als er von seiner Einkaufstour zurückgekommen war, hatte er sich ein PDF des Krankenhauslogos von der Klinikwebsite heruntergeladen. Damit ließ sich am Laptop mit relativ wenig Aufwand ein falsches Namensschild »basteln«, das er auf glänzendem Karton ausgedruckt hatte. Für seinen Ausweis hatte sich Spin den Namen Til Tremer zugelegt, weil er ein Anagramm von *Ermittler* war. Denn das war er. Natürlich würde dieses Namensschild keiner Sicherheitsüberprüfung standhalten – es hatte weder einen Chip noch einen Magnetstreifen, mit dem man es irgendwo drüberziehen konnte –, aber er hoffte, es auch so irgendwie zu schaffen.

Im Krankenhaus angekommen, lief er ohne zu zögern am Hauptempfang vorbei und den Flur hinunter bis zu den Aufzügen. Er hatte ein Klemmbrett zum Schreiben mitgebracht, für den Fall, dass er den Kopf senken musste, um unerkannt zu bleiben. Mit dem Klemmbrett würde er sehr geschäftig aussehen. Spin hatte vorgehabt, direkt hinunter in die Pathologie zu fahren und zu versuchen, sich dort hineinzuschleichen. Doch dann entdeckte er ein paar junge Krankenschwestern, die einen Seitenflur entlangliefen. Sie mussten zu einem Bereich unterwegs sein, der dem Personal vorbehalten war. Was nützlich für ihn sein konnte. Spin folgte ihnen. Das Spiel begann.

Der schmale Flur machte eine scharfe Kurve. Als er um die Ecke bog, schlug vor ihm gerade eine Tür zu. Er streckte das Bein aus und brachte den Fuß dazwischen, sodass er die Tür gerade noch aufhalten konnte. Das schwarze Lesegerät neben der Tür blinkte rot. *Nur für Personal*, stand darauf. Spin zog die Tür auf. Dahinter lag ein Aufenthaltsraum mit einigen abgewetzten Sofas sowie einem Rechteck aus Schließfächern auf der rechten Seite. Hinter zwei geöffneten Spindtüren standen Krankenschwestern. Spin konnte hören, wie die beiden sich unterhielten.

»Das war eine lange Schicht«, sagte die eine und legte eine marineblaue Strickjacke über die Spindtür. »Ebene D hab ich so was von satt. Ich geh jetzt nach Hause und steig direkt in meinen Schlafanzug.«

Spins Blick war an der Strickjacke hängen geblieben, an der ein Clip mit einem Namensschild befestigt war. Einem offiziellen Namensschild.

»Hast du morgen auch Frühdienst?«, fragte die andere, die in ihrem Schließfach herumwühlte. Spin begriff, dass ihm nur Sekunden blieben, um diese Gelegenheit zu nutzen. Jeden Augenblick würden sie hinter ihren kleinen Metalltüren hervorkommen und ihn entdecken – seine Chance wäre vertan. Lautlos schlich er über den schmuddeligen Fliesenboden und löste vorsichtig den Clip mit dem Ausweis von der Strickjacke. Dann drehte er sich um und verließ den Raum, während die Krankenschwestern sich weiter angeregt über Belanglosigkeiten austauschten.

Auf dem Weg zu den Aufzügen schob er den Clip tief in seine Hosentasche. Auf den mit verschiedenen Farben gekennzeichneten Wegweisern für Besucher war die Pathologie nicht ausgewiesen, aber Spin wusste, dass sich diese Abteilung zusammen mit dem Kühlraum fast immer im Keller einer Klinik befand. Er nahm den Fahrstuhl ins Untergeschoss, zur Ebene A. Auf dem dazugehörigen Flur war wesentlich weniger los als oben, und er war nur spärlich beleuchtet, sodass Spin sich sofort entspannte. Seine schlichten schwarzen Schuhe quietschten auf dem grünen Linoleumboden, während er herumging und die Schilder studierte. Er hatte eine ganze Liste von Namen auf dem Klemmbrett, doch nur einer davon interessierte ihn.

Gestern Nacht hatte er sich dagegen entschieden, nach draußen zu gehen, obwohl er einen starken Drang verspürt hatte, Elena bis zum Baumhausversteck der Nachtflüsterer zu folgen. Stattdessen hatte er im Netz recherchiert und war dort auf ein Verzeichnis gestoßen, in dem sämtliche Pathologen des Thornleigh-Krankenhauses aufgelistet waren. In der Pathologie arbeitete nur ein Mann mit dem Vornamen Dominic. Dominic Lazaro. Als er auf den Namen gestoßen war, hatte Spin die Fäuste in die Luft gereckt.

Natürlich war es möglich, dass es sich nicht um denselben Dominic handelte. Seine ganze Mühe könnte umsonst gewesen sein. Vielleicht hatte das frische Blut sein Gehirn durcheinandergebracht, und er bildete sich diese lächerliche kleine Verschwörung nur ein. Allerdings war er sehr gut darin, sich an den genauen Wortlaut von Unterhaltungen zu erinnern, und aus irgendeinem Grund ging ihm dieses halbe Gespräch nicht mehr aus dem Kopf, das er einige Nächte zuvor auf dem Krankenhausdach belauscht hatte.

»Sie ist perfekt. Sogar besser als die anderen beiden. Toller Farbton. Und jung … leichter zu trainieren.«

Und dann …

»Dominic, entspann dich. Alles wird gut. Du bist doch ab Mittag da, oder nicht? Ich stelle sicher, dass sie nicht geht, bevor ich um eins wiederkomme. Gegen zwei Uhr wird es vermutlich so weit sein. Ich kümmere mich darum. In der Kammer ist noch genügend Platz für eine mehr.«

»Dominic hatte Dienst«, murmelte Spin vor sich hin, als er an einer Tür stehen blieb, auf der *Pathologie* stand. »Dominic Lazaro hatte am Dienstag gegen 14 Uhr Schichtdienst als Pathologe, jede Wette. Vielleicht auch am Montag in den frühen Morgenstunden. Und möglicherweise auch letzten Freitagnachmittag.«

Spin drückte gegen die Stahlplatte der Tür. Sie bewegte sich nicht. Er fischte das gestohlene Namensschild aus der Hosentasche. Schwester Carolyn Murray würde ihm sicher aus der Patsche helfen. Hoffentlich hatte sie noch nicht bemerkt, dass ihr Clip verschwunden war. Spin wusste nicht, wie clever das IT-Team der Klinik war, bezweifelte aber, dass sie ihren Ausweis – falls die Krankenschwester den Verlust schon gemeldet hatte – so schnell gesperrt hatten. Er hielt die Karte gegen die schwarze Plastikbox neben der Tür. Die roten Nadelstiche des Lesegeräts wurden grün. Bingo!

Hinter der Tür war es still. Er befand sich in einer Art Empfangsbereich mit zwei einander gegenüberstehenden Schreibtischen sowie einem Aktenschrank in der Ecke, auf dem ein Drucker stand. An der Wand waren einige Haken angebracht, an denen Mäntel und Jacken hingen. Die Schreibtische waren mit Computerbildschirmen und Tastaturen ausgestattet, und an der Pinnwand über ihnen fand sich eine Reihe von Zetteln. Der Raum war menschenleer. Links von Spin führte eine Tür in den Kühlraum, wo die Leichen aufbewahrt wurden. Durch die Glasscheibe sah man eine Person, die sich über ein fahrbares Krankenbett beugte. Ein bleiches Bein lugte hervor, am Zeh hing ein Schildchen. Rechts von Spin befand sich eine identische Tür, durch deren Glasscheibe man auf die metallenen Arbeitsflächen des Labors schauen konnte. Dort war niemand.

Schnell sah Spin sich im Zimmer um. Was er wollte, war simpel – doch wie sollte er herankommen? Die Dienstpläne waren bestimmt auf den PCs gespeichert. Er lief zum nächstgelegenen Computer und drückte eine Taste. Der schwarze Bildschirm erwachte zum Leben, wollte jedoch einen Namen und ein Passwort von ihm. Keine Chance. Ob er einfach frech den Kühlraum betreten und nach dem Plan fragen sollte?

Während er noch vor sich hin grübelte, ging die Tür hinter ihm auf, und eine junge dunkelhaarige Frau im weißen Kittel kam herein. »Oh – hallo«, sagte sie und runzelte die Stirn. »Kann ich dir helfen?«

Spin drehte sich zu ihr und schenkte ihr ein nervöses Lächeln. »Ich weiß nicht so recht. Die von Ebene D haben mich hier runtergeschickt, um eine … *Feentrage* zu holen – wissen Sie, was das ist?«

Die Frau blinzelte. »Eine *was*?«

Spin schluckte geräuschvoll. »Oh Mann.« Er wand sich und strich sich mit der Hand übers Gesicht. »Was bin ich für ein Idiot. Eine Feentrage …«

Sie lachte und schüttelte den Kopf. »Oje. Ist das heute zufällig dein erster Tag auf Station?«

Er nickte und grinste unbeholfen. »Ja. Wenn ich eine Mechanikerlehre machen würde, hätten sie mir gesagt, ich soll eine Dose Gelenkschmiere holen. Oder einen Schraubenzieher für Linkshänder, stimmt's?«

Sie kicherte mitfühlend. »Exakt! Kann ich sonst noch etwas für dich tun, Neuling? Brauchst du vielleicht noch drei Einhorn-Krücken?«

Verschmitzt verdrehte er die blaugrünen Augen – das zog immer –, woraufhin das Lächeln der jungen Frau noch strahlender wurde. »Da gäbe es tatsächlich noch etwas«, sagte er deshalb. »Schwester … ähm … ich hab ihren Namen schon wieder vergessen … Ach ja – Schwester Carolyn Murray. Sie bittet um den Schichtdienst-Plan von letzter Woche und den von dieser Woche.«

Die Frau im Kittel sah überrascht aus. »Okay … Merkwürdig. Was will eine Krankenschwester von der D damit anfangen?«

»Äh … ich glaube …«, Spin biss sich auf die Lippe, »… sie steht auf einen der Pathologen. Sie hofft, ihm während seiner Schicht über den Weg zu laufen, und versucht nun herauszufinden, wann er für gewöhnlich Dienst hat.«

»Oh, die spannen dich ja ganz schön ein!«, erwiderte die Frau lachend und schüttelte den Kopf. »Ich kann dir den Dienstplan geben – aber wenn deine Krankenschwester demnächst einen meiner Pathologen stalkt, dann mach ich dich dafür verantwortlich.« Sie lief zum Schreibtisch und betätigte einige Tasten. Sekunden später spuckte der Drucker den aktuellen Dienstplan und die Namen der Beteiligten aus. Die Frau händigte ihm die Seiten aus. »Geh jetzt –

geh zurück auf Station, Til, und sag ihnen, sie sollen dir einen vernünftigen Arbeitsauftrag geben.«

»Das mach ich – danke! Vielen Dank!« Spin machte eine leichte Verbeugung und zog sich zurück. Zügig lief er zu den Fahrstühlen. Er konnte kaum glauben, wie einfach es gewesen war. Der Aufzug kam schnell und blendete ihn mit seinen grässlichen Neonröhren, aber er war zu beschäftigt, den Dienstplan zu studieren, um dem leisen Anflug eines Prickelns in seinen Adern Beachtung zu schenken. In diesem Krankenhaus arbeiteten sechs Pathologen, und Dominic Lazaro war einer von ihnen. Spin fuhr mit dem Finger über die Spalten mit Schichtzeiten und Namen.

FREITAG	12 bis 20 Uhr	D. Lazaro
MONTAG	20 bis 4 Uhr	D. Lazaro
DIENSTAG	12 bis 20 Uhr	D. Lazaro

Spin spürte ein Prickeln auf der Haut, und dieses Mal lag es nicht nur an der Beleuchtung. Drei Kinder waren unerwartet gestorben. Alle drei waren zuvor von Mr Castle behandelt worden. Und nach ihrem Tod hatte man alle drei an Dominic Lazaro übergeben.

Okay. Trotzdem bedeutete das alles noch lange nicht, dass es sich hier um eine Verschwörung handelte … Oder doch? Wenn zwei Personen zufällig in derselben Schicht eingeteilt waren, kümmerten sie sich eben zwangsläufig auch gemeinsam um etwaige Todesfälle. Oder etwa nicht?

Trotzdem. Diese Sätze auf dem Dach waren einfach verdächtig gewesen. *»Dominic, entspann dich. Alles wird gut. Du bist doch ab*

Mittag da, oder nicht? Ich stelle sicher, dass sie nicht geht, bevor ich um eins wiederkomme. Gegen zwei Uhr wird es vermutlich so weit sein. Ich kümmere mich darum.«

Und Megan war gegen zwei Uhr gestorben.

Und dann diese seltsame Aussage: »*Sogar besser als die anderen beiden. Toller Farbton.«*

Die toten Kinder waren rothaarig gewesen. Alle drei.

15

Matt lag rücklings im Gras und seufzte. »Ich fürchte, ich hab's vergeigt.«

»WOW! Habt ihr *die* gesehen?« Tima zeigte nach Nordosten. »Tut mir leid, was hast du gesagt?«

»Ich hab gesagt – WOAH! Guckt euch *die* an!« Matt deutete nach Nordwesten, wo im selben Moment eine Sternschnuppe ihren Bogen am Nachthimmel beschrieb. Als Tima per SMS vorgeschlagen hatte, für diese Nacht Schlafsäcke und Isomatten mitzunehmen und sich auf eine Lichtung zu legen, hatte er mürrisch zurückgeschrieben:

> Ins nasskalte Feld legen?
> Dein Ernst?

Jetzt fand er langsam Gefallen daran. Am Nachmittag war der Leoniden-Meteorstrom im Wetterbericht angekündigt worden, und Tima war wild entschlossen gewesen, ihn sich anzusehen. Seit sie erfahren hatte, dass der nächtliche Strahl, der sie aufweckte, einer interplanetarischen Quelle entsprang, war sie mehr und mehr fasziniert davon, was dort draußen vor sich ging.

»Was vergeigt?«, hakte Elena nach, die dick eingemummelt in ihrem Schlafsack direkt neben Tima lag. Die drei hatten es sich ein Stück von ihrem Baumhaus entfernt inmitten einer Wiese bequem gemacht. Die Nacht war klar, und die Sterne über ihnen waren selbst ohne Sternschnuppenregen überwältigend schön.

»Ich habe plötzlich Punjabi gesprochen«, sagte Matt.

Elena stützte sich auf einem Ellbogen ab. »Mit wem?«

»Seht doch«, rief Tima. Eine schimmernde Gestalt schwebte heran und hielt sich knapp einen Meter über ihren Köpfen in der Luft. Wenn sie sich nicht irrte, war es eine von Matts Eulenfreundinnen, die gekommen war, um Hallo zu sagen.

Matt reckte eine Faust in die Höhe. Die Schleiereule landete auf seiner Hand und schlug mit den hellen Flügeln, die im Sternenlicht schimmerten.

Elena nahm den Gesprächsfaden wieder auf: »Mit wem hast du Punjabi gesprochen, Matt?«

Matt setzte sich auf und streichelte den weichen, gedrungenen Kopf der Schleiereule. »Ahmed. Ich hab ihn gestern Morgen auf dem Heimweg getroffen. Er fährt Zeitungen aus und wollte gerade mit seiner Runde beginnen.«

»Du hast mit Ahmed geredet?« Auch Elena setzte sich auf und strich der Eule über die Flügelfedern. »Worüber?«

»So Zeug halt«, erwiderte Matt. »Er hat sich gewundert, weshalb ich mich mit Glück auf der Schulter vor Morgengrauen draußen herumtreibe. Ich hab ihm weisgemacht, dass ich Eulen beobachten wollte. Und dann hat er … na ja, ich glaub, er hat irgendwie versucht, sich für all das zu entschuldigen, was da mit ihm und Liam und Tyler passiert ist. Als wir zum Zeitungsladen seines Onkels kamen, haben die beiden auf Punjabi drauflosgequasselt, und eh ich kapiert hatte, was Sache ist, hab ich auch schon mitgequatscht.«

»Das ist echt verzwickt, findet ihr nicht auch?« Tima hatte die Sternschnuppenjagd aufgegeben und sich ebenfalls hingesetzt, um die Eule zu streicheln und sich mit den anderen zu unterhalten. »Ich rede jetzt immer wieder Arabisch mit meinen Eltern, obwohl ich darin nie besonders gut war. Sie mögen es, aber ich weiß, dass sie trotzdem ein bisschen besorgt sind, weil ich neuerdings so viel verstehe, wenn sie sich unterhalten. Ich glaube, im Lauf der Jahre haben sie sich gegenseitig so einiges gesagt, was nicht für meine

Ohren bestimmt war. Jetzt verstehe ich alles … und muss manchmal so tun, als ob ich's nicht tue.«

Matt nickte. »Ich und Mum sprechen jetzt auch öfter Polnisch miteinander. Aber nicht vor Dad. Dad hasst das.«

»Wie hat Ahmed darauf reagiert?«, wollte Elena wissen.

»Schockstarre«, sagte Matt. »Er hatte natürlich geglaubt, ich verstehe kein Wort. Doch das hab ich. Ich hab alles verstanden. Sogar die unhöflichen Sachen, die er seinem Onkel über mich gesagt hat … Nein – streichelt sie nicht mehr. Das ist nicht gut für ihre Federn.« Tima und Elena zogen gehorsam die Hände weg, während Matt die Eule lässig auf seine Schulter verfrachtete und fortfuhr. »Jetzt muss ich mir eine Erklärung dafür ausdenken, weshalb ich seine Sprache plötzlich wie ein Muttersprachler spreche. Ich glaub kaum, dass er mir den Spruch ›Hab's über den Sommer wegen einer verlorenen Wette gelernt‹ abgekauft hat. Und er hat mich auf die Vögel angesprochen. Er erinnert sich an die Bussarde auf dem Balkon.«

Elena seufzte. »Er weiß schon viel zu viel. Wir müssen einen Weg finden, nichts mehr davon nach außen dringen zu lassen. Wir müssen lernen zu erkennen, ob jemand eine andere Sprache spricht. Wenn ich ganz genau hinhöre, merke ich, wenn die Sprache wechselt. Dass ich aus Versehen mit jemandem in seiner eigenen Sprache spreche, passiert nur, wenn ich unaufmerksam bin.«

»An sich eine coole Sache«, sagte Tima. »Wieso erzählen wir nicht einfach, dass wir Sprachgenies sind?«

»Weil das völlig unlogisch wäre«, erklärte Elena. »Dann hätten wir ja unser ganzes Leben lang schon welche sein müssen. Außerdem würden wir damit nur Aufmerksamkeit erregen, und die Leute würden sich für uns interessieren. Das wollen wir doch nicht, oder? Wir wollen doch möglichst unauffällig bleiben. Als wir zu Nachtflüsterern wurden, damals, als der Strahl zum ersten Mal kam und unsere Köpfe durcheinandergewirbelt hat, hat uns das sehr verändert. Wir sind so was wie Superkommunikatoren. Und wir sind die einzigen. Ich habe im Internet recherchiert: Es gibt sonst niemanden auf der Welt, der – von einem Augenblick zum anderen – jede beliebige Sprache spricht. Und ganz sicher gibt es niemanden, der sich mit Eulen, Füchsen oder Spinnen unterhalten kann. Wir sind … eine Laune der Natur – Naturfreaks sozusagen.«

Tima legte sich wieder hin und sah zu, wie ein Körnchen Weltallstaub in der Atmosphäre verglühte, während es eine halbe Sekunde lang eine Linie über den Nachthimmel zog. »Ich bin gern ein Naturfreak«, sagte sie. »Wenn ich nicht zum Freak mutiert wäre, hätte ich euch beide nie kennengelernt. Und wir hätten auch Carra nie kennengelernt, stimmt's?«

Auch Elena und Matt legten sich zurück auf die Wiese. Matt hatte die Eule in die Nacht geschickt, nun sahen alle zum Sternenhimmel auf. »Carra ist irgendwo da draußen«, sagte Elena. »Ich kann immer noch nicht glauben, dass wir tatsächlich einer Außerirdischen begegnet sind.«

»Wenn wir sie nicht getroffen hätten, würden Killerpflanzen dieses Feld überwuchern«, murmelte Matt. »Und wir alle wären tot, zusammen mit dem Rest der Menschheit. Allerdings können wir uns nicht sicher sein, dass Carra tatsächlich eine Außerirdische war. Sie sah so menschlich aus. Vielleicht hat sie einfach ihre Sachen gepackt und ist nach … keine Ahnung … Belgien gezogen.«

»Sie ist da oben.« Elena lächelte. »Und wer weiß, vielleicht kommt sie eines Tages zu uns zurück.«

»Und bis dahin müssen wir irgendwie verhindern, versehentlich in fremde Sprachen zu wechseln und so die Aufmerksamkeit auf uns zu ziehen«, sagte Tima. »Damit wir keine international bekannten Freaks sind, wenn sie wiederkommt.«

»Ich denke, wir sollten einfach nur genauer hinhören«, entgegnete Elena. »Uns konzentrieren. Und wenn wir jemandem begegnen, der neben Englisch höchstwahrscheinlich noch eine andere Muttersprache hat, müssen wir besonders aufpassen.« Sie seufzte glücklich, weil in diesem Moment Velma, ihre Fuchsfreundin, mit zweien ihrer Töchter durch die Wiese streifte, sich neben ihr niederließ und sich an ihren Schlafsack schmiegte.

Velma reckte die Schnauze in die Nachtluft und schnüffelte. Dann sah sie Elena eindringlich an.

»Was sagt sie denn?«, wollte Tima wissen.

Elena richtete sich überrascht auf. »Äh … Sie will, dass ich … dass wir mitkommen. Uns etwas ansehen.«

»Wohin?«, fragte Matt.

»Was?«, sagte Tima im selben Moment.

Elena war bereits aufgestanden und hob ihren Schlafsack vom Boden auf. Sie wirkte verwirrt. Unsicher. »Ich weiß nicht, ob ich es richtig verstehe. Folgt ihr einfach … Okay?«

Sie rollten Schlafsäcke und Matten fest zusammen und schoben sie in ihre Rucksäcke. Dann folgten sie den drei Füchsinnen über die Wiese. Velma und ihre Töchter führten sie wieder in den Wald, Richtung Baumhaus, blieben dort jedoch nicht stehen. Stattdessen liefen sie über den Leigh Hill zurück, einen kreideweißen Pfad hinunter und unter der Eisenbahntrasse hindurch bis zum Rand des Industriegebietes Tausendbruch. Als sie die Straße erreichten, wurde die Füchsin achtsamer, und Matt, Elena und Tima taten es ihr gleich, hielten sich in den Schatten und versteckten sich hinter Büschen oder Wartehäuschen, wenn ein Frühaufsteher mit seinem Auto an ihnen vorbeifuhr. Schließlich erreichten sie die Pfarrkirche von Thornleigh und den dahinterliegenden dunklen Friedhof.

»Was geht hier vor?«, flüsterte Matt. »Weshalb will sie, dass wir da reingehen?«

»Liegt hier nicht Liam Bassiter begraben?«, wisperte Tima, als sie das hohe, schmiedeeiserne Tor aufstießen.

Elena nickte und folgte den drei Füchsen, die flink über steinerne Kreuze und Marmorsockel sprangen. »Mir gefällt das hier nicht«, murmelte sie. Tima nahm ihre Hand und sah sich nach Matt um. Ganz offensichtlich gefiel es Matt genauso wenig. Im Schein der Taschenlampen bahnten sie sich ihren Weg – vorsichtig, um nicht über einen der Grabsteine zu stolpern.

»Wohin führen sie uns?«, zischte Tima. »Was soll das?«

»Ich … ich glaube …« Elena zog scharf die Luft ein. Im selben Moment entdeckte Tima ein schwaches Leuchten zwischen den Gräbern, und sie hörten dumpfe Schläge und ein Kratzen. Timas Füße trugen sie weiter vorwärts, immer weiter hinter Elena und Matt her, obwohl sie die Geräusche zuordnen konnte. Schlimme Geräusche. Wenn man mitten in der Nacht über einen Friedhof lief, wollte man lieber nicht hören, dass irgendwo gegraben wurde.

»Was zur –?« Matt stieß einen Fluch aus und keuchte erschrocken. Das schwache Leuchten kam von einer Laterne, die auf dem Boden, direkt neben einem offenen Grab stand. Und aus der Grabstätte selbst, sichtbar von der Hüfte an aufwärts, ragte eine Gestalt.

»Ah, gut«, sagte die Gestalt. »Also … Ich denke, ihr fragt euch, weshalb ich euch alle hergebeten habe?«

Elena japste überrascht und ließ sich auf die Knie fallen. »Spin?!«

»Ja, Spin«, sagte Spin.

»Was zum Teufel tust du hier?!«, knurrte Matt.

»Na, wonach sieht's denn aus?« Spin stand hüfttief im Erdreich, eine Hand hatte er lässig auf den Spatengriff gelegt. »Ich breche Liam Bassiters Sarg auf.«

16

Ehrlicherweise musste Spin sich eingestehen, dass er sich über ihr Auftauchen absolut nicht sicher gewesen war. Außerdem war er nicht halb so entspannt, wie er vorgab. Die Idee, das Grab zu kontrollieren, war ihm gegen Mitternacht gekommen.

Je länger er über das nachgedacht hatte, was im Krankenhaus vorgefallen war, umso mehr hatte er sich gefragt, ob Liam Bassiter tatsächlich in seinem Sarg lag.

Warum sollte jemand diese Kinder umbringen? Ihm fiel kein Grund dafür ein, es sei denn, man war ein völlig gestörter Staatsbeamter, der die Sozialausgaben möglichst niedrig halten wollte – immerhin waren alle drei Kinder auf die ein oder andere Weise von staatlicher Fürsorge abhängig gewesen. Der Schlüssel zu den rätselhaften Ereignissen lag in dem Kommentar, den Spin auf dem Dach gehört und praktischerweise im akustischen Bereich seines eidetischen Gedächtnisses abgespeichert hatte.

»Sie ist perfekt. Sogar besser als die anderen beiden. Toller Farbton. Und jung … leichter zu trainieren.«

Er hatte spontan an Welpen denken müssen. Doch zugleich war er felsenfest davon überzeugt, dass der Arzt nicht über Welpen gesprochen hatte. Er hatte über Kinder gesprochen. Wer auch immer diese Kinder haben wollte, zog es vor, dass sie noch jung und leicht zu trainieren waren … und hatte eine Vorliebe für Rotschöpfe.

Wenn Spin richtiglag, würde Liam Bassiters Sarg leer sein. Sein Drang, aufzustehen, in die Nacht hinauszugehen – dorthin, wohin er gehörte – und dieses Grab zu öffnen, war immer stärker geworden. Und so hatte er sich einen Spaten und eine Laterne geschnappt, sich für den Fall, dass seine Energie nachließ, eine Flasche Cola aus dem Kühlschrank genommen und war um kurz vor eins aufgebrochen.

Matten mit Kunstrasen bedeckten das frisch aufgefüllte Grab, doch die ließen sich leicht abnehmen. Die Erde darunter war noch nicht festgedrückt worden, sodass Spin den Spaten locker hineinstechen konnte. Problematisch aber war, dass er immer schwächer wurde. Wäre er vernünftig gewesen, hätte er noch 24 Stunden gewartet, um erst einmal wieder zu Kräften zu kommen. Doch die Zeit lief ihm davon. Zwischendurch war er immer wieder gezwungen, Pausen einzulegen und Cola zu trinken, damit der Nebel in seinem Kopf sich ein wenig verzog und sein Puls ruhiger wurde. Und während einer dieser Pausen fühlte er sich plötzlich beobachtet.

Zwischen den Grabsteinen hockte ein Fuchs. Nein, nicht irgendein Fuchs. Spin war sich sicher, dass es sich um Elenas plüschigen Freund handelte. Er erkannte es an dem bösen Blick, den das Tier ihm zuwarf. Ja, zugegeben, in dieser Nacht, als er sein Vampirspielchen bei Elena auf die Spitze getrieben hatte, war ihm der Fuchs irgendwie bedrohlich vorgekommen. Es war mutig von dem Tier gewesen, einzugreifen, dachte Spin anerkennend, auch wenn er dem Fuchs einen Schnauzenstüber verpasst und ihn in einer Rauchwolke zurückgelassen hatte.

»Was willst du?«, fragte er laut.

Als Antwort zuckte der Fuchs mit den Ohren. Spin kam ins Grübeln. Falls er mit seinen Vermutungen richtiglag, könnte er etwas Unterstützung gebrauchen – jemanden, mit dem er das Ganze besprechen konnte. Elena käme ihm dazu gerade recht – und er ging jede Wette ein, dass sie heute Nacht mit ihrer kleinen Gang unterwegs war. Elena und dieser Fuchs verstanden sich gut. Die beiden hatten einen verrückten telepathischen Draht zueinander. »Hey«, sagte Spin deshalb. »Lauf los und hol Elena. Bring sie hierher.«

Der Fuchs blickte ihn an. Spin deutete auf das Grab. »Damit *stimmt etwas nicht*. Ich brauche Elenas Hilfe.«

Der Fuchs bewegte noch einmal die Ohren, dann drehte er sich um und verschwand in der Dunkelheit. Schulterzuckend wandte Spin sich wieder seinem Spaten zu und grub eine halbe Stunde lang weiter, bis er unter seinen Stiefeln den hölzernen Sargdeckel wahrnahm. Er war derart in seine Arbeit versunken, dass er völlig überrascht war, plötzlich jemanden fluchen zu hören.

Als er aufsah, begriff er, dass der Fuchs die Sache durchgezogen hatte. Da stand sie, die komplette Nachtflüsterer-Gang, und starrte mit offenen Mündern und großen Augen hinunter zu ihm, der hüfthoch in einem offenen Grab steckte – eine Szene wie aus einem Comic. Die Situation war tatsächlich so komisch, dass er beinahe laut gelacht hätte. Doch stattdessen stützte er sich auf den Spaten und sagte: »Ah, gut. Also … Ich denke, ihr fragt euch, weshalb ich euch alle hergebeten habe?«

Die drei allerdings reagierten kaum auf seine Worte, sondern wirkten nur völlig entsetzt. Natürlich wussten sie nicht, was er wusste.

»Entspannt euch mal. Ich grab ihn nicht aus, um sein Blut zu trinken«, erklärte Spin. Er kletterte aus dem Grab. »Ich persönlich hab's gerne frisch. Diese Plörre nach der Leichenstarre ist weit unter meinem Niveau. Nein, ehrlich – ich will nur einen Blick in den Sarg werfen.«

In diesem Moment ging der Autowäscher-Knabe auf ihn los. Normalerweise wäre ein Angreifer bei ihm in Sekundenschnelle auf dem Rücken gelandet. Doch Spin war nicht ganz auf der Höhe, und Matt erwischte ihn hart am Kinn, noch bevor er irgendetwas aus seinem Kampfsport-Training abrufen konnte. Zu einem zweiten Boxhieb kam Matt selbstverständlich nicht mehr. Er versuchte es zwar, wurde aber drei Sekunden später mit dem Gesicht nach unten auf den Boden katapultiert. Spin rieb sich Kinn und Unterkiefer. »Nicht schlecht, Gummischrubber. Hast du noch mehr drauf?« Er hätte Matt nicht reizen sollen, denn mittlerweile stand er ernsthaft neben sich. Sein Energielevel sackte merklich ab, sein Bein pochte, und nur der Adrenalinflash ließ ihn überhaupt noch durchhalten.

»Hör auf!«, schrie Elena, doch Matt dachte gar nicht daran, aufzuhören. Stattdessen wühlte er in seinem Rucksack, sprang auf die Füße und warf sich erneut auf Spin. Diesmal hielt er etwas in der Faust.

Spin kniff die Augen zusammen und erkannte, dass sein Gegner einen spitzen Holzpflock durch die Luft schwang.

»MATT! NEIN!«, schrie Elena und riss an Matts Arm, um ihm den Pflock abzunehmen.

Spin lachte laut. Es war einfach zu komisch ... und irgendwie auch rührend: Matt hatte ihm sein Vampir-Image so gründlich abgekauft, dass er tatsächlich losgegangen war, um einen Holzpflock zu besorgen! Leider war sein Lachen wenig hilfreich, denn jetzt raste Matt vor Wut. Er überließ Elena den Pflock und holte stattdessen zu einem dritten Schlag aus. Spin duckte sich, Matt kam in den Genuss seines Roundhouse-Kicks, und danach geschah alles wie in Zeitlupe.

Matt taumelte rückwärts und ruderte bei dem Versuch, das Gleichgewicht zu halten, eindrucksvoll mit den Armen. Vergebens. Im nächsten Moment war er in Liam Bassiters Grab gestürzt.

Ein Knacken und Splittern und dann – Stille. Nichts als angestrengtes Atmen und ein Eulenschrei in der Ferne. Spin hob die Laterne hoch. Langsam traten er, Tima und Elena näher an das Loch heran und schauten hinab. Matt lag auf dem Rücken und sah zu ihnen hoch. Seine Augen waren schreckgeweitet und funkelten im Schein der hin und her baumelnden Laterne. Der Sargdeckel unter ihm war zerbrochen und eingedrückt. Matts Blick schoss nach links und rechts, aber er war zu ängstlich, um den Kopf zu drehen und sich anzusehen, auf was er da lag.

»Warte«, sagte Spin. »Nicht bewegen.« Mit ausgestrecktem Arm beugte er sich zu Matt hinunter. »Nimm meine Hand!«

Matt machte ein Gesicht, als ob er lieber hineingebissen hätte. Doch jetzt reichten ihm auch Elena und Tima ihre Hände, und so zogen sie ihn mit vereinten Kräften nach oben. Sobald er aufrecht auf dem Sargdeckel stand, krachte es erneut – sein Fuß war eingebrochen. Dass er dabei völlig entgeistert aufschrie, konnte ihm nicht einmal Spin verdenken. Falls Liams Überreste da unten lagen, konnte das ein ziemlich unangenehmes Fußbad werden.

Spin packte Matt bei den Schultern, ignorierte das Pochen in seinem Bein und zog ihn schnell aus dem Grab. Matt blieb der Länge nach am Boden liegen, eindeutig zu panisch, um noch einmal anzugreifen. Spin kniete sich hin und ließ die Laterne über dem zerbrochenen Sarg baumeln. Etwas Weißes war darin zu sehen, sonst nichts. Natürlich konnte es sich dabei auch um ein Leichentuch handeln, das über den Toten gelegt worden war. Doch da unten lag kein Toter, dessen war er sich jetzt sicher. Weil es nicht stank. Es roch nach überhaupt nichts.

Er sah zu der Füchsin hinüber, die wieder zwischen den Gräbern saß, und nickte anerkennend. »Du hast es gewusst, stimmt's? Du hast auch keinen Geruch wahrgenommen.«

»Was hat sie gewusst?«, zischte Elena aufgebracht. »Was tust du hier, verdammt noch mal?«

Statt einer Antwort sprang Spin in das Grab, brach den Sarg noch weiter entzwei und hob ein Splitterstück des billigen Pressspandeckels an. Als er etwas von dem weißen Zeug aus dem Sarg holte, schrie Elena erschrocken auf. Dann murmelte sie: »Was ist das?«

Unter dem weißen Zeug lag noch mehr weißes Zeug. Feste

weiße Papiertüten. Spin riss eine davon auf und griff hinein. Dann richtete er sich auf und ließ eine Handvoll Puder durch seine Finger rinnen. »Weizenmehl, würde ich sagen.«

»Mehl?«, quiekte Tima. »Der ist voller Mehl?«

Spin überprüfte es mit der Zunge. »Schade«, sagte er. »Wenn es Puderzucker gewesen wäre, hätten wir den Sarg glasieren können.«

Er griff nach unten, hob den Holzpflock auf und reichte ihn Matt. »Den brauchst du vielleicht ein anderes Mal noch«, sagte er. Verdutzt nahm Matt, die Augen immer noch auf den Mehlsarg gerichtet, den Pflock entgegen.

»Woher hast du das gewusst?«, murmelte er.

Spin öffnete den Mund, um zu berichten, was er herausgefunden hatte. Dann schloss er ihn wieder. Sein Adrenalin sackte ab, und er gleich mit. Er brachte buchstäblich nicht mehr die Energie auf, um etwas zu sagen.

»Spin?«, sagte Elena. »Spiiiiiiiiiiin.«

Wieder spürte er, wie warme Flüssigkeit an seinem Oberschenkel hinablief. Die Wunde war erneut aufgeplatzt.

»Spiiiiiiiiiiiiiiiiin.« Elena klang wie ein weit entferntes Nebelhorn.

Ohnmächtig brach er auf dem kaputten Sarg zusammen.

17

»Er blutet wirklich heftig!«, sagte Elena und drückte mit beiden Händen fest auf Spins Oberschenkel. Seine schwarzen Jeans waren blutdurchtränkt. »Vielleicht hat er sich an dem zersplitterten Sargdeckel verletzt. Wir müssen sein Bein abbinden … Hat jemand von euch einen Gürtel?«

Matt nickte und zog den elastischen Stoffgürtel aus den Schlaufen seiner Jeans. Erst als sie Spin nach oben auf den Rasen gehievt hatten, war ihnen aufgefallen, wie stark er blutete. Er war immer noch bewusstlos, und im Schein der Laterne sah er leichenblass aus.

»Gib schon her!« Elena riss Matt den Gürtel aus der Hand. »Und steck diesen bescheuerten Holzpflock ein. Was um alles in der Welt hattest du überhaupt damit vor?!«

Matt schwieg. Für ihn war es eine naheliegende Sache gewesen, den Pflock mitzunehmen; seit Wochen trug er ihn schon im Rucksack mit sich herum. Ein Teil von ihm wusste: Es war lächerlich zu glauben, dass Spin ein *echter* Vampir war, der zu Staub zerfiel, sobald ihm ein angespitztes Holzstück durchs Herz gebohrt wurde. Doch seit Mai war ein anderer Teil von ihm bereit, alles zu glauben. Letzten Endes war ein Vampir auch nichts Unglaublicheres als eine Außerirdische oder ein Gott der Unterwelt. Und diesen beiden Wesen waren sie schließlich schon begegnet.

Nun lag Spin mit ausgebreiteten Armen vor ihm – ungeschützt und verwundbar. Matt hätte ihn pfählen können, wenn er gewollt hätte. Doch dem Jungen wirklich einen Holzpflock durchs Herz zu jagen, hatte er niemals vorgehabt, egal, wie sehr er ihn hasste. Matt hatte Spin nur Angst einjagen wollen. (Ja. Hatte *super* funktioniert.) Außerdem sah das Blut, das aus seinem Bein sickerte, ganz und gar nicht vampirmäßig aus. Vampire bluteten schließlich nicht wie gewöhnliche Menschen.

Wie eine routinierte Sanitäterin legte Elena den Gürtel um Spins Oberschenkel und zog ihn fest. *Im Ernstfall reagiert sie immer richtig*, dachte Matt anerkennend.

»Wir müssen einen Rettungswagen rufen«, sagte Tima. »Er muss sofort ins Krankenhaus!« Sie holte ihr Handy heraus.

»Warte«, sagte Matt. »So ein Handyanruf lässt sich zurückverfolgen. Neben der Kirche steht ein Telefonhäuschen. Lasst es uns da versuchen.«

»Und dann?«, fragte Tima. »Sollen wir seelenruhig warten, bis der Krankenwagen da ist? Wir dürfen hier auf dem Friedhof nicht gesehen werden. Auf keinen Fall.«

»Wir bringen ihn zur Kirchentreppe«, sagte Elena. »Dort legen wir ihn ab, rufen den Rettungsdienst an und erklären den Leuten, wo Spin zu finden ist. Und sobald wir Blaulicht sehen oder das Martinshorn hören, rennen wir in verschiedene Richtungen davon.«

Elena und Matt trugen Spin über den Friedhof, während Tima die Hände auf seine Wunde presste, obwohl die Blutung durch das Abbinden des Beins schon eingedämmt schien. »Hier ist es zu hell, Tima«, sagte Elena, als sie die vordere Kirchentür erreichten. Rechts und links des Pfades, der zu den Stufen führte, stand eine Straßenlampe. Tima nickte, schloss kurz die Augen und sandte eine Botschaft aus.

Um diese Jahreszeit waren nachts nicht mehr allzu viele Motten und Fliegen in Rufbereitschaft draußen. Trotzdem schwebte kurz darauf eine kleine Wolke aus Insekten heran, die sich an den Lampen sammelten und so das Licht dimmten. »Bitte auch die Überwachungskamera«, sagte Tima leise. Im nächsten Augenblick sah Matt die Spinnen aus den Löchern im Mauerwerk kriechen und flink auf die Linse der Kamera krabbeln, die über der Kirchentür angebracht war.

Sie legten Spin auf die Treppenstufen. Er sah nicht gut aus. Während Tima zu dem Telefonhäuschen lief, um den Notruf zu wählen, tätschelte Elena Spin ein paarmal die Wange, damit er wieder zu sich kam. Er reagierte nicht. Sie fühlte am Handgelenk nach seinem Puls.

»Lebt er noch?«, brummte Matt nach einiger Zeit.

»Gerade so«, erwiderte sie.

Tima war völlig aus der Puste, als sie zurückkehrte. »Es hat funktioniert. Ich hab angerufen und ihnen gesagt, dass sie einen Krankenwagen zur Kirchentreppe schicken sollen. Als sie wissen wollten, wie ich heiße, hab ich aufgelegt. Glaubt ihr, dass sie kommen? Vielleicht denken sie, dass es ein Telefonstreich war.«

»Nein, ich bin mir sicher, dass sie kommen werden«, beruhigte Elena sie. »Ich denke, ihr beiden solltet jetzt gehen. Ich bleibe hier und werde in letzter Minute wegrennen. Unwahrscheinlich, dass sie eine einzelne Person bemerken – wenn gleich drei flüchten, ist das was anderes.«

»Nein«, sagte Matt. »Ihr zwei verschwindet. Ich bleibe hier.«

»Ist das dein Ernst?«, zischte Elena ihn an.

Matt war ihr schneidender Tonfall nicht entgangen. »Ich werde ihm schon nichts antun«, murmelte er. »Nicht jetzt.«

»Geht einfach«, forderte Elena sie erneut auf.

»Was ist mit dem Grab?«, warf Tima ein. »Mit dem Sarg und den Mehltüten?«

»Daran können wir jetzt nichts ändern«, erwiderte Elena. »Wir müssen morgen entscheiden, was zu tun ist. Hier geht etwas wirklich Seltsames vor sich, und solange Spin bewusstlos ist, werden wir von ihm nichts weiter dazu erfahren. Also geht jetzt besser. Ihr beide!«

Matt blieb stehen, die Lippen aufeinandergepresst, bis Tima ihn am Arm nahm. »Elena hat recht. Wir sollten gehen. Komm schon.«

Sie rannten zur anderen Seite des Friedhofs, in das kleine Dickicht aus Bäumen, und von dort aus bis zu der Straße, in der Tima wohnte. Unterwegs sprachen sie nicht viel. Kurz vor der Einfahrt zu ihrem Haus sagte Tima: »Was auch immer Spin weiß, im Moment kann er niemandem davon erzählen. Er ist voller Mehl und blutüberströmt. Und dieses ausgehobene Grab ist auch voller Mehl und Blut, und morgen früh, wenn es hell ist, können alle es sehen. Sie werden es mit Spin in Verbindung bringen, und vielleicht glauben sie dann, dass er etwas Schlimmes getan hat ... Liams Leiche weggeschafft und den Sarg stattdessen mit Mehl gefüllt oder was weiß ich.«

»Weshalb zur Hölle sollte jemand so etwas tun?«, fragte Matt.

»Ich weiß es nicht«, sagte Tima. »Aber das hier ist vertrackt. Richtig vertrackt. Die Sache gefällt mir nicht.«

»Mir auch nicht«, entgegnete Matt und sah an sich hinunter. Seine Jeans und seine Turnschuhe waren voller Mehl. Ein Blick zurück bestätigte ihm, dass er fast so etwas wie eine weiße Spur hinter sich herzog. Wie wahrscheinlich war es, dass die Polizei bei ihren Ermittlungen zur Grabschändung auf ihn käme? »Geh ins Haus«, sagte er zu Tima. »Ich lauf noch mal zurück und mach ein bisschen sauber.«

Tima nickte. »Okay.« Dann schloss sie seufzend die Augen. »Und ich dachte, wir hätten für eine Weile mal eine nette, ruhige Zeit und könnten das Baumhaus einrichten und uns mit unseren Tieren beschäftigen.«

»Tja. Das Leben ist nun mal nicht nett.« Mit diesen Worten ließ er sie am Tor stehen.

Er nahm denselben Weg zurück, auf dem er gekommen war, und wäre im Dickicht neben dem Friedhof fast mit Elena zusammengestoßen. Sie schrie leise, dann stöhnte sie genervt auf. »Oh – du bist es! Weshalb bist du zurückgekommen?«

Matt blickte an ihr vorbei und sah einen Krankenwagen mit Blaulicht davonfahren. »Dann haben sie ihn also abgeholt? War er okay?«

Elena zuckte mit den Schultern und sah plötzlich sehr müde aus. »Ich glaub schon, dass er okay war. Ich bin bei ihm geblieben, bis ich den Rettungswagen um die Ecke kommen sah, dann bin ich losgerannt. Er hat geatmet, und einmal hat er auch versucht, etwas zu sagen. Irgendwas mit Welpen. Ich glaube, er hat fantasiert. Wie auch immer …«

»Was Tima sagt, stimmt«, sagte Matt. »Wenn wir dieses Grab offen lassen – mit dem kaputten Sarg und dem verstreuten Mehl –, könnten wir Ärger bekommen.«

Elena nickte. »Ja, das ist mir auch schon durch den Kopf gegangen. Natürlich werden wir es offiziell melden müssen, weil … Wenn Liams Leiche nicht auf dem Friedhof ist, wo ist sie dann? Aber zuerst müssen wir wissen, was Spin herausgefunden hat.«

»Besser, wir schütten das Grab wieder zu, solange es noch dunkel ist«, sagte Matt.

Sie machten sich auf den Weg und erreichten kurz darauf den zertrümmerten Sarg. Der Spaten war noch da, genauso wie die umgefallene Laterne und die leere Colaflasche. »Komm«, sagte Matt. »Lass uns loslegen.«

Ein Grab aufzufüllen war leichter, als es auszuheben – sie brauchten nur zehn Minuten dafür. Matt benutzte den Spaten, Elena schob die Erde mit beiden Händen vom Rand aus in die Grube. Als das Loch voll Erde war, legten sie den grünen Kunstrasen obenauf und reinigten das Gras rund um die Grabstelle, so gut es eben ging.

»So ordentlich, wie es war, ist es jetzt nicht mehr«, sagte Elena, während sie die Erde mitsamt dem Kunstrasen mit den Füßen festtraten. »Aber schlecht sieht es auch nicht aus. Ich glaub nicht, dass es jemandem auffallen wird.«

Den Spaten versteckten sie tief im Gestrüpp. Dann löschte Elena die Laterne und verstaute sie zusammen mit der Plastikflasche in ihrem Rucksack. Mit Unbehagen nahm Matt wahr, dass es bereits dämmerte. »Es wird Zeit zu gehen«, sagte er. »Schreib Tima eine SMS und sag ihr, dass wir das Grab wieder hergerichtet haben. Wenn wir ein bisschen geschlafen haben, können wir überlegen, was wir als Nächstes tun sollten.«

Auf dem Heimweg landete Glück mit einem feinen Flügelschlagen auf Matts Schulter. Er war froh, das Vogelweibchen nach Hause geschickt zu haben, damit sie sich mit ihrer Starenkolonie ausruhen konnte. Froh, dass sie nicht mitbekommen hatte, wie er Spin mit diesem Holzpflock bedroht hatte. Als sie sich vorhin verabschiedet hatten, hatte Elena ihm nicht in die Augen gesehen – sie war immer noch sauer auf ihn. Er selbst war sauer auf sich. Eigentlich hätte er in der Lage sein sollen, seine Freunde mit bloßen Fäusten zu verteidigen. Eine Waffe bei sich zu tragen, hatte er nicht nötig. Der Gedanke an diesen Pflock trieb ihm die Schamesröte ins Gesicht.

»Was für eine Nacht, Glück«, murmelte er, als sie die Straße erreichten, in der er wohnte. »Ich bin so müde. Am liebsten würde ich eine ganze Woche durchschlafen.«

»Woche«, wiederholte Glück. Er fühlte sich nicht nur schlapp, in seinem Kopf wirbelte alles durcheinander: der Kampf, der Sarg, Liams verschwundene Leiche, Mehltüten und sein Gürtel zum Abbinden dieses Vampirjungen, den er verachtete. Matt sah auf die Uhr. Es war 5:20 Uhr. Gleich würde er zurück in die Wohnung über dem Autopflege-Service kriechen und ins Bett fallen … und in einer Stunde würde er wieder aufstehen und Fahrzeuge für das kleine Familienunternehmen reinigen, wie er es an sechs Tagen die Woche tat. Wie hatte Spin ihn heute Nacht genannt? Gummischrubber. Ja, genau. Eine Welle der Wut schlug über ihm zusammen.

Er schloss die Wohnungstür auf und schlich unentdeckt in sein Zimmer. Dad würde bis 7 Uhr schlafen und 20 Minuten später, wenn er auf den Hof hinunterkäme, erwarten, dass Matt bereits dort war und einen Wagen einseifte. Eine Stunde, mehr Schlaf würde er jetzt nicht mehr bekommen. Er musste schlafen. Er musste sofort einschlafen.

Doch dann lag er nur da, hellwach, betrachtete die vertraute Silhouette von Glück, die auf dem Sims vor seinem Fenster schlief, und fragte sich, wo zum Teufel Liam Bassiters Leiche geblieben war.

18

Oh nein. Nicht schon wieder.

Als Spin erwachte, hörte er vertraute Schreie. Er war zurück auf der alten Krankenstation – und Alistairs Schrauben wurden nachgezogen.

Einen Augenblick lang glaubte er, dass es nur ein Traum war, doch dann sah er Astrid mit grimmiger Miene neben seinem Bett sitzen.

Und die ersten zärtlichen Worte, die seine besorgte Mutter an ihn richtete, lauteten: »Was zum Teufel hast du dir dabei gedacht?«

»Ähm ... Ich kann mich an gar nichts mehr erinnern.«

»Komm mir jetzt ja nicht mit dem alten Amnesie-Trick«, fuhr sie ihn mit flammenden Augen an. »Ich hab dir gesagt, du sollst warten. Ich hab gesagt, dass du noch Ruhe brauchst – dass du deine nächtlichen Vampirspielchen auf der Straße sein lassen sollst. Wenigstens für ein paar Tage. Das war doch nicht zu viel verlangt, oder? Und du kannst dich weiß Gott nicht beschweren, dass ich dich zu Hause anbinden würde – ich lasse dir *so viele* Freiheiten, Crispin. Ich vertraue dir. Ich behandele dich wie einen *Erwachsenen*. Aber das bist du ganz offensichtlich nicht.«

Spin schloss die Augen und spielte kurz mit dem Gedanken, wieder ohnmächtig zu werden. Als er versuchte, sich einen Reim darauf zu machen, was passiert war, drehte sich alles in seinem Kopf. Der offene Sarg, das Mehl, der Holzpflock-Angriff des Autowäscher-Jungen ... und dann war er irgendwie umgekippt. Jetzt erst fiel ihm die Kanüle in seinem Handgelenk auf, jetzt erst spürte er den frischen Verband an seinem Oberschenkel. Ah. Langsam rückte alles an seinen Platz.

»Wie viel Blut hab ich diesmal verloren?«, krächzte er.

»Du hattest Glück.« Astrid klang mittlerweile etwas weniger aufgebracht. »Wieder ›nur‹ einen Beutel. Aber das da oben ist nun tatsächlich der letzte Beutel mit roten Blutkörperchen, den sie hier im Krankenhaus für dich haben. Das ist sehr spezielles Zeug, Spin! Gott sei Dank hast du nicht noch mehr Blut verloren. Jemand hat dir das Bein abgebunden – wer ist das gewesen?«

»Ich weiß nicht.« Spin sagte die Wahrheit. Er hatte keine Ahnung, wer ihm diesen Gefallen getan hatte, doch natürlich musste es jemand von den Nachtflüsterern gewesen sein. »Und es hat auch jemand einen Krankenwagen gerufen, oder?«, fragte er.

»Ja. Sie haben gesagt, die Stimme hätte nach einem jungen Mädchen geklungen.« Astrids Finger tippten auf das ordentlich eingesteckte Betttuch. »Triffst du dich mit jemandem? Bist du deswegen unterwegs gewesen?«

»Nein«, sagte Spin. »Ich treff mich mit niemandem, sondern war einfach alleine unterwegs, stell dir vor. Vermutlich hab ich mich überanstrengt und die Wunde ist wieder aufgegangen, und … irgendjemand muss mich gefunden haben.«

»Du lagst auf den Stufen einer Kirche«, sagte Astrid. »Das hast du wohl witzig gefunden? Oder hattest du eine Offenbarung und bist plötzlich fromm geworden?«

Spin schnaubte. »Glaub mir … Ich war bloß spazieren, frische Nachtluft schnuppern. Hab's halt übertrieben. Das ist alles.«

»Nun, junger Mann, dann solltest du es besser nicht noch einmal übertreiben«, sagte plötzlich jemand in kumpelhaftem Ton. Am Bettende stand Mr Castle, ein Klemmbrett in der Hand. »Du bist ein Albtraum für jede Blutbank.«

»Sorry, Doktor«, sagte Spin. »Kommt nicht wieder vor.«

»Wann darf er nach Hause?«, fragte Astrid den Oberarzt.

»Wir haben ihn wieder schön abgefüllt«, sagte der Oberarzt und schnipste gegen den fast leeren Blutbeutel, der neben dem Bett aufgehängt worden war. »Ich denke, wir können ihn heute Nachmittag entlassen, vorausgesetzt, er verspricht, sich zu Hause ins Bett zu legen und für mindestens 24 Stunden nicht mehr aufzustehen. Auch in den zwei, drei Tagen danach solltest du höchstens mal bis zur Couch laufen. Oder vielleicht in den Garten – ein bisschen Sonne tanken?«

Spin lächelte matt, während der Oberarzt das Zimmer verließ. Beinahe hätte er vergessen, weshalb das alles hier stattfand.

»Na schön«, sagte Astrid und stand auf. »Ich sterbe vor Hunger und werde mal zu Mittag essen gehen. Du kannst noch etwas schlafen.« Hinter dem Vorhang im Bett nebenan erklang wieder ein Schrei. Astrid zuckte zusammen. »Sobald das vorüber ist«, fügte sie hinzu.

Sie ging. Kurze Zeit später wurden neben ihm die Vorhänge aufgezogen, und Alistair winkte erschöpft zu ihm hinüber.

»Du lebst ja noch«, sagte Spin.

Alistair nickte. »Und ich werde heute entlassen ... falls ich bis dahin durchhalte.«

»Hat der Todesengel etwa *noch* jemanden geholt?«

»Nein.« Alistair schloss die Augen, die nass vor Tränen waren.

»Tut mir leid wegen deines Beins«, sagte Spin, überrascht von sich selbst.

Beide Jungen schlossen die Augen und nickten ein. Im Halbschlaf registrierte Spin, dass er sich nicht einmal fragte, was letzte Nacht, in dem überraschenden letzten Kapitel der Horrorstory, geschehen war. Er hatte schlicht keine Energie dazu. Als ihm jemand über die Wange strich, öffnete er die Augen und blinzelte zunächst instinktiv wegen des Lichts, denn sie hatten die schwarze Plane nicht mehr über seinem Bett aufgehängt. Elena saß neben ihm auf einem Stuhl.

»Hey, Mona Lisa. Ganz schön schräg, dich hier zu sehen.«

Sie blickte sich um. »Ich kann nicht lange bleiben. Wir müssen reden!«

»Ja«, erwiderte er. »Schätze, das müssen wir. Was ist letzte Nacht passiert? Wir hatten doch gerade so viel Spaß, und dann ...«

Sie kam dichter heran. »Du bist bewusstlos geworden und umgekippt, und du hast stark geblutet«, erzählte sie mit gedämpfter Stimme. »Wir mussten dir mit Matts Gürtel den Oberschenkel abbinden.«

»Gute Arbeit.«

»Dann haben wir einen Krankenwagen gerufen, und bevor die Sanitäter vorfuhren, um dich einzuladen, sind wir erst mal abgehauen.«

»Bravo.«

»Danach haben Matt und ich die Erde zurück ins Grab geschaufelt und den Plastikrasen obendrauf gelegt.«

»Ach, ihr fleißigen Bienchen.«

»Wir haben das nur getan, weil wir herausfinden müssen, was da vor sich geht. Wenn die Polizei davon erfährt ... na ja, sie wären uns vielleicht auf die Schliche gekommen, wenn wir das Grab nicht wieder zugemacht hätten.«

»Ja. Schon verstanden«, sagte Spin. »Gute Entscheidung.«

»Aber wo ist sie, Spin? Was ist mit der Leiche passiert?«

»Die Besuchszeit ist zu Ende, junge Dame.« Erschrocken sprang Elena auf und drehte sich um. Mr Castle und sein Klemmbrett waren zurück.

»Oh – Verzeihung.« Sie schenkte dem Oberarzt ihr »Vernünftiges Mädchen«-Lächeln. »Ich konnte es nicht anders einrichten, weil ich samstags arbeite. Jetzt habe ich gerade Mittagspause.«

Castle lächelte spröde. »Soso. Nichtsdestotrotz gelten hier zum Wohl unserer Patienten bestimmte Regeln.«

»Ich verstehe«, erwiderte Elena, die sich mit ihren großen blauen Augen mächtig ins Zeug warf. »Aber … bitte geben Sie mir noch fünf Minuten. Dann verschwinde ich auch sofort, großes Ehrenwort.«

Der Arzt seufzte. Und nickte. »Ich komme später nachsehen.« Sein Lächeln war freundlicher geworden.

Sobald Castle gegangen war, setzte Elena sich wieder neben das Bett.

»Wenn du wissen willst, wo Liam ist … frag *ihn*«, flüsterte Spin.

Fasziniert neigte sie sich zu ihm. »Ihn? Den Arzt?«

»Oberarzt«, berichtigte Spin. »Und den Pathologen – Dominic Lazaro. Beide sind mit von der Partie. Und vermutlich auch noch andere. Vielleicht die Sozialarbeiterin.«

»Mit von der Partie?«, raunte Elena. »Wovon redest du da bitte?«

Spin stützte sich auf einem Ellbogen ab und fuhr im Flüsterton fort: »Am Dienstag, in den frühen Morgenstunden, bin ich auf dem Krankenhausdach gewesen. Ich wollte einfach mal wieder behaglich im Dunkeln rumschleichen, wie man das eben so macht.«

»Wie *du* das eben so machst«, korrigierte sie ihn stirnrunzelnd.

Spin zuckte mit den Schultern. »Ich hab zufällig gehört, wie dieser Typ – Castle heißt er – mit jemandem telefoniert hat. Er hat über das Mädchen gesprochen, das in dieser Nacht eingeliefert worden war: Megan Turner. Sie hatte dieselbe Krankheit wie Liam, nämlich HCM. Das steht für hypertrophe Kardiomyopathie, ich hab's nachgelesen. Wenn du HCM hast, verdicken die Herzmuskelwände – und manche Menschen erfahren erst von ihrer Erkrankung, nachdem sie umgekippt sind. Es kann sogar passieren, dass Kinder beim Fußballspielen einen Herzinfarkt bekommen.«

»Ja, deshalb ist Liam bewusstlos geworden«, murmelte Elena. »Eine Herzerkrankung, von der niemand wusste.«

»Zumindest *sagen* sie, dass es so gewesen ist.«

»Glaubst du ... sie haben seinen Körper für Forschungszwecke behalten oder für Organspenden beiseitegeschafft?«, überlegte Elena laut. »Und dass er deshalb nicht im Sarg lag?«

»Nein.« Spin atmete tief durch, merklich darum bemüht, geduldig zu bleiben. »Konzentrier dich. Ich weiß, du leidest unter Schlafentzug und bist im Moment nicht gerade die hellste Kerze auf der Torte. Aber versuch trotzdem, mir richtig zuzuhören.«

Elena verdrehte die Augen. »Hell oder nicht, ich hab dir letzte Nacht das Leben gerettet. Wenn ich dir nicht das Bein abgebunden hätte, wärst du jetzt endgültig Geschichte und müsstest nicht mehr länger den Untoten spielen.«

Unerwartet getroffen, ließ Spin sich zurück ins Kopfkissen sinken. Erst jetzt begriff er, dass er letzte Nacht sehr viel mehr verloren hatte als Blut. Er hatte seinen Mythos verloren. Seine komplette Rüstung.

»Wie machst du das?«, fragte sie leise. »Dieser Rauch und das Verschwinden und die Fangzähne und all das?«

Spin schüttelte den Kopf. »Dafür haben wir jetzt keine Zeit. Hier geht's nicht um mich. Gib mir mal einen Stift und ein Blatt Papier.«

Elena wirkte erstaunt, kramte aber sofort in ihrer Tasche und fand einen Stift und auch ein Stück Papier darin. Spin benutzte den Fantasyroman von Raymond Feist, den Astrid ihm mitgebracht hatte, als Unterlage und schrieb alles auf, was Castle auf dem Dach gesagt hatte. Anschließend gab er Elena den Zettel zurück. »Das habe ich gehört«, sagte er. »Zeig das deinen schlaflosen Kumpanen und schaut mal, ob ihr das Grab von Megan Turner überprüfen könnt. Sie ist diejenige, die passenderweise am Dienstagnachmittag gegen 14 Uhr verstorben ist. Am Freitag war die Beerdigung – auf dem Friedhof bei der Kirche St.Mary's, am anderen Ende der Stadt. Geht heute Nacht dorthin. Ihr könnt auch Kacey Barnet ausgraben – sie liegt nur ein paar Reihen unter Liam. Oder eben gerade *nicht*. Geht heute Nacht dahin und buddelt ein bisschen Mehl aus. Danach kommt ihr zu mir und verratet mir, wo Liam und Megan und Kacey eurer Meinung nach *wirklich* sind.«

»Und wo finden wir dich?«, fragte Elena. »Hier im Krankenhaus?«

»Nein.« Spin sah an Elena vorbei in den Flur. Castle würde jeden Augenblick wieder zu ihnen hereinkommen. »Ich werde heute Nachmittag entlassen … und ich kann heute Nacht nicht noch einmal nach draußen, sonst lande ich am Ende wieder hier. Du wirst zu mir kommen müssen.«

»Und wo ist das?«

Spin zögerte. Seinen Vampirmythos zu verlieren, war das eine, aber sollte er wirklich seine Adresse preisgeben? Er dachte kurz darüber nach und entschloss sich zu einem Kompromiss. »Kennst du den Kanal?«

Elena nickte.

»In dem Abschnitt kurz vor der Eisenbahnbrücke ist ein schmales Hausboot festgemacht. Es heißt *Nachtschwalbe*. Heute Nacht um drei werde ich dort auf euch warten. Eine halbe Stunde lang. Wenn ihr bis halb vier nicht da seid, bin ich weg.«

»Wir werden da sein.« Elena stand auf und steckte Blatt und Stift in ihre Tasche.

»Den König der Gummischrubber dürft ihr diesmal gern zu Hause lassen«, murmelte Spin.

»Auch er hat geholfen, dich zu retten«, sagte Elena.

»Erinnere mich daran, ihm einen Lolli dafür zu kaufen.«

19

Als sie acht oder neun gewesen war, hatte Tima oft davon geträumt, wie ihr Leben wohl nach der Grundschule verlaufen würde. Mit elf Jahren wollte sie haufenweise coole Freundinnen haben, die mit ihr abhingen. Sie würden sich für Mode interessieren und vielleicht erstmals mit Make-up herumexperimentieren. Sie würden Übernachtungspartys veranstalten und über Popstars reden, für die sie schwärmten. Elf Jahre alt zu sein würde richtig toll werden.

Ja, okay. Elf Jahre alt zu sein *war* richtig toll. Allerdings war ihr nie in den Sinn gekommen, dass es statt Übernachtungspartys Outdoor-Partys werden würden, bei denen sie mit ihren coolen Freunden hellwach auf Friedhöfen herumhing, um im Lichtkegel einer Taschenlampe Särge aufzubrechen.

»Öffnen wir wirklich den Sarg?«, japste Tima, während sie den vollen Eimer auf Schulterhöhe hob, um die Erde auf die schwarze Plastikplane zu kippen. Matt hatte alles ganz genau durchdacht. Mit einer Plane rund um das Grab würde es sehr viel leichter werden, die Erde anschließend wieder hineinzufüllen, ohne allzu viele Spuren im Gras zu hinterlassen. Er hatte nicht nur die Plastikplane, sondern auch einen Metalleimer und einen Spaten von zu Hause mitgenommen. Sobald das Loch tief genug gewesen war, um darin stehen zu können, hatten nur noch zwei von ihnen gleichzeitig graben können. Sie wechselten sich ab. Der oder die Dritte im Bunde stand währenddessen Wache. Im Moment war Elena an der Reihe.

Und sie war nicht die Einzige, die Dienst hatte. Der Friedhof neben der Kirche St. Mary's und seine umliegenden Straßen wurden von mehreren Eulen und einem Star überwacht. Bislang hatten

Glück und ihre nachtaktiven Freunde nichts Besorgniserregendes gemeldet.

»Was meinst du wohl, weshalb wir hier sind?«, brummte Matt zu Tima hinüber. »Natürlich öffnen wir den Sarg!«

Elena ging in die Hocke. »Wir müssen sichergehen, Tima. Komm – ich übernehme wieder.«

Elena half Tima, sich auf den umgedrehten Eimer zu stellen und von dort aus dem Grab zu klettern. Dann sprang sie selbst hinein und kam mit einem dumpfen, hölzernen Plumps auf. Tima schluckte. Für die anderen war es nicht so schlimm – sie waren Megan nie begegnet. Als Tima sie getroffen hatte, war sie ein ganz normales, lebendiges Mädchen gewesen. Was, wenn sie nun *doch* in diesem Grab lag – trotz allem, was Velma und Spin ihnen mitgeteilt hatten? Tima wollte keine Leiche sehen ... schon gar nicht, nachdem sie das lebendige Kind erst letztes Wochenende kennengelernt hatte.

Mit einem lauten Knacken gab auch dieser dünne Sargdeckel nach. Elena schrie leise auf. »Wow«, murmelte sie gleich darauf.

»Noch mehr Mehl?«, rief Tima ins Grab hinunter. »Sag mir, dass es Mehl ist.«

»Es *ist* Mehl«, rief Matt nach oben. »Okay. Dann mal wieder rein mit der Erde.«

»Wir könnten es doch auch gleich offen lassen, damit die Behörden darauf aufmerksam werden«, schlug Tima vor, als Elena sich auf den umgedrehten Eimer stellte und Matt sie nach oben schob. »Und ihnen vielleicht auch einen Wink wegen Liams Grab geben. Und wegen Kaceys. Wenn sie das Mehl in den ersten beiden Gräbern sehen, werden sie danach bestimmt Kaceys Grab kontrollieren wollen – dann müssen wir es nicht tun.« Tima schlang die Arme um den Oberkörper, sie fror. Zuvor hatten sie alle gemeinsam beschlossen, heute Nacht nur *ein* Grab auszuheben, und zwar jenes, das hier, am anderen Ende von Thornleigh, lag – und damit weit weg von Liams Grab. Nur für den Fall, dass doch jemandem der unordentlich platzierte Kunstrasen und das verstreute Mehl auf dem Friedhof der Gemeindekirche aufgefallen war.

Matt und Elena hatten sich bereits darangemacht, Megans Grabstätte wieder mit Erde aufzufüllen.

»Wir können die Polizei noch nicht gebrauchen – zuerst müssen wir herausfinden, worum es hier überhaupt geht«, brachte Matt keuchend hervor, während er sich mit dem Unterarm den Schweiß von der Stirn wischte.

»Außerdem«, sagte Elena, »ist Liams Sarg voll mit Blut – Spins Blut. Dann hätten sie seine DNA … Und die Rettungssanitäter, die ihn letzte Nacht aufgesammelt haben, werden sich erinnern, wo er lag, und vielleicht auch daran, dass sein Mantel voller Mehl war … Und schwuppdiwupp kriegen sie Spin wegen Grabräuberei dran. Das hast du doch selbst gesagt.«

Matt zuckte mit den Schultern. »Vielleicht ist er ja tatsächlich ein Grabräuber. Vielleicht ist das seine Art, sich wieder mit uns anzulegen. Vielleicht hat er die Leichen rausgeholt und sie in den Kanal geworfen. Vielleicht will er uns genau das nachher dort zeigen … kurz bevor er uns selbst hineinschmeißt.«

»Das glaubst du doch nicht wirklich?!«, sagte Elena, während sie die Erde über die Plastikplane schob. »Weshalb sollte er Leichen ausgraben?«

»Weshalb läuft er nachts draußen herum und tut so, als wäre er ein Vampir?«, entgegnete Matt. »Vergiss nicht, dass er mich vor ein paar Wochen ernsthaft gebissen hat.«

»Und es macht ihm einen Heidenspaß, Menschen Angst einzujagen«, ergänzte Tima. »Denk mal dran, wie er mich in der Nacht, als wir alle uns zum ersten Mal begegnet sind, in einer schwarzen Rauchwolke gejagt hat. Auf jeden Fall stimmt irgendwas nicht mit ihm.«

Elena stand auf, klopfte sich Erde von den Händen und sah zu Tima. »Denkst du *wirklich*, dass er ein Grabräuber ist?«

Tima zuckte mit den Schultern. »Na ja … nee. Eher nicht.«

»Du hast gelesen, was Spin aufgeschrieben hat – was der Arzt am Telefon gesagt hat«, fuhr Elena fort. »Er hat Megans Tod am darauffolgenden Nachmittag im Prinzip vorausgesagt – und jetzt finden wir nichts als Mehl in ihrem Sarg. Wenn da nicht irgendwas faul ist, weiß ich auch nicht!«

»Trotzdem«, widersprach Matt. »Vielleicht will Spin dich auch nur veräppeln. Wie kann man sich überhaupt an so viele Einzelheiten erinnern?«

»Spin hat ein eidetisches Gedächtnis«, sagte Elena, als sich jeder von ihnen eine Ecke der Plastikplane griff. Ächzend hoben sie sie an und kippten die Erde zurück ins Grab. »Das funktioniert wie ein fotografisches Gedächtnis – auch für Töne.«

Tima und Matt tauschten besorgte Blicke. Tima war etwas unbehaglich bei dem Gedanken, aber: Ihre beste Freundin stand zweifellos ein ganz klein wenig auf Spin.

Sie drückten die Erde platt, indem sie darüberliefen, und bedeckten sie anschließend wieder mit den Kunstrasenstreifen. Das Grab sah eigentlich genauso aus wie zuvor. »Lasst uns von hier verschwinden«, sagte Tima fröstelnd. »Ich steh wirklich nicht besonders auf Friedhöfe.«

Elena sah auf die Uhr. »In 20 Minuten müssen wir am Kanal sein. Spin wird zwischen drei und halb vier auf dem Boot warten.«

Tima seufzte. »In Ordnung. Ich sehe ja ein, dass wir mit ihm über all das hier sprechen müssen.«

Gerade wollten sie mitsamt der Plastikplane und dem Spaten aus dem Friedhofstor laufen, als vier Eulen und ein Star tief über ihre Köpfe hinwegflogen.

»Da ist jemand!«, zischte Matt. »Duckt euch!«

Sie gingen auf die Knie und versteckten sich hinter den Grabsteinen, während eine Gruppe feiernder Nachtschwärmer vorbeizog, lachend, singend und hin und wieder laut rülpsend. Tima war mit den Händen in einem verwelkten Strauß Blumen gelandet. Sie starrte auf einen der gruseligen Steinengel mit ihren verwitterten Gesichtern. Was war bloß aus ihr geworden? Sie erkannte ihr eigenes Leben nicht wieder.

»Okay – sie sind weg. Lasst uns gehen«, sagte Elena.

Während sie durch die Dunkelheit eilten, hielt Glück sich dicht über ihnen in der Luft. Sie deuteten die Zeichen der Tiere um sie herum, und je nachdem, was diese ihnen mitteilten, rannten sie schneller oder hielten inne, glitten in die Schatten oder versteckten sich hinter Autos und Bushaltestellen, rannten wieder los … Und das alles, ohne auch nur ein einziges Wort miteinander zu wechseln. Tima wunderte sich insgeheim, dass sie, Matt und Elena nicht auch noch untereinander Gedanken lesen konnten, da sie über dieses Netzwerk der Natur so intensiv miteinander verbunden waren.

Der Thornleigh-Kanal war extrem dunkel, sein Wasser öligschwarz. Die kleine Wasserstraße war ein Ausläufer des Flusses Little Ouse, aus dem sich der städtische Wasserspeicher speiste – ein künstlich angelegter See, der auf halber Höhe des Tals von Thornleigh lag. Schmale Hausboote schipperten während der Sommermonate den Kanal hinauf, machten auf dem Stausee kehrt und schipperten wieder zurück. Der Stausee gehörte dem Wasserwirtschaftsamt. Obwohl die Hausboote dort geduldet wurden, stellte der See selbst keine Touristenattraktion dar – er war an drei Seiten von Bäumen umschlossen und wurde an der vierten von einer massiven Betonmauer begrenzt.

Am Ufer entdeckten die drei schließlich ein in die Jahre gekommenes Boot mit handbemalten Holzpaneelen, das im Schatten der Eisenbahnbrücke festgebunden worden war. *Natürlich wartet Spin da, wo es am dunkelsten ist – typisch*, dachte Tima. Der Lichtkegel ihrer Taschenlampe glitt über das Messingschild, auf dem *Nachtschwalbe* stand.

Als sie sich dem schmalen Hausboot näherten, öffneten sich an Deck zwei abgeschrägte Türen, und eine dunkle, magere Gestalt trat heraus. Spin. Er signalisierte ihnen mit einer Handbewegung, an Bord zu kommen. Dann nahm er auf einer Kiste Platz und bedeutete ihnen, sich ähnliche Sitzgelegenheiten zu suchen.

»Das Wichtigste zuerst«, sagte er, sobald sich alle gesetzt hatten. »Sollte der Gummischrubber noch mal mit einem spitzen Ding auf mich losgehen, kann ich nicht dafür garantieren, dass er nicht ernsthaft verletzt wird.«

Matt schnaubte verächtlich und schüttelte den Kopf.

»Wie wär's, wenn ihr beide einfach Waffenstillstand schließt?«, schlug Elena vor. »Matt – keine Holzpflöcke mehr. Spin – nicht beißen.«

Ein paar Sekunden lang starrten die Jungen einander stumm an. Dann nickten beide. »Aber nur, wenn du es dir ab jetzt verkneifst, mich ›Gummischrubber‹ oder ›Autowäscher-Knabe‹ zu nennen«, knurrte Matt.

»Soll mir recht sein«, erwiderte Spin. »Solange du dir im Gegenzug den ›Freak‹ und den ›Dracula‹ sparst.«

»Gut«, sagte Elena. »Können wir uns jetzt unterhalten? Du hattest recht, Spin. Megans Sarg ist ebenfalls voller Mehl. Was ist hier nur los, verdammt noch mal?!«

»Ich hab lange gegrübelt«, sagte Spin. »Und irgendwie muss ich immer wieder an … Welpen denken.«

»Welpen?«, wiederholte Tima.

»Ja, Welpen«, sagte Spin. »Wenn du dir einen Welpen aussuchst, planst du im Voraus, wann du ihn abholst. Du wünschst dir eine bestimmte Fellfarbe, und du willst ihn trainieren. Als ich Castle das erste Mal reden hörte, dachte ich, es ginge um Welpen. Und dann begriff ich, dass es um etwas anderes ging. Tima – du hast doch schauspielerisches Talent … kannst du uns das hier noch mal laut vortragen? Du solltest dabei wie ein gestresster Oberarzt klingen, der die Kinderstation leitet und im Dunkeln auf einem Dach steht und telefoniert.«

Elena reichte ihr das Blatt. Tima schüttelte den Kopf, las dann aber dennoch den Text vor.

»*Wir haben noch eins … Das weiß ich. Wir beeilen uns. Aber nach dem hier müssen wir eine Pause einlegen. Keine weiteren bis Silvester … Sie ist perfekt. Sogar besser als die anderen beiden. Toller Farbton. Und jung … leichter zu trainieren. Mhmm. Gar niemand. Edwina hat dafür gesorgt … Dominic, entspann dich. Alles wird gut. Du bist doch ab Mittag da, oder nicht? Ich stelle sicher, dass sie nicht geht, bevor ich um eins wiederkomme. Gegen zwei Uhr wird es vermutlich so weit sein. Ich kümmere mich darum. In der Kammer ist noch genügend Platz für eine mehr.*«

»Ihr habt es ja selbst schon gelesen, stimmt's?«, sagte Spin. »Er meinte: ›*Ich stelle sicher, dass sie nicht geht, bevor ich um eins wiederkomme. Gegen zwei wird es vermutlich so weit sein.*‹ Ich hab Alistair gefragt – den Jungen mit dem kaputten Bein, der im Bett neben mir lag. Ich selbst war zu dem Zeitpunkt bewusstlos, aber er hat mir gesagt, dass Megan Turner gegen 14 Uhr gestorben ist – genau wie Castle es am Handy vorausgesagt hat. Und was diesen Dominic angeht, hab ich ein bisschen herumspioniert. In der Pathologie des Krankenhauses arbeitet ein gewisser Dominic Lazaro, und der hatte an besagtem Tag von Mittag an Dienst. Er hat also die Autopsie an Megan durchgeführt. In seine Schicht fiel auch die Autopsie von Liam Bassiter. Und die von Kacey Barnet, die vor neun Tagen gestorben ist. Und jetzt ratet mal: Für alle drei war auch ein und derselbe Bestattungsunternehmer zuständig. Alle drei sind plötzlich verstorben. Alle drei waren Waisen. Und alle drei – und hier wird es langsam wirklich verrückt – hatten rote Haare.«

Elena nickte. »Liam war tatsächlich rothaarig.«

»Und Megan auch«, sagte Tima.

Spin drehte sich zu ihr um. »Du kanntest Megan?«

»Ja … na ja, ich hab sie nur einmal getroffen, letztes Wochenende, auf einer Geburtstagsfeier. Sie hatte wunderschöne Haare.«

Ein langes Schweigen folgte. Irgendwann sagte Matt: »Du glaubst also, dass sie gar nicht tot sind. Und dass sie an jemanden verkauft wurden – wie Welpen?«

Spin nickte.

»Und was machen wir jetzt?«, fragte Elena. »Sollen wir jemandem davon erzählen?«

Wieder entstand eine lange Pause.

»Wir müssen mehr herausfinden«, sagte Spin schließlich.

»Und damit meinst du jetzt tatsächlich *wir*, oder?« Elena legte den Kopf schief und sah ihn prüfend an.

Spin spitzte die Lippen und starrte auf seine Füße. »Bis hierher habe ich es wunderbar alleine geschafft, und ich würde auch alleine weitermachen … wenn ich mich besser fühlen würde.«

»Weshalb bist du überhaupt im Krankenhaus gewesen?«, wollte Tima wissen.

»Anti-Vampir-Therapie«, erwiderte Spin. »Also … wer von euch hat später Lust auf ein sonnig-wonniges Treffen im Park?

»Du meinst … heute noch? *Tagsüber?*«, sagte Elena. »Mit dir?«

»Ja, mit mir«, erwiderte Spin. »Ich muss jetzt gehen, aber jeder, der Lust hat, kann mich beim Winterfest der *Freunde der Thornleigh-Klinik* im Gladwell Park treffen, um 14 Uhr. Entweder werde ich mich prächtig amüsieren und lachend Zuckerwatte essen … oder aber schreiend in Flammen aufgehen. Egal, welches Spektakel euch erwartet – ihr dürft es euch auf keinen Fall entgehen lassen!«

»Klingt gut«, sagte Tima. »Aber ... wozu?«

»Weil der seriöse Mr Castle das Fest eröffnen und eine kleine Rede halten wird«, erklärte Spin. »Scheint mir eine gute Gelegenheit zu sein, mehr herauszufinden.«

»Okay«, erwiderte Matt. »Etwas Besseres fällt mir gerade auch nicht ein. Ich bin dabei.«

»Ich auch«, riefen Tima und Elena gleichzeitig.

»Gut.« Spin stand auf und schloss die Bootstüren. Dann kletterte er mit den anderen hinunter auf den Kai. Während er davonschlenderte, rief er ihnen über die Schulter zu: »Ihr geht jetzt sofort nach Hause – und denkt gefälligst darüber nach, was ihr heute Nacht angestellt habt!«

20

»Und da laufen sie auch schon!«

Dem Jockey ging es gar nicht gut. Nur Sekunden nach dem Start des Rennens hatte er den Halt verloren – nun baumelte er im 90-Grad-Winkel seitlich neben dem Sattel, während sein Gesicht brutal durch die Hecke gezogen wurde. Sein Bein, das sich im Steigbügel verhakt hatte, riss schließlich ganz ab. Der Jockey stürzte zu Boden, sein Bein ritt weiter.

»Oh nein. Auf den hätte ich niemals setzen dürfen«, sagte Elena seufzend.

»Du hättest ihn auch einfach bitten können, sich zusammenzureißen«, erwiderte Tima, als Elenas Wetthund, ein müde aussehender Labrador, als Fünfter über die Ziellinie trottete. »Wenn du ihn darum gebeten hättest, hätte er sich bestimmt beeilt, anstatt durchs Gestrüpp zu stromern.«

»Das konnte ich nicht. Er hat Probleme mit der Hüfte.« Elena lief zur Ziellinie hinüber, wo die Besitzer ihre Haustiere einsammelten. Jeder hatte seinen Hund für das ›Rennen der Promenadenmischungen‹ anmelden können, solange der gewillt war, sich einen kleinen Sattel aufschnallen zu lassen und von einer Puppe oder Ähnlichem geritten zu werden. Barneys Jockey war – ungefähr 15 Sekunden lang – eine alte Actionfigur gewesen, bevor diese zuerst das Gleichgewicht … und dann ihr Bein verloren hatte.

Tima hatte auf einen quirligen Labradoodle mit einer Barbiepuppe als Reiterin gewettet. Doch dieser Hund hatte es vorgezogen, zwischen jedem Hindernis über den Zaun zu springen und mit den anderen Hunden zu spielen, und war somit als Letzter durchs Ziel gekommen. Barbie immerhin hatte sich im Sattel gehalten.

»Hallo, Barney«, sagte Elena. Nach einem Nicken von Barneys Frauchen kniete sie sich neben den hechelnden Hund. »Er vermisst Frank«, bemerkte sie gleich darauf, ohne nachzudenken.

»Wie bitte?« Die Dame blinzelte überrascht.

»Äh ... er ... also ... er hat doch früher immer mit Frank gespielt, oder?«, stammelte Elena. Mist! Sie würde endlich lernen müssen, für sich zu behalten, was die Hunde ihr mitteilten.

»Mit seinem Bruder, ja«, sagte die Dame und schluckte. »Frank ist vor ein paar Monaten gestorben. Woher wusstest du das?«

»Barney hat's mir erzählt. Er hat mir auch gesagt, dass er Schmerzen in der Hüfte hat und sich wünscht, dass Sie nicht immer von ihm verlangen würden zu rennen. Oh ... aber er hat Sie trotzdem ganz furchtbar lieb.« Das war es, was Elena am liebsten gesagt hätte. Stattdessen tat sie, was am vernünftigsten war: Sie log.

»Ich glaube, wir haben uns mal im Park getroffen, kurz nachdem Frank gestorben war«, fabulierte sie drauflos. Sie strich Barney über den Kopf und starrte in seine wässrigen Augen, damit die Frau nicht sah, wie rot sie geworden war.

»Oh ... ja. Tut mir leid. Im Park spreche ich immer mit so vielen Leuten ...«, erwiderte Barneys Frauchen lächelnd. »Ich vermisse Frank auch sehr und überlege gerade, ob ich mir wieder einen kleinen Welpen dazuhole.«

»NEIN!«, rief Elena entschieden, weil Barney sie angefleht hatte, seine Ablehnung weiterzugeben. Tag und Nacht irgendeinen kläffenden Jungspund vor der Nase zu haben, war das Letzte, was er auf seine alten Tage gebrauchen konnte. Barneys Besitzerin wirkte irritiert. »Entschuldigung«, sagte Elena deshalb. »Was ich eigentlich meinte, war ... Haben Sie schon mal an einen Rettungshund gedacht? Einen etwas älteren vielleicht? Ein Hund, der ein neues Zuhause braucht und bei Ihnen und Barney gut aufgehoben wäre? Welpen können älteren Hunden wirklich zusetzen.«

Die Frau schürzte die Lippen und schien nachzudenken. »Das ist eigentlich gar keine schlechte Idee, weißt du.«

»Komm, Elena«, sagte Tima. »Wir müssen Matt und Spin finden.«

Elena streichelte Barney ein letztes Mal. *Vielleicht übertreibst du mit deiner steifen Hüfte einfach mal ein bisschen, damit sie versteht, was los ist*, sandte sie dem Hund. *Und dich zum Tierarzt bringt.* Barney winselte – der Vorschlag mit dem Tierarzt schien ihm nicht besonders zu gefallen. Auch gut. Elena lief mit Tima davon, um bei den Ständen und Fahrgeschäften nach den Jungs zu suchen.

»Du solltest vorsichtig sein«, stichelte Tima. »Zeig deine Superkräfte nicht zu offen!«

Elena seufzte. »Ist ja gut. Manchmal gehen die Pferde mit mir durch. Hunde sind eben sehr redselig, weißt du. Das Problem hast du mit deinen Spinnen und Ameisen wahrscheinlich nicht.«

»Stimmt«, sagte Tima. »Besonders gesprächig sind sie nicht. Aber nützlich. Siehst du das …?«

Elena folgte mit dem Blick Timas ausgestrecktem Finger und bemerkte erst jetzt die kleine Wolke aus Mücken direkt über ihren Köpfen. »Könnt ihr mir zeigen, wo Matt ist?«, fragte Tima. Im nächsten Augenblick begannen die Mücken auch schon, sich zu formieren, und flogen als langer, schmaler Streifen auf das rot-weiß gestreifte Zelt in der Mitte des Parks zu. Tima nahm Elena bei der Hand. Sie rannten den Insekten hinterher und kamen eine Minute später keuchend am Eingang des Festzeltes an. Matt wartete schon auf sie. »Siehst du?«, sagte Tima. »Sehr nützlich. Danke, ihr Lieben!« Sie machte eine Handbewegung, woraufhin die Mücken auseinanderstoben und davonflogen.

»Ihr kommt gerade richtig«, sagte Matt. »Castle wird jeden Moment mit seiner Rede beginnen.«

»Aber wo steckt Spin?« Elena warf einen Blick ins Innere des Zeltes, dann scannte sie den Park ab.

»Soll ich meine Fliegerstaffeln noch mal aussenden?«, bot Tima an.

Elena schüttelte den Kopf. »Hat sich erledigt. Da ist er.«

Sie spürte, wie sie eine Gänsehaut bekam. Spin … bei Tageslicht. Was für ein eigenartiger Anblick. Er trug seinen langen schwarzen Mantel, aber weder Umhang noch Kapuze. Sein helles Haar schimmerte in der Novembersonne, als er zwischen den Ständen über den Rasen lief. Sein Gesichtsausdruck war schwer zu deuten. Hatte er Schmerzen? Elena ging zu ihm hinüber.

»Wie läuft's?«, fragte sie. »Geht es dir gut?«

Spin lächelte matt. »Tja, zumindest stehe ich nicht in Flammen. Das ist schon mal ganz angenehm.«

Im Festzelt erwartete sie eine Überraschung. Als Castle die kleine Bühne betrat, um seine Rede zu halten, war er nicht allein. Spin atmete hörbar aus, als er neben Castle einen zweiten Mann entdeckte, der ebenfalls ein offizielles Namensschild des Thornleigh-Krankenhauses trug.

»Das ist Dominic Lazaro, der Pathologe!«, wisperte Matt ihnen zu, als sie neben der Bühne zusammenkamen. »Ich hab heute Morgen im Internet nach ihm gesucht und ein Foto gesehen.«

»Und außerdem steht sein Name auf dem Namensschild«, sagte Spin.

Castle begann mit seiner Rede. Sie war nicht besonders aufregend und drehte sich um Zahlen und Fakten zu seiner Station, um Ziele, die sie erreicht hatten, sowie um spezielle Anschaffungen, für die auf dem Winterfest Geld gesammelt werden sollte. Nach fünf Minuten war die Rede zu Ende, Castle bekam höflichen Applaus, und schon plauderten wieder alle munter bei Tee und Keksen weiter.

Castle und Lazaro standen nun neben der Bühne und unterhielten sich miteinander. Sie wirkten ernst, beinahe ängstlich. »Wir müssen sie belauschen«, sagte Elena und schlich sich an die Männer heran. Spin, Matt und Tima gesellten sich zu ihr, bis sie alle vier nur noch Zentimeter von den beiden Ärzten entfernt standen.

»Das bringt wohl nicht viel«, sagte Spin mit einem Becher in der Hand, den er sich von einem der Tische genommen hatte. »Sie sprechen Italienisch miteinander. Neulich auf dem Dach hat der Oberarzt wohl nicht mit Zuhörern gerechnet und Englisch gesprochen, hier geht er anscheinend auf Nummer sicher.«

»*Non è un problema*«, sagte Elena ruhig. »*Parliamo italiano.*«

Belustigt registrierte sie Spins Reaktion. Er sah nicht oft überrascht aus. »Du sprichst Italienisch?«, zischte er.

»*Silenzio! Stiamo cercando di ascoltare*«, murmelte Matt. Spin drehte sich zu ihm um und kniff ungläubig die Augen zusammen.

Auch Tima grinste, als sie Spins erstauntes Gesicht sah. »Wundere dich nicht«, sagte sie. »Das ist so ein Nachtflüsterer-Ding.«

»Schh«, machte Elena. Direkt hinter ihr unterhielten sich Castle und Lazaro – leise, aber doch verständlich. Seit sie die Gabe hatte, jede Sprache zu verstehen, wunderte Elena sich darüber, wie viele Menschen in Hörweite von Fremden sehr persönliche Dinge preisgaben, nur weil sie davon ausgingen, dass keiner um sie herum ihre Sprache beherrschte. Meist lagen die Leute mit dieser Annahme natürlich richtig – zumindest solange kein Nachtflüsterer in der Nähe war.

»… muss das Ganze schneller gehen«, sagte Castle gerade. »Sie meint, dass sie nur noch einen Tag lang Zugang haben. Bei denen steht wohl irgendeine Überprüfung an. Sie werden gezwungen sein, eine Weile dichtzumachen. Deshalb müssen wir die Akklimatisierung beschleunigen und sie rüberbringen.«

»Das Erste ist fertig, aber die anderen beiden brauchen noch Zeit«, erwiderte Lazaro. »Wir könnten das Gasgemisch weiter verfeinern. Allerdings gehen wir damit das Risiko ein, dass sie krank werden und die potenziellen Käufer vielleicht abspringen, sobald sie sie vor sich haben.«

»Und was schlägst du stattdessen vor?«, fragte Castle.

»Da sie sowieso dichtmachen müssen, denke ich, wir sollten genauso weitermachen wie bisher und die Lieferung vorziehen«, erwiderte Lazaro. »Wenn sie erst einmal gezahlt und alle einkassiert haben, können sie ihr Geld auch nicht mehr wegen Lungenversagens zurückverlangen. Der Durchgang wird dann geschlossen sein.«

»Wir hätten das Ganze ohnehin beendet«, meinte Castle. »Drei in einer Woche waren einfach zu viel. Ich hab Edwina schon gesagt, dass sie länger hätte warten sollen. Das Pflegepersonal auf der D hat schon Bemerkungen fallen lassen. Hier ist nichts mehr zu holen.«

»Lass es uns doch nächstes Jahr in Schottland noch mal versuchen«, schlug Lazaro vor.

Castle schnaubte. »Wenn uns diese drei jetzt ersticken, könnte das das Ende bedeuten. Sie würden nicht mehr bei uns kaufen. Wir sehen uns heute Abend in der Kammer. Sei vorsichtig ... Ich hab gerade einen meiner Patienten hier entdeckt.«

Elena, Matt und Tima starrten einander mit großen Augen an, als Castle plötzlich zu ihrem kleinen Kreis stieß und Spin die Hand auf die Schulter legte. »Crispin!«, dröhnte er und fuhr auf Englisch fort: »Hab ich mir doch gedacht, dass du das bist! Schon draußen unterwegs? Ich hoffe, du übertreibst es nicht.«

»Nein«, erwiderte Spin. »Ich lass es langsam angehen, und meine Freunde hier passen gut auf mich auf. Aber ich musste mal nach draußen, um auszuprobieren, wie gut es funktioniert, stimmt's?«

»Richtig«, sagte Castle und wandte sich an die anderen: »Ist sicher großartig, euren Freund zur Abwechslung mal tagsüber draußen zu sehen.«

Sie nickten. »Ja«, meinte Elena. »Matt will endlich mal wieder mit ihm Fußball spielen.«

Matt blinzelte irritiert, als Spin sich zu ihm umdrehte und sagte: »Genau! Es ist wirklich Ewigkeiten her, dass wir beide zusammen gekickt haben. Los, wir besorgen uns einen Ball.«

Spin nahm Matt am Arm und führte ihn aus dem Zelt, Elena und Tima folgten ihnen. Sobald sie draußen waren, gab Spin ihnen Zeichen, ihm in den Schatten einer großen Eiche am Rand des Parks zu folgen. Dort sagte er zu ihnen: »Also schön, ihr vielsprachigen Freaks ... Was haben die beiden gesagt?«

Tima holte ihr Handy heraus. Wie sich herausstellte, hatte sie das gerade belauschte Gespräch aufgenommen. Obwohl die Stimmen nicht glasklar zu verstehen waren, konnte Tima Spin alles Wort für Wort aus dem Italienischen übersetzen.

Nachdem sie fertig war, stand Spin eine Weile nur stumm da. Dann lachte er trocken. »Im Krankenhaus habe ich mich ab und zu gefragt, ob ich einfach nur wild herumfantasiere, wisst ihr. Und jetzt – sieh mal einer an – stellt sich heraus, dass ich ein waschechter Sherlock Holmes bin.«

»Um welchen Durchgang geht es denn da?«, fragte Elena. »Und weshalb sprechen sie über ein Gasgemisch, über Akklimatisierung und Lungenversagen?«

»Vielleicht werden sie irgendwo in die Berge gebracht, wo die Luft dünner ist«, sagte Tima. »Ihr wisst doch: Wenn Leute auf sehr hohe Berge, den Kilimandscharo zum Beispiel, klettern, bekommen sie die Höhenkrankheit.«

»Weshalb sollte jemand drei Kinder aus England kaufen und sie ins Gebirge schmuggeln?«, warf Matt ein. »Das ergibt doch gar keinen Sinn.«

»Diese Kammer ... Dort halten sie Liam und Megan und das andere Mädchen – Kacey – fest«, dachte Elena laut. »Sie machen etwas, damit die drei sich akklimatisieren, und weil Kacey zuerst dort hinkam, ist sie bereits so weit. Sie hatte mehr Zeit.«

»Aber die anderen beiden sind noch nicht so weit ...«, fuhr Tima fort. »Und sie werden nicht rechtzeitig fertig, deshalb ... könnte es sein, dass sie dort, wohin sie gehen, vielleicht nicht lange überleben. Jemand macht Geschäfte mit kranken – Welpen.«

»Wir müssen herausfinden, wo diese Kammer ist«, sagte Matt. »Die beiden treffen sich heute Abend dort. Jemand muss ihnen folgen.« Sie sahen einander an. »Sollen wir alle als Beobachtungsposten einsetzen?«

Elena nickte. An Spin gewandt, erklärte sie: »Wir werden die Vögel, Insekten und Säugetiere bitten, Castle und Lazaro im Auge zu behalten. Und wir alle müssen auf Stand-by bleiben. Sobald wir erfahren, dass die Männer sich heute Abend wieder getroffen haben, folgen wir den Hinweisen der Tiere, um sie aufzuspüren.«

»Gute Arbeit, Leute!«, sagte Spin. »Wir sehen uns später.«

Im nächsten Moment tauchte Spin in der Menschenmenge unter – innerhalb von Sekunden hatten sie ihn aus den Augen verloren.

»Was soll das denn jetzt?«, fragte Matt.

»Kurze Aufmerksamkeitsspanne vermutlich«, erwiderte Tima.

Elena sagte nichts. Sie schien als Einzige bemerkt zu haben, dass Spin in den letzten zehn Minuten gezittert hatte.

21

Elena begleitete Tima nach Hause. Timas Hausarrest war an diesem Tag nur deshalb aufgehoben worden, weil Elena persönlich bei ihren Eltern aufgetaucht war und freundlich angefragt hatte, ob sie mit nach draußen kommen dürfe. Tima kannte ihre Eltern … Sie waren zu höflich, um Elenas Bitte abzulehnen, besonders nachdem Elena den wohltätigen Zweck des Winterfestes erwähnt hatte. Im Gegenzug hatten sie allerdings darauf bestanden, dass Elena ihre Tochter vor Einbruch der Dunkelheit wieder zurückbrachte.

Und so war Matt allein auf dem Fest geblieben und machte sich nun auf den Heimweg. Schläfrigkeit überkam ihn, wie so oft nachmittags.

Wenn er Glück hatte, würde Dad zu Hause Sport schauen. Die Sonntage verliefen meist recht ruhig. Zwar übernahmen sie auch sonntags manchmal Reinigungsdienste für eine Mietwagenfirma, aber heute waren nur zwei Autos hereingekommen. Matt hatte sie bereits am Vormittag gereinigt, damit er sich später mit den anderen auf dem Winterfest hatte treffen können.

Das Wohltätigkeits-Event war immer noch in vollem Gang, als er aufbrach, und so kaufte er sich am Imbissstand neben dem Ausgang einen Burger für den Rückweg. Er pumpte gerade Ketchup aus einem auf dem Tresen stehenden Spender, als er hinter sich jemanden sagen hörte: »Schön zu sehen, dass es deinem Freund so viel besser geht.«

Matt drehte sich um. Hinter ihm stand Lazaro, der sich am Imbissstand einen Kaffee gekauft hatte.

»Ähm … ja«, stotterte Matt unbeholfen, weil er nicht genau

wusste, unter welcher Krankheit Spin litt. Spin hatte es ihnen nicht erzählt – und Matt würde ihn garantiert nicht danach fragen.

»Habt ihr einen Fußball auftreiben können?«, fragte Lazaro.

»Einen Fußball? Oh. Nee. Wir sind nur ein bisschen rumgelaufen. Er ist jetzt nach Hause gegangen ... um sich auszuruhen.« Matt wickelte seinen Burger in einen Haufen Papierservietten und nickte dem Mann zu.

»Na dann.« Lazaro blickte ihn an, sein Lächeln schien festgefroren. »Schön, dich kennengelernt zu haben. Tschüss.«

»Gleichfalls. Tschüss.« Matt lief ein paar Schritte, bevor ihm mit einem Mal stechend heiß wurde und er halblaut vor sich hin fluchte. Wie hatte er nur so blöd sein können?

Dreh dich nicht um! Dreh dich nicht um!, befahl er sich, doch als er den Ausgang des Parks erreichte, riskierte er dennoch einen Blick über die Schulter. Lazaro stand immer noch am Burger-Imbiss und sah ihm nach. Wieder fluchte Matt, er verfluchte sich selbst. War es ihm gerade wieder passiert? Er versuchte sich an die genauen Worte zu erinnern, die er und der Italiener gewechselt hatten, doch die Erinnerung daran verblasste bereits. War er erneut in eine fremde Sprache gewechselt, ohne es zu merken, genau wie bei Ahmed? Wenn dieser Lazaro jetzt wusste, dass er Italienisch verstand, ahnte er vielleicht, dass sein kleines, vertrauliches Gespräch mit Castle belauscht worden war.

Sollte er die anderen warnen? Matt war die Sache furchtbar peinlich. Als er sein neues Billighandy hervorholte (sein altes Handy war vor ein paar Wochen zerschmettert worden, und sein Vater hatte sich geweigert, für mehr als die Grundfunktionen zu zahlen), sah er, dass der Akku leer war. Erleichtert schob er es wieder in die Hosentasche. Wenn er erst einmal zu Hause wäre und sein Handy aufgeladen hätte, bliebe immer noch Zeit, um Elena und Tima Bescheid zu geben. Nur für den extrem unwahrscheinlichen Fall, dass er tatsächlich Italienisch gesprochen hatte und Lazaro nun eins und eins zusammenzählte und …

… eigentlich konnte er selbst kaum noch eins und eins zusammenzählen. Er brauchte wirklich dringend Schlaf.

22

Manchmal, wenn sie sich richtig anstrengte, konnte Elena sich selbst glauben machen, dass ihr Leben völlig normal war. Für eine Weile klappte das auch. Als sie nach Hause kam, sah ihre Mutter gerade fern.

»Hallo, Schatz!«, rief sie. »Guck mal! Ich hab Kuchen gebacken!«

Auf dem kleinen Tischchen stand eine Tortenplatte mit einem Victoria Sponge Cake. Ein Stück des traditionellen Biskuitkuchens war bereits herausgeschnitten und gegessen worden. »Machst du uns Tee?«, bat Mum. »Ich hole uns beiden ein Stück Kuchen.«

Elena kochte Tee und setzte sich mit ihrem Kuchen auf die Wohnzimmercouch. *Hör auf, an verschwundene Leichen zu denken, und iss einfach*, befahl sie sich selbst.

»Wie war's auf dem Winterfest?«, fragte Mum.

»Gut«, erwiderte Elena mit vollem Mund.

»Bist du Karussell gefahren?«

»Nein.«

»Na, du bist ja heute Abend eine richtige Plaudertasche …«

»Ich bin ein Teenager«, erklärte Elena.

»Wo du recht hast, hast du recht«, erwiderte ihre Mutter. »Dann schauen wir eben fern.«

Dankbar ließ Elena sich an Mums Schulter sinken. Seit dem Frühherbst ging es ihrer Mutter sehr viel besser. Sie nahm ihre Medikamente und hatte bislang weder eine extrem manische Phase noch eine extrem depressive Phase gehabt. Manchmal sprach sie sogar davon, wieder mehr arbeiten zu wollen. Bis vor einigen Jahren war Mum Kostümschneiderin gewesen und hatte freiberuflich für verschiedene Theatergruppen gearbeitet. Nachdem ihr Vater die

Familie verlassen hatte und die bipolare Störung ihrer Mutter richtig schlimm geworden war, hatte sie nicht mehr arbeiten können. Elena und ihre Mum mussten nun mit sehr wenig Geld auskommen – einer Kombination aus Dads unregelmäßigen Zahlungen und der staatlichen Hilfe, die ihre Mutter aufgrund ihrer Erwerbsunfähigkeit erhielt.

Der Kuchen schmeckte köstlich. Und der Tee tat gut. Der Fernsehmoderator plapperte angenehm launig über schottische Hochlandrinder – und Elena war innerhalb von Minuten eingeschlafen.

»Elena …« Mum klang ein wenig besorgt. »Schatz. Wach auf.«

Schlaftrunken setzte Elena sich auf. Draußen war es dunkel, der Fernseher ausgeschaltet.

»Da ist irgendein seltsames Geräusch«, sagte ihre Mutter. »Da draußen.«

Elena sah auf die Uhr. Es war 21:15 Uhr. Sie hatte stundenlang geschlafen. »Weshalb hast du mich nicht geweckt?«

»Schh – hör doch mal.« Mum setzte sich auf die Couchlehne und legte den Kopf schief. Jetzt hörte auch Elena ein Kratzen. Dann eine Reihe von kaum wahrnehmbaren, dumpfen Schlägen, gefolgt von einem schrillen Bellen. Sie stand auf und stürzte in die Küche. Als sie das Licht ausschaltete, konnte sie mehrere kleine, pelzige Gesichter am Fenster erkennen. Mindestens sechs Eichhörnchen buhlten dort um ihre Aufmerksamkeit. Plötzlich ging das Licht wieder an – Mum war ihr gefolgt und hatte den Schalter betätigt. Die Eichhörnchen machten sich aus dem Staub.

»Ich glaube, das sind nur Eichhörnchen«, sagte Elena. »Ich geh mal nachsehen.« Draußen, in der Dunkelheit des Gartens, nahm sie augenblicklich wahr, dass Velma auf sie wartete. Mit Neuigkeiten.

Sie setzte sich auf den Rand der hölzernen Veranda, versicherte sich mit einem Blick nach hinten, dass Mum immer noch im Haus war, und streckte ihre Hand aus. Velma schoss hinter einem Strauch hervor und berührte Elenas Fingerspitzen mit ihrer kühlen schwarzen Nase. *Hast du sie gesehen – Castle und Lazaro?*, fragte Elena via wortloser Fuchsverbindung. Velma bejahte. *Gehen sie irgendwo zusammen hin … jetzt gerade?* Wieder bestätigte Velma ihre Vermutung.

Verflixt. Es war zu früh. »Ich muss zuerst Mum ins Bett bringen«, murmelte sie, das Gesicht dicht an dem feinen Ohr der Füchsin. »Wartest du auf mich? Dann kannst du es mir zeigen.« Velma war einverstanden.

23

Während des Abendessens hielten Mum und Dad ihr einen Vortrag.

»Wir wissen, dass du älter wirst«, sagte Mum. »Wir wissen, dass du bald eine junge Frau bist. Und vermutlich machst du bereits alle möglichen Veränderungen durch.«

Wie wahr, dachte Tima.

»Hormonelle Veränderungen«, fuhr Mum fort. »Wahrscheinlich gibt es Tage, an denen du dich merkwürdig fühlst und verwirrt bist.«

Tima nickte, sehr darum bemüht, keine Miene zu verziehen. Veränderungen? Wenn ihre Eltern gewusst hätten, in welcher Hinsicht sie sich verändert hatte, wären *sie* jetzt diejenigen, die sich merkwürdig fühlen würden und verwirrt wären.

»Aber diese Essensschlacht«, fuhr ihr Vater fort. »Die war alles andere als witzig.«

»Ich hab nicht angefangen«, sagte Tima.

»Doch, das hast du«, widersprach ihre Mutter.

»Ja, na gut, hab ich – aber nicht mit Absicht. *Lily* ist vollkommen durchgedreht, nicht ich.«

Mum stieß einen tiefen Seufzer aus. »Tima – wir machen uns Sorgen um dich. Du scheinst oft müde zu sein, und deine Schulnoten sind schlechter geworden … Außerdem ist da diese plötzliche Fixiertheit auf Insekten und Spinnen. Noch vor ein paar Monaten hättest du das Haus zusammengeschrien, wenn du im Badezimmer eine Spinne oder eine Motte entdeckt hättest. Und jetzt sprichst du häufiger mit diesen Krabbeltierchen als mit uns.«

Tima wollte etwas möglichst Sinnvolles antworten. Die beiden hatten recht. Nichts von dem, was ihre Eltern vorgebracht hatten, konnte sie ernsthaft bestreiten. »Ich … ich denke, ich möchte Entomologin werden«, murmelte sie schließlich. »Ihr wisst schon – jemand, der die Insektenwelt studiert. Und Arachnologin.«

Dad legte Messer und Gabel auf den Tisch. »Was ist denn aus deinem Wunsch geworden, Sängerin und Tänzerin zu werden? Ich dachte, du wärst völlig besessen von diesen Musicals im Londoner West End.«

»Na … vielleicht kann ich ja beides tun«, sagte Tima. »Ich glaub, ich bin zu jung, um mich jetzt schon festzulegen.«

Mum und Dad sahen sich an. Irgendetwas ging zwischen den beiden vor. Was, das konnte Tima nicht genau sagen, da gerade – zu allem Überfluss – auch noch eine Unmenge achtbeiniger Freunde wasserfallartig über die Verandatüren strömte. Glücklicherweise geschah das Ganze von der Gartenseite aus, und doch: Wenn Mum und Dad sich in diesem Augenblick umgedreht hätten, wären sie ausgeflippt. *Wartet noch*, sandte Tima den Spinnen zu. *ICH WEISS, dass ihr mit mir reden wollt, aber ich kann noch nicht nach draußen kommen. WARTET einfach noch etwas.*

»Wir haben uns gedacht«, sagte Mum mit einem ziemlich sentimentalen Lächeln, »dass wir drei in den Weihnachtsferien wegfahren könnten.«

Tima wäre beinahe das Herz stehen geblieben. »Äh … wohin denn?«

»Wir würden gerne ins schottische Edinburgh fahren. Und … Dad hat herausgefunden, dass dort auch ein Musical- und Theaterkurs für Kinder und Jugendliche angeboten wird. Na, wie klingt das?«

Tima starrte ihre Eltern mit offenem Mund an. Es klang *fantastisch*. Und *furchtbar*. Elena und Matt wären für lange Zeit weit weg … genau wie der Strahl … und Spencer und all ihre anderen

Spinnen- und Insektenfreunde. »Wie lange geht denn dieser Kurs genau?«, fragte sie atemlos.

»Es ist ein fortlaufender Kurs«, erklärte Mum. »Wir haben vor, ein Häuschen an einem See in der Nähe von Edinburgh zu mieten und drei Wochen dort zu bleiben. Die Jugendtheatergruppe führt sowohl zu Weihnachten als auch zu Silvester etwas auf. Du wärst dann bei beiden Inszenierungen dabei. Wie ich gehört habe, sind die Aufführungen immer ausverkauft.«

»Ein kleiner Tapetenwechsel würde dir guttun«, ergänzte ihr Vater.

Völlig durcheinander starrte Tima auf ihren Teller. Ja, das alles klang tatsächlich fantastisch. Es wäre großartig, einmal ohne Lily Fry auf einer Bühne zu stehen, neue Kinder kennenzulernen und einfach Spaß zu haben. Doch im Moment war sie vollauf mit vermissten Leichen und zwielichtigen Ärzten beschäftigt und … Die Spinnen an der Verandatür rockten jetzt regelrecht ab, um auf sich aufmerksam zu machen.

»Du bist müde, Mäuschen«, sagte Mum und begann, die Dessertteller abzuräumen. »Vielleicht gehst du jetzt einfach rauf und legst dich früh schlafen. Morgen ist wieder Schule.«

»In Ordnung. Und danke. Die Sache mit Edinburgh klingt … fantastisch.« Erleichtert, nach oben gehen zu können, stieg Tima die Treppe hinauf. Sie musste herausfinden, was die Spinnen zu berichten hatten. Bestimmt hatte es etwas mit Castle und Lazaro und den vermissten toten – oder nicht toten – Kindern zu tun. In ihrem Zimmer lief sie zum Fenster und stieß es auf. Sofort drängten mehrere Gold-Wespenspinnen und Große Winkelspinnen, inklusive Spencer, auf das Fenstersims. Sie erinnerten Tima an aufgeregte Kinder, die unbedingt etwas loswerden wollten, und sie hätte sich nicht gewundert, wenn die Tierchen plötzlich eines ihrer Beine in die Luft gereckt und »Ich weiß was! Ich weiß was!« gerufen hätten.

Sie schloss die Augen und ließ die Spinnen über Hände und Unterarme krabbeln, während sie ihr mitteilten, was sie wussten.

Fünf Sekunden später erhielt sie eine Textnachricht von Elena.

> Castle u Lazaro sind unterwegs!

Tima schrieb zurück:

> Ja – die Spinnen haben's berichtet.
> Bisschen früh, um rauszugehen!
> Muss warten.

Elena antwortete:

> Ich auch. Von Matt noch nix gehört,
> glaub aber, wir brauchen ihn als Fahrer.
> Die sind per Auto unterwegs.

Tima schrieb zurück:

> Muss bis nach Mitternacht warten.
> Früher kann ich's nicht riskieren.

Matt wurde von Dads Schnarchen und einem leisen Klopfen geweckt. Im Fernsehen lief immer noch die Zusammenfassung der Fußballspiele, und Mum war in der Küche und telefonierte mit ihrer Schwester in Polen. Nach dem Abendessen war Matt eingenickt, zu müde, um weiter fernzusehen oder sich mit seinem Vater über die Leistungen der verschiedenen Spieler auszutauschen.

Das Klopfen klang jetzt dringlicher. Endlich wurde er auf Glück aufmerksam, die vor dem Wohnzimmerfenster saß und mit dem

Schnabel unablässig gegen die Scheibe pickte. Matt stand auf und öffnete das Fenster. Das Vogelweibchen sprang sofort auf seine Faust und schüttelte die Schwanzfedern aus. Schnell verschwand er mit ihr in seinem Zimmer und schloss die Tür. Dort knipste er das Licht an und blickte in ihre Perlenaugen. *Und?*

Castle und Lazaro waren unterwegs. Verdammt! Es war gerade mal halb zehn. Er durfte nicht riskieren, so früh nach draußen zu gehen. Als er auf sein Handy sah, entdeckte er Nachrichten von Elena und Tima. Sie alle hatten von den Tieren dieselbe Information erhalten. Matt schrieb eine SMS an beide Mädchen:

> Können bis nach Mitternacht gar nix tun.
> Hauptsache, wir finden raus, wo sie
> hingehen – können da immer noch hin,
> wenn sie weg sind. Vielleicht eh sicherer
> so. Wir lassen sie weiter beobachten +
> versuchen zu schlafen.

Elena schrieb zurück:

> Wir brauchen ein Fahrzeug.

Ein letztes Mal tippte Matt:

> Yep. Ich regle das. Simse euch nach dem
> Strahl.

»Nein … flieg nicht mit«, bat er Glück, die zum offenen Fenster hinauswollte, um sich an der Verfolgungsjagd zu beteiligen. »Das ist eine Sache der Eulen. Du bist kein nachtaktiver Vogel. Ruh dich ein bisschen mit mir aus.«

Glück schien zu verstehen. Sie setzte sich ans Kopfende des Bettgestells und schlief ein. Ihre Schläfrigkeit schwappte auf Matt über. Obwohl er wegen dem, was sie in dieser Nacht würden tun müssen, unter Hochspannung stand, schien er langsam wegzudämmern. Gut. Schlafen. Er knipste die Lampe aus – weg war er.

24

Sie hatten zwar kein Navigationsgerät, aber sie hatten Glück. Das Starenweibchen saß auf Matts Schulter und gab Richtungsanweisungen, während er den brandneuen Ford Focus durch die dunklen Straßen zum nördlichen Stadtrand fuhr. Matt wollte sich lieber nicht vorstellen, was ihn zu Hause erwartete, falls Dad jemals herausfinden würde, dass er sich das Auto eines Kunden ausgeliehen hatte. Allein der Gedanke, dass sein Vater vielleicht zufällig aus dem Küchenfenster gesehen hatte, weil er in den frühen Morgenstunden Durst bekommen und sich ein Glas Wasser geholt hatte, ließ Matts Magen zu Beton erstarren.

»Links«, sagte Glück.

Tima saß auf dem Rücksitz und kicherte. »Sie ist echt ein cooler Vogel.« Matt hatte zuerst Elena abgeholt und danach Tima. Anfangs, als sie noch eine Ahnung davon gehabt hatten, wo es hingehen sollte, hatten die Mädchen mehrere Male »links« und »rechts« und »geradeaus« gerufen. Aber im Lauf der Fahrt waren sie alle immer unsicherer geworden, wie sie zu dem Ort kommen sollten, den ihre Freunde ihnen gedanklich übermittelt hatten. Und ab da war Glück eingesprungen, mit einer verblüffend exakten Imitation von Elenas oder eben Timas Stimme. Matt hätte die Richtung vermutlich auch erahnen können, indem er Glücks Gedanken las, aber sobald der Vogel sprach, war alles sehr viel klarer für ihn. Wenn alle Beteiligten unter solch großer Anspannung standen, war die Telepathie mit Tieren eine ziemlich schwammige Angelegenheit.

Alles, was sie wussten, war, dass Castle und Lazaro auf die Hügel nördlich der Stadt gefahren waren, zu einem großen, von Bäumen umgebenen See. Sie waren mit dem Auto dorthin unterwegs gewesen und hielten sich immer noch in der Gegend auf. Wo genau sie waren, hatten die Tiere ihnen nicht eindeutig mitgeteilt, nur der See war in ihren Botschaften immer wieder klar hervorgetreten.

»Vermutlich besitzt einer von ihnen ein Grundstück am See, auf dem sie die Kinder gefangen halten«, spekulierte Tima. »Weit weg von anderen Menschen, die ihre Schreie hören könnten.«

»Wer weiß, ob sie überhaupt schreien«, warf Elena ein. »Vielleicht wurden sie betäubt. Damit hätten solche Typen sicher auch kein Problem.«

Matt schüttelte den Kopf. »Ich kann immer noch nicht glauben, was da passiert.«

»Rechts«, sagte Glück in diesem Augenblick, woraufhin Matt auf eine schmale Straße abbog, die sich in ein Waldgebiet hineinschlängelte.

»Für Geld«, sagte Tima, »tun manche Menschen eben alles.«

25

VIER JAHRE ZUVOR

»Da draußen gibt es böse Menschen.« Astrid stand am Fenster und nahm einen tiefen Atemzug. »Aber wenn ich dich für immer hier drinnen bei mir behalte, bin ich vielleicht noch schlimmer als sie.«

Spin stand an der Tür, sein Herz pochte. Er war groß für sein Alter, und man hätte ihn – im Dunkeln und von Weitem – leicht für einen weitaus älteren Teenager halten können. Doch er war nun mal erst 13, und nur sehr wenige Eltern hätten zugelassen, dass ein 13-Jähriger nach Mitternacht alleine draußen herumlief.

Er trat in den Garten, und seine Mutter folgte ihm. Auf halbem Weg zum Tor am hinteren Ende des Gartens attackierte sie ihn. Von hinten. Ohne Vorwarnung. Aus dem Nichts machte sie plötzlich einen Sprungtritt nach vorne. Sie gab alles.

Spin warf sie in einem Salto zu Boden und hatte sie eine Sekunde später auf den Rasen gedrückt.

»Okay«, ächzte sie. »Okay ... hilf mir hoch.«

Er fühlte sich mies. Ihr Rücken hätte auf harten, knotigen Wurzeln aufschlagen können – es war hier draußen nicht dasselbe wie auf den Matten im Keller. Astrid kam auf die Beine und wischte sich Erde und Zweige vom Rücken. »Jetzt fühle ich mich besser«, sagte sie. »Du bist so weit. Geh raus und hab Spaß – bleib aber nicht zu lange weg, okay? In drei Stunden geht die Sonne auf.«

Unvermittelt schloss Spin seine Mutter in die Arme. In letzter Zeit hatten sie zwar häufig Körperkontakt, doch dabei ging es nie um Zuneigungsbekundungen. Es ging ums Kämpfen, und es tat weh. »Das wird schon, Mum«, sagte er.

Sie lächelte. »Ich mag es, wenn du mich Mum nennst.«

»Wahrscheinlich werde ich mich da draußen zu Tode langweilen«, mutmaßte er und zog sich die Kapuze seiner Reißverschlussjacke über den Kopf. »Aber ... wie du schon sagst ... ich muss an die frische Luft und kann schließlich nicht jede Nacht wie ein Schoßhündchen im Garten verbringen.«

»Gib dich nur nicht mit Einbrechern oder Drogendealern oder ... Wachleuten ab«, warnte Astrid ihn noch. Offensichtlich konnte sie sich nicht vorstellen, wer um diese Zeit sonst noch unterwegs sein könnte. Natürlich hatten sie schon gemeinsame Ausflüge gemacht. Oft waren sie abends im Theater gewesen, sie hatten an nächtlichen Naturwanderungen mit Fledermaus- oder Eulenexperten teilgenommen oder an Winterabenden, wenn es früher dunkel wurde, auf Open-Air-Märkten eingekauft.

Aber nur mit seiner Mutter abzuhängen, war nicht gut für einen Heranwachsenden, das wussten sie beide. Zu seinen ehemaligen Klassenkameraden bestand kein Kontakt mehr. Spin hatte ohnehin nie viele Freunde gehabt, und die meisten Gleichaltrigen hatten seine Schattenwelt nach ein paar Besuchen bei ihm zu Hause sattgehabt. Natürlich gab es noch andere in seinem Alter, die unter EPP litten – er hatte sie über Selbsthilfegruppen kennengelernt –, doch da es eine so seltene Erkrankung war, lebte das nächste davon betroffene Kind ganze drei Stunden Autofahrt von ihm entfernt.

»Wenn du älter bist, wird es einfacher für dich werden«, sagte Astrid. »Wenn du erst einmal auf die Universität gehst, dann ... Weißt du, für Studenten dreht sich doch alles ums Nachtleben. Die meisten stehen erst gegen Mittag auf.«

Spin hatte nichts erwidert. Er konnte sich nicht vorstellen, an der Universität zu sein. Oder überhaupt irgendwo, wo gewöhnliche Menschen sich aufhielten. Im Augenblick wollte er einfach nur etwas Zeit für sich alleine haben. Draußen. In der Dunkelheit.

»Ich muss jetzt los. Treff mich noch mit ein paar Drogendealern.«

Von Astrid gab es dafür einen Schulterklaps, dann stürmte er zum Gartentor. Das schmiedeeiserne Tor in der hohen Ziegelsteinmauer war mit einem Zahlenschloss versehen, doch Spin kannte die Kombination. Er schloss auf, stürmte aus dem Tor und überließ es seiner Mutter, das Zahlenschloss wieder anzubringen. Wenn er zurückkam, würde er durch die Gitterstäbe hindurchgreifen, um aufzuschließen.

Die Nachtluft war warm, selbst unterhalb der Bäume. Es war eine Augustnacht mit einem leuchtend hellen Mond, dessen Licht zwischen den Blättern hindurchfiel und über den Waldboden tanzte. In zehn Minuten war Spin bis zum Kanal spaziert, wo er auf ihr Hausboot – die *Nachtschwalbe* – kletterte, sich an Deck setzte und die Einsamkeit an Bord genoss. Er und Astrid hatten sich das Hausboot vor einem Jahr zugelegt, den Motor repariert, es frisch angestrichen und die Kabine instand gesetzt und verschönert. Einige Male schon waren sie abends damit herumgeschippert.

Weitere zehn Minuten später begann er sich zu langweilen, und so sprang er ans Ufer und folgte dem Pfad, der am Kanal entlanglief, bis zur Eisenbahnbrücke. Dort stapfte er die steile Böschung hinauf und dann zur Straße hinunter, die an den östlichen Stadtrand führte. Nachts alleine draußen zu sein, war halb so wild. Thornleigh war eben nicht London oder Leeds oder Glasgow. Die Kriminalitätsrate war recht niedrig. Und die Wahrscheinlichkeit, tatsächlich auf jemanden zu stoßen, der Böses im Schilde führte, war – *WOPP!*

Der Aufprall war so plötzlich erfolgt, dass Spin nicht mehr hatte reagieren können. Jemand musste von oben auf ihn gesprungen sein – von der hohen Backsteinmauer der Eisenbahnbrücke. Er selbst jedenfalls fand sich am Boden wieder, der Länge nach ausgestreckt wie das klassische Opfer, und wusste nicht, wie ihm geschah.

»Handy, Kohle. Her damit!«, zischte eine Stimme. Ein Mann mit Bieratem und Schweißgeruch drückte ihn unsanft auf den Gehweg.

»Warte ... lass mich nur kurz ...«, hörte Spin sich japsen.

Im nächsten Moment hatte er den Mann auch schon gepackt, warf ihn auf den Rücken und hielt ihn am Boden fest. Der Angreifer grunzte erschrocken auf und holte zu einem Boxhieb aus. Spin fing die auf ihn zuschnellende Faust mit einer Hand ab und verdrehte den Arm des Mannes, sodass dieser vor Schmerzen aufschrie. Schließlich kniete er sich auf seinen Oberkörper und starrte ihn an. Sein Angreifer war dürr und sah heruntergekommen aus, hatte fettiges Haar und Stoppeln am Kinn.

»Ich brauch nur 'n bisschen Kohle«, flehte er und keuchte merklich unter dem Druck von Spins Knien. »Tu mir nichts.«

»Genau. Du wolltest mir schließlich auch nichts tun, stimmt's?«, fauchte Spin wütend. Was hatte er sich gerade noch über Wahrscheinlichkeiten eingeredet?

Der Mann starrte zu ihm hoch, das Gesicht vor Angst verzerrt wie eine Maske. In diesem Moment begriff Spin, dass er im Mondlicht badete – seine hellblonden Haare leuchteten regelrecht, und seine durchscheinende Haut trug zweifellos noch zu einem geisterhaften Effekt bei. Aus einem Impuls heraus ließ er seine Finger über den Hals des Angreifers gleiten. »Ist dein Blut ... rein?«, sagte er mit tiefer, heiserer Stimme, während er im Kopf sämtliche Horrorfilme abspulte, die er bisher gesehen hatte.

»Nicht beißen! Beiß mich nicht!«, schrie der Mann panisch.

Spins Eckzähne waren immer schon sehr spitz gewesen. Er grinste breit und präsentierte sie dem Angreifer. Der kreischte wieder auf. Da Spin sich langsam Sorgen machte, dass jemand sie hören könnte, sprang er auf die Füße und trat zurück, während der Mann sich aufrappelte und sich mit weit aufgerissenen Augen den Sabber vom Kinn wischte. Spin zog seine Stiftlampe aus der Hosentasche, knipste sie an und leuchtete dem Mann mit dem kaltblauen Licht ins Gesicht. »Du bist unrein«, wisperte er. »VERSCHWINDE!«

Das ließ der Mann sich nicht zweimal sagen und machte sich davon. Wimmernd lief er den Pfad entlang und unter der Brücke hindurch. Spin blieb, wo er war. Er zitterte. Fünf Sekunden später, als das Adrenalin durch seinen Körper schoss, krümmte er sich vor Lachen. *Mal im Ernst*, dachte er. *Wie wahrscheinlich* war *so was?*

»Na, na, na ... *benimm* dich gefälligst«, sagte er laut zu sich selbst. »Die Leute vom Interessensverband würden das gar nicht lustig finden.«

Im Lauf der Jahre hatten Mum und er an vielen Treffen des »Britischen Porphyrien-Verbandes« teilgenommen. Dabei bestand immer Gelegenheit, andere Erkrankte kennenzulernen und sich mit ihnen auszutauschen. Allerdings hatten die wenigsten Erwachsenen dort seine Vampirlegende gutgeheißen, ja manche hatten sein Verhalten sogar als äußerst verletzend empfunden. Den jüngeren Teilnehmern, für die der ganze Vampirzauber ziemlich cool geklungen hatte, wurde deutlich gemacht, dass so etwas nicht gern gesehen war. »Erspar ihnen das«, hatte Astrid ihm später geraten. »Sie müssen mit dieser Erkrankung schon sehr viel länger zurechtkommen als du. Der Reiz des Neuen ist verflogen. Für sie hat das alles nichts Lustiges mehr an sich.«

Heute Nacht aber *war* es lustig gewesen. Er entschied sich, nach Hause zu gehen. Nicht weil er so aufgewühlt war – er war zwar tatsächlich aufgewühlt, allerdings auf eine gute Art und Weise. Der betrunkene Angreifer hatte ihn nämlich auf eine Idee gebracht.

»Du bist aber früh zurück«, sagte Astrid, als er die Haustür öffnete.

»Mum ...«, sagte er, weil er wusste, dass sie das mochte. »Könntest du mir vielleicht einen Umhang nähen? Schwarz – mit rotem Futter?«

26

JETZT

Es war fast ein Uhr morgens, als er erwachte. Er setzte sich auf, reckte und streckte sich und fühlte sich nach Wochen endlich besser. Von den letzten 24 Stunden musste er gut 17 Stunden verschlafen haben. Als er am frühen Sonntagmorgen den Nachtwächter-Klub in der Dunkelheit am Kanal zurückgelassen hatte, war er direkt nach Hause gegangen, ins Bett gefallen und noch vor dem Morgengrauen eingeschlafen. Gegen Mittag war er aufgestanden, hatte etwas gegessen und war danach zum Park gelaufen, um sich mit den anderen auf dem Winterfest zu treffen.

Im grellen Licht eines sonnigen Wintertages zu spazieren, war entsetzlich für ihn gewesen. So viele Jahre hatte er sich vor dem Tageslicht versteckt gehalten, dass sein ganzes System ihm unterwegs schreiend befohlen hatte, in jede dunkle Ecke zu flüchten. Einfach auf geradem Weg zwischen all den Buden und Zelten hindurchzumarschieren und den Kopf dabei *nicht* gesenkt zu halten, hatte ihm ein extremes Maß an Willenskraft abverlangt. Vor lauter Anstrengung hatte er fortwährend gezittert.

Nichtsdestotrotz: Der Blutaustausch hatte tatsächlich funktioniert. Rein körperlich hatte er sich vollkommen wohlgefühlt – und das tagsüber in einem Park! Der Gedanke daran war auch jetzt noch überwältigend für ihn. Er würde immer eine Nachteule bleiben, aber: Allein die Möglichkeit zu haben, auch am Tag ins Freie gehen und ohne Angst leben zu können …

Ja, es stimmte, dass einige Leute diese Therapie auch die »Eintagsfliegen-Kur« nannten. Aber darüber würde er jetzt nicht nachdenken.

Als er am späten Nachmittag nach Hause gekommen war, hatte er sich sofort hingelegt und sechs Stunden lang geschlafen, bis Astrid, ein Tablett mit Essen und Getränken in der Hand, ins Zimmer gekommen war. Hungrig hatte er das Essen verschlungen und war keine zehn Minuten später wieder weggedämmert.

Und jetzt fühlte er sich schon wieder sehr viel mehr wie er selbst.

Mit einem Satz sprang Spin aus dem Bett und durchquerte den Keller – eine lange, schmale Gestalt, die auf den raumhohen Spiegel am anderen Ende des Zimmers zuschritt, wo die Fitnessgeräte standen. Er nahm sich das Reck vor und schaffte mühelos zehn Klimmzüge. Alles bestens. Dann ging er unter die Dusche. Zuerst brauste er sich großzügig mit heißem und anschließend mit sehr kaltem Wasser ab, stieg raus, rubbelte sich trocken und lief zum Wandschrank, um sich ordnungsgemäß in seine schwarze Rüstung zu werfen.

Im hinteren Teil des Wandschranks hing sein alter Umhang, wie eine verendete Fledermaus. Den hatte Astrid für ihn genäht, als er 13 gewesen war und gerade begonnen hatte, mit dem Vampir-Image herumzuexperimentieren. Mit Rücksicht auf andere Betroffene hatte Astrid zuerst dagegen protestiert, den Protest jedoch nicht lange durchgehalten. Die Idee hatte ihn damals aufgeheitert, und seine Mutter sorgte sich mehr um seinen Spaß als um die Missbilligung anderer Leute. »Das ist jetzt die Grufti-Phase«, hatte sie achselzuckend gesagt, als sie ihm den Umhang gegeben hatte. »Die wirst du irgendwann hinter dir haben.«

Kurz nach seinem 13. Geburtstag war er in den Keller gezogen und hatte sich die unterirdischen Räume zu eigen gemacht. Sie passten zu dem Charakter, den er sich allmählich erschuf. Damals hatte er den Umhang abgefahren und cool gefunden, jetzt fand er ihn nur noch lächerlich. Er hatte bald gemerkt, welche Belastung dieses Kleidungsstück war. Ein Umhang, der hinter einem herflatterte wie eine Fahne, war das Letzte, was man beim Klettern und Springen, beim Rennen durch den Wald und beim Balancieren auf Mauern und Dächern gebrauchen konnte. Ein paarmal hatte der Umhang sich verfangen, sodass sein düsterer neuer Look ihm fast das Genick gebrochen hätte. Spin hatte nichts dagegen, wie ein Toter auszusehen – tot *sein* dagegen wollte er nicht. Im Internet hatte er deshalb nach etwas anderem gesucht und war schließlich auf den schwarzen Seiden-Trenchcoat gestoßen. Der war leicht, hielt ihn warm und eignete sich perfekt – sowohl für den Vampir-Style als auch für seine akrobatischen Kunststücke. Als er mit Tricks zu arbeiten begann, um seinen Auftritt eindrucksvoller zu gestalten, hatte sich der Mantel mit all seinen Möglichkeiten für Taschen und Ärmel ebenfalls bewährt. Astrid hatte ihm das rote Innenfutter hineingenäht sowie zahlreiche Täschchen für Rauchbomben, Lichteffekte, Fangzähne, Theaterblutkapseln …

Und nun war es an der Zeit, nach draußen zu gehen und nachzusehen, was in der –

Spin hielt inne. Gerade hatte er sich noch sein schwarzes Sweatshirt überstreifen wollen – jetzt kam er sich vor wie ein Idiot. Da draußen mussten irgendwo die drei Schlafwandler unterwegs sein, um untote Kinder zu jagen. Und genau hier lag das Problem. Wie sollte er die Nachtflüsterer bloß finden? *Er* hatte nicht das Glück, dass in jeder Hecke einige seiner Kumpels saßen, die ihm den Weg zwitscherten.

Immerhin hatte er Elenas Handynummer. Er konnte sie anrufen, auch wenn er so etwas normalerweise niemals tat. Handys waren nicht sein Ding. Sie passten einfach nicht zu der Vampirlegende. Jemand wie er … Jemand, der aus der Dunkelheit stieg und simste:

»Hey, Süße. Wo bist du? LOLZ.«

Nein. Unvorstellbar. Aber ein Anruf vielleicht. Er nahm das Festnetztelefon von der Basisstation und gab Elenas Nummer ein, die er praktischerweise auswendig wusste. Es klingelte dreimal, dann ging die Mailbox dran.

Spin zog sich an, stieg in seine Stiefel und schlüpfte in den schwarzen Mantel (die wärmere Version für die Wintermonate, die Astrid ebenfalls für ihn ausstaffiert hatte und bei der sich unter dem roten Innenfutter noch ein superleichter Fleece-Stoff verbarg). Nachdem er seine Ausrüstung in den Taschen und Ärmeln auf Vollständigkeit geprüft hatte, lief er hinaus in die Nacht.

Draußen im Wäldchen hielt er an. Gerade war ihm klar geworden, dass er – vielleicht zum ersten Mal seit vier Jahren – keinen blassen Schimmer hatte, wohin er gehen oder was er tun sollte.

27

Matt lenkte den Ford durch das Tor auf den mit Kies bedeckten Parkplatz. Ein schwarzer BMW war das einzige andere Fahrzeug, das dort stand. Sobald er die Scheinwerfer ausgeschaltet hatte, war es um sie herum vollkommen dunkel. Ein paar Sekunden später jedoch hatten sich ihre Augen bereits daran gewöhnt, und nun konnten sie alle das matte Leuchten der weit entfernten Straßenlampen vor dem wolkenverhangenen Nachthimmel im Süden erkennen. Und das schimmernde Wasser.

Am Thornleigh-Stausee und in den Wäldern ringsum konnte man spazieren gehen, aber das war auch schon alles. Zelten war hier genauso verboten wie Angeln.

»Ist das ihr Wagen?«, fragte Tima.

»Ja«, erwiderte Matt.

»Alles klar. Dann lasst uns mal aussteigen und sie aufspüren.«

Sie stiegen aus dem Ford und schlossen leise die Türen.

»Meine Mini-Freunde sind in der Dunkelheit nur schwer zu erkennen«, sagte Tima. »Ich spüre zwar, wo sie sind, aber wahrscheinlich wäre es einfacher, wenn wir Glück folgen.«

»Oder meinem großen Freund da«, sagte Elena, und alle blieben stehen und sahen nach vorne.

Einige Meter von ihnen entfernt war ein Hirsch lautlos zwischen den Bäumen hervorgekommen. Nun stand er mitten auf dem Weg und blickte Elena an. »Oh … du wundervolles Wesen«, raunte sie und lief auf ihn zu. Matt und Tima hielten sich im Hintergrund. Der Hirsch hob die Schnauze, nahm Elenas Geruch wahr und blieb ruhig stehen. Elena streckte die Hand aus. Während er an ihren Fingern schnupperte, stieg sein Atem in kleinen Wölkchen in die kühle Nachtluft auf. Als der Hirsch den Kopf neigte, beugte auch Elena sich vor, sodass sie im nächsten Moment Nase an Nase mit dem prächtigen Tier stand. Ein freudiger Schauer lief ihr über den Rücken. *Was für eine Ehre*, dachte sie und sog den warmen, grasigen Duft des Hirschatems ein.

»Okay«, sagte sie schließlich zu den anderen. »Er wird uns hinbringen. Man läuft etwa zehn Minuten. Wir müssen uns ruhig verhalten und die Taschenlampen nach unten richten.«

Zusammen mit Glück, die auf Matts Schulter saß, folgten sie dem Hirsch ein Stück den Weg entlang, bevor das Tier abbog und sie zwischen Bäumen und Büschen hindurchführte. Jetzt begriff Elena auch, weshalb ein Hirsch aufgetaucht war. Ein Hirsch war in der Lage, ihnen Pfade aufzuzeigen, die für sie geeignet waren. Die kleineren Tiere hätten Elena, Matt und Tima möglicherweise voller Tatendrang durchs Unterholz geleitet, bis sie alle stecken geblieben wären. Aber wenn ein Hirsch hindurchpasste, dann passten auch sie hindurch.

Irgendwann erreichten sie ein Dickicht aus Stechpalmen und struppigen Brombeersträuchern, die sich bis hinunter zum westlichen Ende des Stausees erstreckten. Hier blieb der Hirsch stehen. Unten schwappte leise das Wasser ans steile Ufer. Von Castle und Lazaro fehlte jede Spur.

»Weiter kannst du uns nicht bringen, stimmt's?«, fragte Elena. Der Hirsch bewegte sein Geweih nach links und sprang zurück in den Wald.

Da standen sie nun und sahen sich um. Den schwachen Lichtkegel ihrer auf niedrigster Stufe leuchtenden Taschenlampen hatten sie auf ihre Füße gerichtet – nur für den Fall, dass jemand sie aus der Ferne beobachtete.

»Und jetzt?«, wisperte Tima.

Vorsichtig lief Elena in das ausladende Brombeergestrüpp, in die Richtung, in die der Hirsch gewiesen hatte. Sie leuchtete ins Dickicht und schrie leise auf. »Guckt mal ... Da ist eine Art Gebäude.«

Matt und Tima gingen zu ihr und leuchteten mit ihren Taschenlampen in dieselbe Richtung, woraufhin ein roter Backsteinbau in der Dunkelheit auftauchte. Er war von Brombeerhecken und Brennnesseln umwuchert, und doch war inmitten des Gestrüpps eindeutig ein kleiner Pfad auszumachen. Der Pfad führte um die Ecke des Gebäudes, das nicht viel größer als ein Gartenhäuschen war. Und hinter der Ecke entdeckte Elena eine alte Holztür in der Ziegelwand. Sie blieb stehen und lauschte angestrengt; Tima und Matt taten es ihr gleich.

»Die Asseln sagen, dass sie offen ist«, zischte Tima schließlich. »Drück mal dagegen!«

Elena gab der Tür einen Schubs. Die schwang nach innen auf und enthüllte ein mattes Leuchten. Vor ihnen befanden sich eine Reihe von Betonstufen, die hinab zu der schummerigen Lichtquelle führten. Elena, Tima und Matt tauschten Blicke miteinander, dann traten sie ein. Während sie die Treppe hinabstiegen, schien das die Stufen hinaufdrängende Licht sich immerfort zu bewegen. Unten erreichten sie eine Plattform, ebenfalls aus Beton, an der ein Metallgeländer entlanglief, und einen halben Meter darunter war Wasser, das sanft gegen den Bau schwappte. Rechts und links der Plattform hingen zwei rautenförmige Industrielampen an den Backsteinwänden und verbreiteten – durch den Schmutz, der sich über die Jahre auf ihnen angesammelt hatte – ein trübes Licht. Auf der linken Seite der Plattform ragte ein langer, flacher Metallstab ins Wasser. Daneben führten einige steile Metallstufen hinab.

»Es ist eine Messstation. Wir hatten das neulich in der Schule«, sagte Matt leise. »Und damit messen sie den Wasserstand.« Er deutete auf den flachen Metallstab, der auf einer Seite in Zentimeter und Meter unterteilt war, auf der anderen Seite in Fuß und Zoll.

»Ja«, flüsterte Elena. »Aber was ist das da?«

Sie gingen hinüber zum Geländer und starrten ins Wasser. Die merkwürdigen Lichtbewegungen kamen nicht daher, dass sich der Mond im See gespiegelt hätte – es war bewölkt in dieser Nacht. Die Lichtquelle befand sich im Wasser selbst. Da unten war eine Art Säule zu erkennen, die bläulich leuchtete. Matt lief zu den Metallstufen und stieg hinab. Seine Füße wurden nass, weil die letzten Treppenstufen unterhalb der Wasseroberfläche lagen. Glück schlug wild mit den Flügeln und krallte sich an seiner Jacke fest. Sie war nun mal kein Wasservogel.

»Es ist irgendeine … Unterwasser-Kammer«, rief Matt hinauf, und seine gedämpfte Stimme hallte von den Wänden und der Decke wider. »Eine Art Taucherglocke! Obendrauf ist eine Luke mit einem Rad zum Drehen, ähnlich einer U-Boot-Tür.«

Elena und Tima folgten ihm die Stufen hinab. »Ist sie das?«, fragte Elena atemlos. »Ist das die Kammer, über die sie gesprochen haben?«

»Sieht ganz so aus.« Matt versuchte, durch die sich ständig verändernde Brechung des Wassers hindurch etwas zu erkennen. Es war schwer zu sagen, wie weit unterhalb der Wasseroberfläche der Zugang zur Kammer lag, aber dem Wasserstandsmesser an der Wand nach zu urteilen, schien er etwa in einem Meter Tiefe zu liegen.

»Aber wie gelangt man da rein?«, fragte Tima. »Wenn du da unten bist und versuchst, die Luke zu öffnen, strömt doch sofort Wasser ein – oder etwa nicht?«

Plötzlich ließ Matt sich übers Wasser schwingen, indem er sich mit einer Hand an den Metallstufen festhielt. Dann duckte er sich, woraufhin Glück aufflog und sich auf dem Geländer in Sicherheit brachte. Matt leuchtete mit der Taschenlampe unter die Plattform. »Schaut euch das an«, sagte er. Tima und Elena liefen ebenfalls die Treppe hinab, bückten sich und starrten in den Lichtkegel. In einer

Nische an der Unterseite der Plattform befand sich ein großer, ovaler roter Knopf. Er sah aus, als warte er nur darauf, gedrückt zu werden.

Sie richteten sich wieder auf und tauschten Blicke. Als irgendwo über Thornleigh ein weiteres stummes Feuerwerk in die Luft geschossen wurde, war Matts und Timas Gesicht für einen Moment in grüne Farbe getaucht. »Sollen wir?«, fragte Elena.

»Das fragst du noch?!« Ehe Elena etwas erwidern konnte, hatte Matt sich schon wieder umgedreht, die Hand ins Wasser getaucht und auf den Knopf gedrückt.

28

Plötzlich ertönte unter der Wasseroberfläche ein Grollen, und die Metalltreppe begann zu vibrieren. Instinktiv versammelten sie sich wieder auf der Plattform. Im Wasser bildeten sich Strudel und Luftblasen und um die unter Wasser liegende Luke herum begannen rote Lämpchen zu blinken.

»Das ist sooo laut«, jammerte Elena. »Am Ende hört uns noch jemand.«

»Die Kammer bewegt sich«, quiekte Tima und umklammerte Matts und Elenas Arm. »Sie kommt hoch.«

Tima hatte recht. Jetzt sah auch Matt, dass sich die Metallhaube langsam der Wasseroberfläche näherte. Fasziniert hielt er den Atem an, als die Kammer mit einer kleinen kreisförmigen Wellenbewegung nach oben durchbrach. Sie fuhr bis zu den Treppenstufen hoch, dann kam sie zum Stehen. Die roten Lämpchen blinkten noch einige Sekunden lang und wurden dann grün, während die Kuppel zischte und knallte. Dann drehte sich das Rad um 360 Grad – und die lukenartige Tür begann sich zu öffnen, bis sie in einem 90-Grad-Winkel offen stehen blieb.

Matt schob die Mädchen rasch hinter sich, während Glück in eine Mauernische zwischen den Ziegelsteinen hüpfte. Er griff bereits in seinen Rucksack, um den Schlagball-Schläger herauszuholen, als ihm einfiel, dass er daraus einen spitzen Pflock geschnitzt hatte. Und den hatte er nach seinem Kampf mit Spin auf dem Friedhof liegen lassen. Eine andere Waffe hatte er nicht. Matt fluchte laut. Wie hatte er nur so dumm sein können? Auf dem Rücksitz des Fords lag ein Kreuzschlüssel zum Auswechseln der Räder, der perfekt gewesen wäre. Seine bloßen Hände würden vielleicht nicht ausreichen gegen denjenigen, der gleich aus dieser Öffnung steigen würde. Trotzdem ballte er die Fäuste.

Doch aus der Öffnung stieg niemand. Das Blubbern, Strudeln und Grollen legte sich, und die Metallkuppel blieb mit aufgeklappter Luke, wo sie war, während das Wasser um sie her allmählich zur Ruhe kam. Das blaue Licht kam in einem matten, senkrechten Strahl aus der Luke. Kein Schatten, kein Geräusch wies darauf hin, dass irgendjemand in der Kammer nach oben kletterte, um nachzuschauen, wer auf den roten Knopf gedrückt hatte.

»Okay«, sagte Matt nach einer Weile. »Ich gehe rein. Ihr zwei wartet besser hier.«

»Ja, klar«, sagte Elena spitz und Tima schnaubte nur. Was hatten sie von Matt auch anderes erwartet …

Matt stieg wieder die Treppe hinab, von unten konnte er bequem hinübergreifen. Er legte die Hand um den Rand der offen stehenden Luke und kletterte hinein. Im Inneren befanden sich Metallsprossen, doch das blaue Licht war so grell, dass er nicht sehen konnte, wohin sie führten. Allzu weit hinab würde es sicher nicht gehen. Oder doch? Der Stausee war nicht sehr tief. Matt versuchte, ruhiger zu atmen, und befahl seinem Puls, nicht mehr so zu rasen. Dann stieg er bis zur Hüfte in die Kammer und winkte Tima und Elena zu sich heran. Während ihm die Mädchen bis zur Luke folgten, begann er, die Sprossen nach unten zu klettern. Sie waren glatt und fühlten sich überraschend warm an. Vielleicht produzierte der Mechanismus, der die Kammer nach oben geschoben hatte, Wärme.

Als er nach unten sah, konnte er plötzlich den Boden erkennen – er schien aus mattsilbernem Metall zu bestehen, Aluminium möglicherweise. Das blaue Leuchten kam von einer Reihe von Lampen, die auf Knöchelhöhe in die Wand eingelassen worden waren. Einige Sekunden später hatte er die unterste Sprosse erreicht und sah, dass die Kammer in einen Flur überging, der – soweit Matt das sagen konnte – über den Grund des Sees verlief. Ein Stück weiter befand sich eine weitere Tür mit einem Rad im U-Boot-Stil. Matt wartete, bis Elena und Tima unten angekommen waren, dann gab er ihnen Zeichen, ihm zu folgen.

»Was glaubst du – wie tief unter der Wasseroberfläche sind wir hier?«, wisperte Elena. Sie klang ängstlich. Tima sagte gar nichts – was ungewöhnlich war und nur bedeuten konnte, dass sie ebenfalls Angst hatte. Seltsamerweise bekam Matt dadurch das Gefühl, Herr der Lage zu sein. Wenn die beiden Angst hatten, durfte er keine haben. Er war der Älteste. Und ein Junge. Natürlich hätte er sich nicht getraut, das laut zu sagen, weil Tima ihn sofort als Macho bezeichnet hätte, aber die Sache war die: Wenn jemand jünger war als man selbst, musste man Verantwortung übernehmen. Und wenn es Mädchen waren und man selbst ein Junge war, dann … na ja, galt dasselbe.

Matt atmete tief durch. »Etwa fünf Meter, schätze ich«, flüsterte er zurück. »Wollt ihr wieder raus? Die Luke steht noch offen. Wir könnten jetzt immer noch zurück nach Thornleigh fahren, der Polizei einen Tipp geben und –«

»– alle wissen lassen, was wir nachts so treiben?«, murmelte Tima. »Auf keinen Fall. Geht weiter.«

»Ich glaube, ich habe Geschichten über diesen Ort gehört«, hauchte Elena, während sie sich umsah. »Der Typ, dem das Land hier oben gehörte, war ein ziemlicher Sonderling und ganz vernarrt in die Wissenschaft und in wissenschaftliche Experimente. In den 1950er- und 1960er-Jahren ließ er alle möglichen unterirdischen Bunker bauen. Das hier muss einer davon sein – nur, dass es ein Unterwasser-Bunker ist.«

»Sieht mir nicht nach etwas aus den 50ern aus«, warf Tima ein.

»Nein, stimmt«, sagte Elena. »Aber vielleicht hat er ihn im Lauf der Zeit modernisiert.«

Matt war mittlerweile bei der Tür angekommen und merkte, dass Glück wieder auf seiner Schulter saß. »Du solltest umkehren«, riet er dem Vogelweibchen. »Du musst nicht mit uns nach unten kommen, weißt du.«

»Umkehren. Nicht«, echote Glück und rührte sich nicht vom Fleck. Matt seufzte. Er war umzingelt von resoluten Frauen. Dann streckte er die Hand nach dem Rad aus und begann, daran zu drehen. Es ließ sich leichter betätigen, als er erwartet hatte, und bewegte sich lautlos, ohne größeren Widerstand. Als Matt gegen die ovale Tür drückte, öffnete sich der Verschluss mit einem Plopp. Er stieg über die hohe Schwelle und betrat einen großen, runden, von blauem Licht durchfluteten Raum.

Wo Liam Bassiter ihm ins Gesicht boxte.

29

Spin hasste es, sich zu benehmen wie ein klammernder Ex-Freund, dennoch wählte er Elenas Telefonnummer ein weiteres Mal. Und noch einmal. Nachdem er in einem höchst untypischen Zustand von Unsicherheit im Wäldchen herumgestanden hatte, war er zurück nach Hause gegangen und hatte wieder zum Festnetztelefon gegriffen. Und wieder nur die Mailbox erreicht. Zehn Minuten später dasselbe. Er hätte für heute Nacht einen Treffpunkt und eine Uhrzeit mit ihnen ausmachen müssen. Einen Plan schmieden. Weshalb war er so unverbindlich gegangen? *Weil du Angst hattest und gezittert hast und weil du dich davonstehlen musstest, bevor sie es merkten*, sagte ihm seine innere Stimme. *Du wärst nicht mal in der Lage gewesen, dir ein Butterbrot zu schmieren*.

Wo war sie? Wo waren die anderen? Und was taten sie gerade?

»Geht es dir gut?« Astrid stand in der Küche, sah durch den Flur zu ihm hinüber und runzelte verwirrt die Stirn – wusste sie doch, dass er so gut wie nie telefonierte.

»Äh, ja«, sagte er. »Ich … ich ruf nur mal dieses Mädchen an.«

Ihre Augenbrauen schossen nach oben. »Ein Mädchen, ja?« Irgendwie war es ihr gelungen, sieben verschiedene Töne in diesen vier Silben unterzubringen.

Spin seufzte. »Ja, ein Mädchen. Sie ist nur eine Freundin.«

»Welches Mädchen ist denn um diese Uhrzeit noch wach?« Astrid warf einen Blick auf die Küchenuhr, es war 1:43 Uhr. Sie holte kurz Luft. »Oh … Ist es jemand aus der EPP-Selbsthilfegruppe? Habt ihr online gechattet?«

»Es ist jemand anderes. Aber da sie nicht abhebt, vermute ich, dass sie schon schläft … oder beschäftigt ist.« Spin log Astrid nur sehr selten an, ließ aber vieles unerwähnt – seine gelegentlichen Einbrüche etwa. Da er dabei fast nie etwas stahl und auch nichts beschädigte, betrachtete er diese Einbrüche nicht als etwas Kriminelles. Sie dienten lediglich der Unterhaltung.

»Schaff dir endlich ein Smartphone an, und komm rüber ins 21. Jahrhundert«, sagte sie.

»Nicht mein Ding«, kam es prompt von ihm zurück.

»Ach, Spin, du bist echt ein Dinosaurier!«

»Den Laptop benutze ich doch«, erklärte er. »Ich halte nur nichts von sozialen Medien. Diese ganzen Selfies und Katzenvideos – das ist einfach kindisch.«

»Soziale Medien sind eine Möglichkeit, Kontakt mit anderen Menschen aufzunehmen«, erwiderte sie sanft und machte sich wieder ans Kaffeekochen.

Astrid begriff es einfach nicht. Oder sie hatte es doch begriffen und genau deshalb diesem ganzen Blutaustauschkram zugestimmt. Ihr Sohn war mittlerweile weltentrückt und zu seltsam, als dass Gleichaltrige in ihm etwas anderes gesehen hätten als einen unnahbaren Satelliten.

»Ich verschwinde noch mal nach draußen«, sagte Spin.

»Gut«, erwiderte sie. »Geh mir aus den Augen, du Dino.«

Und so ging Spin zum zweiten Mal in dieser Nacht ins Wäldchen, wo er wieder innehielt und sich fragte, was er tun sollte. Dann lief er hinunter zum Kanal und kletterte auf die *Nachtschwalbe*. Dort legte er sich flach auf das sanft gewölbte Bootsdach und starrte hinauf in die sternenlose Finsternis der Novembernacht. Für ein paar Sekunden leuchtete der Himmel grün auf. Offensichtlich hatte in diesem Jahr irgendein Feuerwerksladen grüne Raketen zum Schnäppchenpreis verkauft.

Verdammt. Wo waren sie?

30

Es war kein harter Boxhieb gewesen – kaum mehr als ein Klaps. Doch Liam, von der Anstrengung aus dem Gleichgewicht gebracht, taumelte auf Matt zu und brach in seinen Armen zusammen.

Wie festgefroren stand Tima in der blauen Kammer, die etwa viermal so groß war wie ihr Zimmer zu Hause und eine außergewöhnliche Form hatte – sie ähnelte einer umgedrehten Schüssel. Die Kuppel bestand aus Hunderten sechseckiger, mit Metall eingefasster Glasscheiben – von außen drückte das Gewicht von Millionen Litern Wasser gegen die gläsernen Platten. Jetzt bemerkte Tima auch die großen weißen Sitzsäcke, die in der Kammer verteilt waren und auf denen drei weitere Personen lagen. Es war fast unerträglich heiß. Ihr wurde ein bisschen schummrig, sodass sie sich an Elena festhalten musste.

»Du …«, stammelte Liam. *»DU?!«* Er fluchte leise, während er sich aus den Fängen seines Feindes befreite, und plumpste zu Boden. »Ich dachte, es wäre einer von *ihnen*. Was zum Teufel machst du hier?!«

Matt stand da und starrte ihn mit offenem Mund an. Liam sah zwar blass aus, aber tot war er nicht. Er trug ein graues Baumwoll-T-Shirt und Shorts, genau wie die drei anderen Kinder auf den Sitzsäcken, die sich nun langsam aufrichteten und zu ihnen hinüberschauten.

Matt kniete sich neben Liam auf den Boden. »Alle denken, du bist tot«, sagte er. »Das haben sie vor der versammelten Schule erzählt. Elena ist bei deinem Begräbnis gewesen.«

Liam wirkte verblüfft.

»*Mir* hat das natürlich keine schlaflosen Nächte bereitet«, fuhr Matt fort. »Das heißt, bis wir deinen Sarg ausgebuddelt haben und statt einer Leiche ein paar Mehltüten fanden.«

»Wir hatten einen Tipp bekommen«, stellte Elena schnell klar. »Wir graben Särge nicht einfach so zum Spaß aus.«

Liam sah zu ihr hinüber, und über sein schmales Gesicht kroch so etwas wie Erkenntnis – er wusste wieder, wer sie war. »Ich glaube … sie … verändern uns«, krächzte er.

Jetzt kniete sich auch Tima neben ihn und packte ihn an der Schulter. »Sie verändern euch? Wie denn? Was haben sie gemacht?«

»Nichts …«, sagte er. »Ich meine … Sie verändern nur die Luftzufuhr.«

»Wer sind *sie*?«, wollte Elena wissen. »Wer hat euch hierhergebracht?«

Liam beschrieb seine Kidnapper mit einer Reihe von Kraftausdrücken.

»Ja, wir wissen, *was* sie sind«, sagte Matt. »Aber *wer* sind sie?«

»Es ist dieser Arzt aus dem Krankenhaus«, erwiderte Liam. »Castle. Und so ein anderer Typ … Ein Ausländer.«

»Italiener?«, fragte Tima.

Liam zuckte mit den Schultern.

»Sein Name ist Lazaro«, sagte eine andere Stimme. Als Tima aufsah, erhob Megan sich gerade von ihrem Sitzsack und kam auf wackligen Beinen zu ihnen herüber. »Sie haben uns betäubt und hierhergebracht. Sie sagten, dass niemand uns vermissen würde.«

»Aber … *weshalb*?«, fragte Tima. Sie lief Megan entgegen und griff nach ihrer warmen, schweißnassen Hand.

»Warum uns niemand vermissen würde?« Megan zuckte mit den Schultern. »Na ja, sie glauben, nur weil wir im Heim leben oder Waisen sind, schert sich niemand um uns. Aber das stimmt nicht! Stacey, unsere Hausmutter im Kinderheim, ist ganz toll, und sie sorgt sich um uns. Und meine Freundin Ellie wird mich auch vermissen.« Sie holte Atem und schluckte schwer. »Man *wird* mich vermissen.«

Tima und Elena tauschten Blicke. Dann lief Elena hinüber und legte den Arm um die Schulter des Mädchens. »Aber klar wirst du vermisst«, sagte sie.

»Du hast gesagt … Haben sie tatsächlich unseren Tod vorgetäuscht?« Megan begann zu weinen. »Stimmt das?«

Elena nickte. »Ja … Tut mir leid. Sie haben die Särge mit Mehltüten gefüllt.«

»Wisst ihr denn, weshalb sie euch hergebracht haben?« Tima hatte eigentlich rücksichtsvoll sein wollen, platzte aber beinahe vor Neugierde.

»Sie verkaufen uns«, erwiderte Megan und schniefte. »Darum.«

»An wen verkaufen sie euch?«, fragte Elena.

Megan sah zu den anderen Gefangenen hinüber, die alle versteinerte Mienen hatten. »Du meinst, an *was* sie uns verkaufen«, sagte sie.

»Hört mal – darüber können wir später noch reden«, sagte Matt, während er Liam nach oben half. »Lasst uns von hier verschwinden!«

Obwohl sie geschwächt waren, hätte Tima erwartet, dass sich alle gefangenen Kinder sofort erheben würden, bereit zur Flucht. Doch das taten sie nicht. Stattdessen schauten sie einander nur an – und danach zu Boden.

Liam schüttelte den Kopf. »Du Vogelhirn«, sagte er zu Matt. »Guck doch einfach mal hinter dich.«

Wie in Zeitlupe drehten Tima, Matt und Elena sich um. Die Tür, durch die sie die blaue Kammer betreten hatten, war verschwunden.

31

Elena spürte, wie ihre Knie zu schlottern begannen. In ihrem Kopf dröhnte es, und sie sank auf den Boden. Nur schemenhaft nahm sie wahr, dass Matt auf die gewölbte Wand losging und dagegenhämmerte, um die Tür zu finden. Die Wand bestand aus einer Reihe von Platten, die alle gleich aussahen. Bei jeder dieser Platten konnte es sich um eine Tür handeln, doch keine von ihnen gab auch nur im Geringsten nach.

Elena ächzte laut. Angst überfiel sie, gleichzeitig kam sie sich vor wie eine Idiotin. Wie hatten sie nur so *dumm* sein können? Einer von ihnen hätte vor der Luke Wache halten müssen, ein Zweiter hätte im Flur bleiben und die Tür offen halten müssen. Weshalb um alles in der Welt waren sie alle hier eingestiegen, ohne sich auch nur einmal umzudrehen? Wie unglaublich dämlich konnte man sich eigentlich anstellen?

Sie rollte auf den Rücken und sah nach oben – woraufhin alles um sie her zu schwanken und sich zu drehen begann. Über ihr ragte die geodätische Kuppel auf – Elena erinnerte sich an den Begriff, da sie diese Kuppelform schon bei einem Besuch des Eden Project in Cornwall gesehen hatte. Sie wölbte sich ringsum oberhalb einer vielleicht hüfthohen, gebogenen Betonwand, die in einem Abschnitt sehr viel höher und mit weißen Metallplatten verkleidet war – dem Abschnitt, den Matt auf der Suche nach einem Ausgang immer noch bearbeitete. Durch die sechseckigen Glasscheiben konnte Elena direkt in den Stausee hinausblicken. Eigentlich hätte es nicht möglich sein sollen, da draußen irgendetwas zu erkennen, genauso wenig, wie man aus einem hell erleuchteten Zimmer in die Nacht hinausschauen konnte. Dennoch sah Elena, wie das Wasser des Sees an der Kuppel vorbeiwirbelte und sich kräuselte, sie konnte wogende Wasserpflanzen ausmachen, und hin und wieder entdeckte sie sogar eine Flosse oder einen Fischschwanz. Allmählich wurde ihr klar, dass es da draußen ebenfalls eine Lichtquelle geben musste, tief unten, auf dem Grund des Stausees, die das Ganze sichtbar machte. Der alte Grundeigentümer musste die Kuppel als eine Art Unterwasser-Observatorium errichtet haben. Der Ausblick war überwältigend, allerdings verlor man auch die Orientierung.

»Am besten schaust du nicht nach draußen«, sagte plötzlich eine Stimme neben ihr. »Davon wird einem nur schlecht.« Im nächsten Moment hatte sie ein Mädchengesicht vor der Nase, das ihr die Sicht nahm.

Elena schloss die Augen, atmete tief durch und setzte sich auf. Das Mädchen war hübsch. Es hatte blaue Augen und glänzendes rotes Haar, das in unordentlichen Stöpsellocken über ihre Schultern fiel. »Ich bin Kacey«, sagte sie. »Und das ist Lewis.« Ein Junge kniete in der Nähe. Seine Haare hatten einen sehr viel dunkleren Rotton und waren kurz geschnitten. Er hatte grünbraune, wache Augen. »Lewis ist schon länger hier als wir alle«, sagte Kacey. »Ihn haben sie zuerst geholt. Er hatte kein Zuhause und hat auf der Straße gelebt. Es war also kein Problem für sie.«

»Und was hat es mit den roten Haaren auf sich?«, fragte Elena, eifrig darum bemüht, ihr hektisches Atmen in den Griff zu bekommen. Die anderen sollten nicht merkten, dass ihr ganz schlecht war vor Angst.

»Sie mögen rotes Haar, das ist sehr beliebt bei ihnen«, sagte Kacey. »Für rothaarige Kinder zahlen sie mehr.« Sie lachte leise und traurig. »Sieht ganz so aus, als wäre unsere Haarfarbe nach all den ›Karottenkopf‹- und ›Rotfuchs‹-Sprüchen zur Abwechslung mal heiß begehrt.«

»Wer sind *sie*?«, fragte Tima, die neben ihr saß und die Knie zur

Brust gezogen hatte. Hinter ihr rutschte Matt mit dem Rücken an der türlosen Wand zu Boden und starrte mit offenem Mund hinauf in den Stausee.

»Sie sehen uns ein bisschen ähnlich«, sagte Kacey und schluckte. »Aber sie –«

»... sind doppelt so groß wie wir«, beendete Lewis mit einem schiefen Lächeln ihren Satz.

»Und sie haben nur drei Finger«, ergänzte Kacey.

Für Elena klang das völlig verrückt. Allerdings war »verrückt« seit einiger Zeit das neue »normal« in ihrem Leben. »Willst du damit sagen, es sind ... Außerirdische?«, hakte sie nach.

»Oh ja«, sagte Lewis und begann an einem Fingernagel zu kauen. »Und ob das Außerirdische sind.«

»Und wofür wollen sie euch haben?«, fragte Tima. »Für Experimente?«

Kacey schüttelte den Kopf. »Das habe ich zuerst auch geglaubt, aber – nein. Sie wollen uns als ... Haustiere.«

»Haustiere?«, wiederholte Elena leise. »Oh mein Gott. Spin hatte recht.«

»Sie holen sich schon seit Jahren Kinder von der Erde«, erklärte Lewis. »Seit Jahrhunderten. Das behaupten sie zumindest. Babys kaufen sie nicht, weil Babys die Reise nicht überleben würden. Man muss mindestens acht Jahre alt sein – und jünger als 16. Zu alt darf man nämlich auch nicht sein. Sie wollen junge Menschen wie uns, die noch trainiert werden können.«

»Trainiert? Was sollt ihr denn lernen?«, fragte Elena.

Lewis zuckte mit den Schultern. »Keine Ahnung. ›Sitz.‹ ›Platz.‹ ›Dreh dich und gib Pfötchen.‹« Er widmete sich einem neuen Fingernagel und kniff den Mund zu einer festen, geraden Linie zusammen.

»Und weshalb seid ihr noch hier?«, fragte Matt. Er saß jetzt neben

Liam, tat aber sein Bestes, um seinem alten Feind nicht ins Gesicht sehen zu müssen.

»Wir lernen zu atmen«, erklärte Megan. »Sie sagen, der Planet, auf den wir geschickt werden, ähnelt der Erde, hat aber eine etwas andere Atmosphäre. Und es ist dort sehr heiß. Wenn sie Menschenkinder zu schnell dort hinbringen, bekommen viele von ihnen Herz- und Lungenprobleme. Wir müssen uns erst akklimatisieren. Deshalb wird die Zusammensetzung der Luft hier in der Kuppel allmählich verändert. Wahrscheinlich kommt euch der Unterschied extrem vor, weil ihr gerade erst angekommen seid.« Sie sah Tima, Elena und Matt der Reihe nach an. »Lasst es langsam angehen, und bewegt euch nicht zu viel. Ansonsten werdet ihr euch wirklich merkwürdig fühlen.«

Elena fühlte sich bereits »wirklich merkwürdig«. Während Megan weitererzählte, schloss sie den Mund und konzentrierte sich darauf, langsam und tief durch die Nase ein- und wieder auszuatmen, um ihr panisches Herz zu beruhigen.

»Wir bekommen auch Spritzen – Impfstoffe gegen ihre Krankheiten. Und Vitamine. Und einen Haufen sprudelnde Kalziumdrinks. Die haben alles haarklein vorbereitet und wissen genau, was sie tun. Hey – ist doch schön, wenn man irgendwo erwünscht ist, oder?« Mit einem Mal kullerten Tränen über Megans Wangen. »Ich will nicht gehen«, schniefte sie. »Ich will nicht.«

»Das musst du auch nicht«, sagte Matt entschlossen. »Wir sind hergekommen, um euch zu befreien – und das werden wir auch.«

Liam lachte heiser. »Ja, genau. Und wie willst du das anstellen, Feder-Freak? Will dein kleiner, fliegender Freund hier ein Fluchtloch in die Kuppel picken?«

Glück war wieder auf Matts Schulter geflogen und ließ den Kopf hängen. Matt strich dem Vogelweibchen über die Flügel und sagte zu Liam. »Wir kriegen das schon hin.«

»Sieh's ein, Alter – du hast's verbockt«, erwiderte der. »Wir werden auf einen außerirdischen Planeten gebracht, ob's uns passt oder nicht. Und jetzt hängst du auch mit drin.«

Elena fühlte sich absolut elend. In den letzten Monaten hatte sie sich an den Gedanken gewöhnt, beinahe unbesiegbar zu sein. Sie hatten gegen einen Gott der Unterwelt gekämpft – und Thornleigh davor bewahrt, durch dessen Gier nach Dunkellicht ausgelöscht zu werden. Sie hatten beim Aufspüren tödlicher Giftpflanzen geholfen, die von einem anderen Planeten stammten, und die Erde somit vor einem unweigerlichen biologischen Armageddon gerettet.

Doch all das hatten sie nur tun können, weil sie Nachtflüsterer waren. Weil sie auf die erstaunlichen Kräfte der Tierwelt zählen konnten, die ihnen zur Seite stand. Nun waren sie alle in einer Glasschüssel unter Wasser gefangen. Wie sollte sie von hier aus bloß eine Nachricht an ihre Füchse und Eichhörnchen, an den Hirsch und die anderen Säugetiere, die sie beschützten, senden? Wie sollte Tima sich von hier aus mit ihren Insekten verständigen? Welche Vögel würden Matt helfen – abgesehen von Glück? Als Anführerin eines riesigen Formationsfluges war das Starenweibchen eine erstaunliche Verbündete – hier unten jedoch nichts als ein einzelner, kleiner Vogel. Zudem machte sie im Moment keinen allzu fitten Eindruck. Sie hockte mit weit geöffnetem Schnabel und gespreizten Flügeln auf Matts Schulter und atmete schnell und flach, um nicht zu überhitzen.

Elena fühlte sich machtlos wie eine im Glas gefangene Spinne.

32

Als die Tür sich schließlich wieder öffnete, indem sie mit leichtem Zischen aus den umliegenden Wandplatten hervortrat, kam kein Außerirdischer herein. Stattdessen betrat eine stämmig gebaute Frau mit mausgrauem Haar die Kuppel, begleitet von Mr Castle aus dem städtischen Krankenhaus.

»Wir haben sie jetzt eine halbe Stunde lang mit den Überwachungkameras beobachtet«, sagte Castle gerade und warf einen Blick auf die drei Neuankömmlinge. »Offensichtlich haben sie etwas herausgefunden, was sie nie erfahren sollten.«

»Ganz genau – und zwar, dass Sie keinerlei Recht dazu haben, sich Arzt zu nennen!«, knurrte Matt und kam auf die Beine. »Sie sind nämlich nichts anderes als ein psychopathischer Kindersklavenhändler.«

Castle zuckte mit den Schultern. »Wie du meinst. Und da wir schon mal dabei sind, Beleidigungen auszutauschen: Du bist ein waschechter Vollidiot. Ihr alle drei seid das. Habt ihr wirklich geglaubt, ihr könntet mal eben so in eine hypermodern ausgestattete Unterwasser-Kammer spazieren, ohne entdeckt zu werden?«

Diesen Irrtum hatte mittlerweile auch Matt begriffen, und er nutzte die Gelegenheit, um sich auf Castle zu werfen. Die Frau holte zum Schlag aus und traf ihn hart an der Schläfe. Matt ging zu Boden, als hätte ihn ein Zug überrollt. Elena schrie auf, lief zu Matt und kniete sich neben ihn. Tima erstarrte regelrecht, ihre Gedanken befanden sich in freiem Fall. Wie sollten sie hier je wieder herauskommen? Benommen und geschwächt sank sie auf die Knie.

»Die drei können sie auch noch haben, wenn sie wollen«, sagte Castle und strich seine Krawatte glatt. »Wahrscheinlich halten diese

Neuen nicht sehr lange durch – sie haben sich nicht akklimatisieren können. Aber vielleicht taugen sie trotzdem noch für irgendetwas. Zum Präparieren möglicherweise.«

»Hmmm«, sagte die Frau. »Die Mädchen sind hübsch, schade, dass sie nicht rothaarig sind. Aber da kann ich nachhelfen. Natürlich können wir bei den beiden nicht für die übliche Lebensdauer garantieren. Wenn sie es hindurchschaffen, halten sie vielleicht fünf Jahre. Wir könnten den Käufern einen Preisnachlass gewähren.«

»Und der Junge?«, fragte Castle.

Die Frau zuckte mit den Schultern. »Einen Versuch ist es wert. Ich besorge genug Haarfärbemittel für alle drei.«

»Das kann doch nicht euer Ernst sein?«, rief Tima mit schriller Stimme. »Meine Familie stammt aus dem Nahen Osten! Mit roten Haaren werde ich vollkommen *lächerlich* aussehen.«

Die Frau starrte sie an und wollte gerade etwas erwidern, als eine weitere Person durch die Tür trat. Es war Lazaro. Er trug einen weißen Arztkittel, genau wie Castle, und hatte eine kleine rote Box dabei. Im nächsten Moment hatte er sich auch schon über Matt gebeugt und Glück beiseitegescheucht, die – beim Versuch, ihren Menschenjungen zu schützen – herzergreifend mit den Flügeln schlug. Elena, die immer noch neben ihrem Freund kniete, schien unfähig, sich zu bewegen, und starrte zu Boden. Tima vermutete, dass sie versuchte, ihren Magen unter Kontrolle zu halten – die Hitze, das seltsame Gasgemisch in der Luft und das wirbelnde Wasser über ihnen war eine Übelkeit erregende Kombination.

»Dann habe ich also richtiggelegen«, sagte Lazaro an Matt gewandt, während er die Box öffnete, und lächelte wie ein freundlicher Onkel. »Du hast Italienisch mit mir gesprochen. Und mich belauscht, als ich mit jemand anderem Italienisch geredet habe, stimmt's? Ein Kind, das fließend Italienisch spricht – hier in Thornleigh! Was für eine Überraschung!«

Tima merkte, dass er ins Italienische gewechselt war. Natürlich verstand sie ihn dennoch problemlos. Und bevor sie noch darüber nachdenken konnte, fauchte sie ihn auch schon in seiner Muttersprache an: »Ihre Familie würde sich für Sie schämen, Lazaro. Wissen Ihre Angehörigen, dass Sie ein Sklavenhändler geworden sind?«

»Oho! Du also auch!«, sagte er und sah Tima an. »Seid ihr alle Italiener?«

Elena, deren Blick immer noch auf den Boden geheftet war, entgegnete: »Würde das irgendeinen Unterschied machen?«

»Nein, *tesora*, das würde es nicht. Du hast eine sehr schlechte Entscheidung getroffen, als du beschlossen hast, hierherzukommen. Aber zumindest bekommst du noch eine Chance: Dein Leben wird sich von Grund auf verändern … doch es ist nicht zu Ende. Auf Rimagada behandelt man seine Haustiere gut.«

Tima rappelte sich vom Boden auf und lief zu ihm hinüber. »Tun Sie's nicht«, bat sie schwach. »Sie müssen das nicht tun. Noch ist es nicht zu spät. Sie haben niemanden umgebracht. Und noch haben Sie keines der Kinder auf diesen Planeten geschickt. Sie sind kein schlechter Mensch.«

Er lächelte bedauernd. »Lieb, dass du so denkst.« Er holte eine Spritze aus der kleinen roten Box und verabreichte sie Matt. »Aber ich fürchte, das bin ich doch.« Elena schrie, als er mit ihr genauso verfuhr und ihr eine Nadel in die Schulter stieß.

Im nächsten Moment wurde Tima von der mausgrauen Frau gepackt.

»Hör auf zu zappeln«, sagte sie mit ihrer tonlosen, nasalen Stimme. »Ich könnte dich mit meinen Daumen töten, wenn ich wollte.«

Dann gab Lazaro auch Tima eine Spritze in die Schulter. Der Raum verschwamm vor ihren Augen und wurde zu einem dunklen Nichts.

33

Irgendjemand beobachtete ihn. Das Kribbeln in seinem Nacken trog ihn nie. Spin, der auf dem Dach der *Nachtschwalbe* gelegen hatte, setzte sich auf und drehte sich, um das Ufer in Augenschein zu nehmen. Zuerst sah er gar nichts, dann ... eine Bewegung. In einem Brennnesselgebüsch leuchteten zwei kleine weiße Scheiben auf. Sie blinzelten ... Dann trottete ein Fuchs auf den Uferpfad und starrte ihn an.

Spin blieb regungslos sitzen und betrachtete das Tier. Im Lauf der Jahre hatte er viele Füchse gesehen und war oft überrascht gewesen, wie wagemutig sie waren. Die meisten Füchse in dieser Gegend hatten sich an seine nächtlichen Streifzüge gewöhnt. Er ließ sie in Ruhe, und sie ließen ihn in Ruhe. Dieser Fuchs jedoch ... Dieser Fuchs kam ihm bekannt vor.

»Da bist du ja wieder, Freund von Elena«, sagte er. Das Tier bewegte sich nicht. »Im Frühsommer hast du versucht, mir ein Stück aus dem Arm zu beißen.« Der Fuchs öffnete das Maul, hechelte und ließ seine Zunge für einen Moment über die Fangzähne gleiten. Spin hätte schwören können, dass er ihn auslachte. »Und du hast sie zum Friedhof geführt, stimmt's? Du hast verstanden, worum ich dich gebeten hatte.«

Der Fuchs schloss sein Maul und schaute ihn weiter an. Spin schaute zurück, dann stieß er ein frustriertes *»Waaaaaas?!«* aus.

Der Fuchs drehte sich um und lief am Kanal entlang, den Schwanz steil nach oben, die zarte Schnauze nach Westen gereckt. Dann blieb er stehen und warf einen Blick zurück. Spin sah ihm zu und wartete. Der Fuchs kam zurück, fixierte ihn wieder mit den Augen und knurrte leise.

»Hör mal … Ich kann kein Füchsisch«, raunte Spin. »Ich bin nicht Elena.«

Bei der Erwähnung ihres Namens schnappte die Schnauze des Fuchses in Spins Richtung. Wieder drehte er sich nach Westen und lief mit erhobenem Schwanz am Kanal entlang. Dann blickte er sich erneut nach ihm um und wies, wenn Spins Fantasie ihm keinen Streich spielte, mit der eckigen schwarzen Nase harsch in dieselbe Richtung.

Spin glitt vom Bootsdach aufs Deck hinunter und starrte das Wesen an. »Bittest du mich gerade darum, einen Spaziergang mit dir zu machen?« Der Fuchs neigte den Kopf. »Weshalb? Bringst du mich zu Elena?« Ein Schauer jagte ihm über den Rücken. »Weißt du, wo alle sind?«

Der Fuchs stellte sich plötzlich an die Uferkante und sah den Kanal hinunter. Dann drehte er sich um, trottete zum Heck der *Nachtschwalbe* und sprang flink an Bord. Spin war verblüfft. »Was willst du denn nun? Soll ich dir folgen – oder willst du einen Bootsausflug machen?«

Statt einer Antwort sprang der Fuchs auf das sanft gewölbte Dach und marschierte darauf entlang bis zum Bug, wo er wie eine Galionsfigur stehen blieb und geradeaus starrte. Irritiert kramte Spin in der Hosentasche nach seinem Schlüsselring. Einer der Schlüssel gehörte zum Motor des Hausbootes. Kopfschüttelnd steckte er den Schlüssel in die Zündung und drehte ihn. Der Motor startete hustend und stotternd. Spin hatte erwartet, dass der Fuchs sich spätestens jetzt ans Ufer und ins Gebüsch flüchten würde, doch das Tier wandte nur den Kopf nach ihm um, als ob es mit dem Starten des Motors einverstanden wäre, und sah dann wieder nach vorne auf den Kanal.

»Ooookayyyy«, sagte Spin. »Wenn du meinst. Los geht's.«

Er drückte den Hebel nach vorne und steuerte das Hausboot

vorsichtig vom Ufer weg. »Und du bist dir ganz sicher?« Der Fuchs zuckte mit den Ohren und legte sich hin, die Schnauze immer noch geradeaus gerichtet.

Spin machte den Scheinwerfer am Bug an, der einen breiten, blassen Lichtstrahl vorauswarf. Laut Regelwerk der Kanalschifffahrt war es in dieser Gegend verboten, nachts mit einem Hausboot zu fahren. Doch Spin war sich ziemlich sicher, dass so weit unten am Kanal keine anderen Bootsbesitzer waren, die sich darüber hätten beschweren können.

Wie ein weißer Pfeil schoss eine Schleiereule geisterhaft über seinen Kopf hinweg. Der Fuchs sah zu ihr auf, während sie den Kanal hinunterflog, genau in der Mitte des schwach erhellten Wasserstreifens. Dann machte der Vogel kehrt, hielt sich wieder einen Augenblick über ihnen in der Luft und flog ihnen dann erneut voraus.

Wenn er sich nicht irrte, war die Tierwelt fest entschlossen, diese Nacht für ihn zu planen und ihm alle Entscheidungen abzunehmen.

Spin atmete tief durch. Während er weiterfuhr und lautlos eine Verwirbelung im tintenschwarzen Wasser hinterließ, summte er eine kleine Melodie. Nun ja, immer noch besser, als zu Hause neben dem Telefon zu warten.

34

Elena erwachte auf einem weißen Sitzsack. Ein Geruch wie der in einer öffentlichen Toilette hatte sie geweckt. Verschlafen setzte sie sich auf und schaute sich um. Sie befand sich noch immer in der Unterwasser-Kuppel. Ihr Haar fühlte sich feucht an. Als sie sich eine Strähne vors Gesicht hielt, sah sie, dass es eine andere Farbe hatte. Rot. Der Geruch kam von ihren Haaren.

»Steht dir«, sagte eine leise Stimme. Es war Kacey, die auf dem Sitzsack neben ihr lag. »Was man von deinen Freunden allerdings nicht gerade behaupten kann«, fuhr sie fort. »Timas Teint passt nicht besonders zu den roten Haaren, und bei Matt ist das Ganze irgendwie lila geworden.«

»Wer hat das getan?«, wisperte Elena.

»Edwina. Sie hat ein Färbemittel zum Aufsprühen geholt und eure Haare damit bearbeitet, während ihr bewusstlos wart. Das stinkt ganz schön, oder?«

»Edwina«, wiederholte Elena.

»Ja, die Sozialarbeiterin aus der Hölle«, sagte Kacey. »Sie ist diejenige, die das alles angeleiert hat. Sie ist diejenige, die im Auftrag der Außerirdischen Castle und Lazaro Geld geboten hat … und vermutlich auch jemandem beim Bestattungsinstitut. Sie ist die Kontaktfrau. Die Schnittstelle. Anscheinend bekommen sie alle Millionen dafür. Ich dachte immer, Thornleigh wäre ein ödes Provinzkaff. Und dann stellt sich heraus, dass es hier eine Art Zugang zu anderen Planeten gibt – direkt hier, in unserer Stadt. Wer hätte das geahnt?«

»*Wir* wussten davon«, erklärte Elena. »Es ist ein kleftonischer Korridor.«

»Was ist das?«, fragte Kacey. »Und wieso habt ihr davon gewusst?«

»Es ist eine Art Wurmloch, das im Frühling geöffnet wurde – von einem anderen Außerirdischen«, erzählte Elena. »Dann kam eine weitere Außerirdische hindurch, um den ersten zu schnappen und davon abzuhalten, die Erde vollkommen zu verändern, um noch mehr Außerirdische herholen zu können.«

Kacey setzte sich auf und schüttelte den Kopf. »Im Ernst?«

»Ja«, sagte Elena. »Im Ernst. Und wir wussten davon, weil ... weil der kleftonische Korridor diesen kosmischen Magnetstrahl geschaffen hat, der jede Nacht um dieselbe Uhrzeit in unsere Schlafzimmer fällt. Dieser Strahl verdammt uns zur Schlaflosigkeit.« Sie hätte ergänzen können, dass er sie auch zu Genies in Sachen Sprachen gemacht hatte, inklusive der Sprache der Tierwelt, aber da sie jetzt hier unten eingesperrt war, würde sie vielleicht nie wieder mit Velma und ihren wilden Freunden reden können. Weshalb also hätte sie es erwähnen sollen?

»Und wo ist das – dieses Korridor-Wurmloch-Ding?«, wollte Kacey wissen. »Habt ihr es gesehen?«

»Nein«, erwiderte Elena. »Wir glauben, dass sich der Zugang irgendwo im Leigh Hill befindet. Das hat uns zumindest die Außerirdische erzählt – die, der wir geholfen haben, den anderen Außerirdischen aufzuspüren. Wir haben auch schon danach gesucht, aber bislang nur eine Höhle gefunden, bei der es sich um einen Zugang zur Unterwelt handelt. Diesen Zugang haben wir blockiert, weil wir verhindern wollten, dass ein schlecht gelaunter Gott die ganze Stadt auffrisst.«

»Okay«, sagte Kacey. Sie schien nicht im Geringsten an Elenas Bericht zu zweifeln. Elena nahm an, dass Kacey ihre Fähigkeit, misstrauisch zu sein, vor ein paar Tagen verloren hatte – in dem Moment, in dem sie von ihrer Weltraumfahrt ohne Wiederkehr erfuhr.

Neben ihr, auf der anderen Seite, setzte sich nun Tima abrupt auf und fuhr sich mit den Händen durch das feuchte, frisch gefärbte Haar. »Was haben die gemacht?«, murmelte sie. »Ich bin rothaarig!«

»So bist du besser verkäuflich«, brummte Matt. »Wie ein Schokoladen-Labrador.« Er erhob sich und kam mit Glück auf der Schulter zu ihnen hinüber. Seine Haare standen in alle Richtungen ab und wiesen einen beunruhigenden Burgunderton auf.

»Wir müssen hier raus«, sagte Tima und kam auf die Füße. Mit zittrigen Beinen lief sie zum Rand der Unterwasser-Kuppel und presste die Handflächen und die Stirn gegen eine der sechseckigen Glasscheiben. »Wie haben sie so etwas überhaupt bauen können? Hier in Thornleigh! Das sieht aus wie aus einem James-Bond-Film!«

Elena stellte sich zu ihr, und auch Matt und Glück gesellten sich dazu, um nach draußen in das dunkle, sanft angestrahlte Wasser des Stausees zu schauen. »Wir haben's echt vermasselt, stimmt's?« Tima seufzte.

»Teilweise wurde es von Außerirdischen errichtet«, erzählte Megan, die zu ihnen rüberkam. »Das Gebäude gibt es anscheinend schon seit Jahrzehnten, aber sie haben es mit ihrer Alien-Technik aufgemotzt. Es wurde vollständig versiegelt, damit auch ja nichts durch irgendwelche Ritzen dringt – und sie pumpen dieses Gasgemisch rein, damit wir uns alle an die Atmosphäre auf ihrem Planeten gewöhnen.«

»Woher wisst ihr das alles?«, fragte Elena.

»Sie haben uns ein Video gezeigt«, erklärte Kacey. »*Eine Einführung in das Leben auf Rimagada*. So eine Art Lehrfilm, wie die, die wir uns manchmal in der Schule ansehen müssen.«

»Und wie ist es auf diesem Planeten?«, fragte Tima, die sich immer noch an der gläsernen Wand abstützte und hinaus in den Stausee sah.

»Nass ist es«, erwiderte Kacey. »Sumpfig und feuchtwarm. Es

gibt jede Menge außerirdische Insekten und Amphibien. Und die essen sie. Genau wie Algen. Sie essen sehr oft Algen.«

»Es gibt auch Vulkane«, sagte Megan. »Haufenweise. Die Luft dort ist sehr schwefelhaltig.« Sie seufzte und schloss die Augen. »Ich schätze, wir werden uns daran gewöhnen … irgendwann.«

Elena schluckte. »Schwefel ist ungesund. Ich habe mal einen Artikel über Arbeiter in Schwefelminen gelesen. Die meisten werden nicht älter als dreißig.«

»Das werden wir auch nicht«, sagte Megan. »Einmal dort angekommen, hat man als menschliches Haustier noch etwa 15 Jahre vor sich. Wir werden dort ungefähr so alt wie Hunde.«

»Das haben sie euch erzählt?«, fragte Tima ungläubig. Sie wirkte ängstlich und sah aus, als sei ihr übel. Elena legte ihr die Hand auf die Schulter und drückte sie aufmunternd.

»Na ja, im ›Willkommen auf eurem neuen Planeten‹-Video findet man das nicht«, sagte Megan achselzuckend. »Aber wir haben gehört, wie Edwina darüber redete.«

»Zumindest werden wir niemals alt oder kriegen Falten«, sagte Kacey. Tränen traten ihr in die Augen.

Was diesen Punkt anbelangte, war Elena sich nicht so sicher. Vielleicht alterten sie nur extrem schnell und würden, noch bevor einer von ihnen seinen 25. Geburtstag feierte, bereits aussehen wie 80-Jährige.

»Seid ihr denn schon mal einem dieser Außerirdischen *begegnet?*«, fragte Elena.

»Nein«, erwiderte Megan. »Wir haben nur ein Hologramm von demjenigen gesehen, mit dem Edwina verhandelt. Sie sehen aus wie große, dünne Menschen. Offenbar können sie nett sein …« Sie schluckte.

»Das wird nicht passieren«, sagte Matt. »Sie werden uns nicht von hier fortbringen. Wir sind keine Haustiere!«

Elena war beeindruckt, wie zuversichtlich und selbstsicher er klang. Sie wünschte, sie hätte ihm glauben können.

»Ach ja?«, fragte eine vertraute Stimme. Liam und Lewis waren zu ihnen herübergekommen. Liam sah jetzt erholter aus als zum Zeitpunkt ihrer Ankunft. »Du glaubst doch nicht wirklich, dass du sie aufhalten kannst, Vogelhirn?!«

Matt drehte sich wütend um, doch bevor er sich auf seinen alten Feind stürzen konnte, entschloss Elena sich zu einer drastischen Aktion. Es gab sehr viel Wichtigeres zu tun, da durfte Liam Bassiter einfach nicht Liam Bassiter sein. Sie stellte sich vor ihn, legte ihm beide Hände auf die Schultern und sah ihm in die schmalen, immer misstrauisch dreinblickenden Augen. Die weiteten sich überrascht, als Elena leise mit ihm sprach. »Liam«, sagte sie. »Ich habe wirklich Angst. Könntet ihr – du und Matt – nur für den Augenblick darauf verzichten, aufeinander loszugehen? Bitte.«

Liam öffnete den Mund und schloss ihn wieder. Er wirkte völlig verblüfft. Elena vermutete, dass ihn noch nie ein Mädchen um irgendetwas gebeten hatte. »Wenn wir zusammenarbeiten«, fuhr sie fort, »finden wir vielleicht einen Weg, hier rauszukommen. Was meinst du?«

Er nickte langsam und blinzelte. Sie spürte, dass er Angst hatte. »Danke dir«, sagte sie. Dann wandte sie sich an Matt, der müde und angespannt wirkte. Sie sah ihn eindringlich an und machte ihm durch ihren Blick unmissverständlich klar, wie wütend sie werden würde, wenn er diesen heiklen Moment vergeigte. »Du auch, Matt. Bitte.«

Und so verdrehte Matt zwar die Augen, nickte aber ebenfalls. »In Ordnung.«

»Alles klar«, sagte Liam. »Dann verrat uns doch mal deinen Plan, Feder- … ähm, … *Matt*!

Lewis unterbrach sie mit gedämpfter Stimme. »Hört mal: Welchen Plan auch immer wir austüfteln, es sollte ein leiser Plan sein. Wir werden rund um die Uhr beobachtet und belauscht, wisst ihr.« Er machte eine unbestimmte Bewegung mit dem Arm, da es keine sichtbaren Kameras gab.

Matt senkte die Stimme. »Wie viel Zeit bleibt uns noch, bevor sie uns holen? Und werden sie uns hier unten rausholen und an Land bringen, um von dort aus zu dem Ort zu fahren, an dem die Außerirdischen hindurchkommen?«

»Ihr habt noch zwei Stunden und 28 Minuten.« Alle fuhren herum. Edwina hatte die Kuppel betreten. »Gewöhnt euch besser schon mal an die Vorstellung. Ihr werdet ein wunderbares Abenteuer auf einem neuen Planeten erleben – viele Menschen würden ihre Großmutter verkaufen, um mit euch tauschen zu können.«

»Nur, solange sie nicht wissen, welche Lebenserwartung sie dort haben«, schleuderte Matt ihr entgegen. »Sie selbst wären doch sicher auch nicht besonders scharf darauf, hab ich recht?«

»Ich bin schon zu alt dafür und außerdem nicht niedlich genug«, entgegnete die Sozialarbeiterin grinsend. »Macht euch keine Sorgen – die Rimagadaner sind sehr nett zu ihren Haustier-Menschen. Man wird gut für euch sorgen und euch ordentlich ernähren. Sie lieben es, euch zu knuddeln. Verzieht aber ja nicht eure hübschen kleinen Gesichter dabei – das mögen sie gar nicht. Seid ihnen gegenüber genauso freundlich, wie sie es euch gegenüber sind, dann werden alle glücklich sein.«

»Glücklich?« Entgeistert sah Elena sie an. »Sie haben das schon mal gemacht, stimmt's?«

Edwina grinste wieder. »In den letzten drei Jahren konnte ich 46 Kindern ein neues Zuhause schenken.«

»*Ein neues Zuhause*? So nennen Sie das?« In Elena kochte die Wut hoch. Sie baute sich vor der Frau auf und fragte sich, ob sie wohl noch dazu käme, ihr in ihr selbstzufriedenes Gesicht zu schlagen, bevor sie gestoppt würde. Matt sah aus, als ob ihm gerade dasselbe durch den Kopf ging.

»Sieh mal, Schätzchen«, sagte Edwina. »Ich spreche hier nicht von verwöhnten Gören wie dir. Ich spreche von Kindern, die keiner will: junge Ausreißer, Kinder, die zu Hause misshandelt oder vernachlässigt werden, Kinder, die von einer Pflegefamilie in die nächste wandern, Kinder, die niemals richtig dazugehören werden. Ich habe sie vor einem Leben in Elend und Hoffnungslosigkeit bewahrt und sie in ein neues Umfeld geschickt, wo man sie vergöttert.«

»*Und* dafür ein dickes, fettes Honorar kassiert«, raunte Matt.

»Wie sind Sie eigentlich auf diese Außerirdischen gestoßen?«, wollte Elena wissen.

»Ich bin schon allen möglichen Außerirdischen begegnet«, sagte Edwina achselzuckend. »Auf diesem Planeten geht mehr Außerirdisches vor sich, als man glaubt.« Wieder lächelte sie selbstzufrieden. »Aber wie auch immer, Kinder, ich bin nicht hergekommen, um ein Schwätzchen mit euch zu halten. Ich bin hergekommen, um euch zu sagen, dass ihr euch hinlegen und entspannen müsst. Den Korridor zu passieren wird euch sehr viel leichter fallen, wenn ihr euch nicht dagegen auflehnt. Spielt ihr mit, wird es nur ein wenig piksen. Sträubt ihr euch dagegen, werdet ihr das Gefühl haben, vor einem Sandstrahlgebläse herzulaufen. Die Quantenverschränkung ist eine brutale Angelegenheit, wenn man sich gegen sie wehrt. Ihr werdet Tage brauchen, um euch davon zu erholen.«

»*Entspannen*? Wollen Sie uns verarschen?!«, schnaubte Matt. Er rannte auf Edwina los, die jedoch einfach zur Seite trat und gackernd lachte, als er stolperte und hinfiel.

»*Du* wirst sicher keine unbeschwerte Reise haben«, sagte sie immer noch kichernd. »Aber das hast du dir durch deine Herumschnüffelei selbst zuzuschreiben. Mit dir habe ich absolut kein Mitleid.« Sie stieg durch die offene Tür nach draußen, woraufhin der Eingang verschwand und nichts als eine glatte weiße Metallplatte zurückblieb.

Elena spürte die Hoffnungslosigkeit wie eine Welle über sich hereinbrechen. Sie sah Tima an der Glaswand stehen, die Hände gegen eine der sechseckigen Scheiben gedrückt, und hinaus in die Wasserwelt starren. Dem Gefühl der Hoffnungslosigkeit folgte Verzweiflung. Elena setzte sich auf den Boden und warf einen Blick auf die Uhr. Es war 4:30 Uhr. Gegen sieben würde es hell werden, aber es sah ganz danach aus, als wäre dann niemand von ihnen mehr hier, um den Tag anbrechen zu sehen.

35

Sein Instinkt riet Spin, den Bootsscheinwerfer auszumachen, als sie sich dem Stausee näherten. Er schaltete auch den Motor aus und ließ das Hausboot treiben, während seine Augen allmählich auf Nachtsicht umschalteten. Er hatte sehr viel Zeit an dunklen, waldbestandenen Orten verbracht und konnte nachts außergewöhnlich gut sehen, weshalb er schon bald das helle Schimmern des Wassers ausmachte. Es war ein lang gezogener, nierenförmiger See, ringsumher gesäumt von Bäumen. Nur an seinem westlichen Ufer fiel die gezackte dunkle Silhouette abrupt zu einer flachen Linie aus Beton ab – einige Hundert Meter Stauseemauer, die sich oberhalb des nordwestlichen Stadtrands von Thornleigh erhob und stumm dem Druck von mehreren Millionen Litern Wasser standhielt.

Der Fuchs vorne am Bug setzte sich auf und blickte fragend nach hinten. »Hör mal – *du* hast mich hierhergebracht«, stammelte Spin. »Deshalb sieh mich gefälligst nicht so an. Ich bin nicht allwissend. Wo ist Elena? Das ist ein großer Stausee, und hier stehen jede Menge Bäume, Füchschen. Ich könnte also einen kleinen Hinweis gebrauchen.«

Er hatte erwartet, dass der Fuchs aufstehen und mit der Schnauze hilfreich in eine Richtung deuten würde, aber das tat er nicht. Er stand da, drehte sich im Kreis, starrte hinab aufs Wasser und beschrieb erneut einen Kreis. Plötzlich blieb er angespannt stehen. Er stellte die Ohren auf, reckte die Schnauze in die Luft und wies damit auf die dicht bewaldeten Abschnitte des südlichen Ufers.

Spin schob die Ruderpinne nach rechts, woraufhin das Boot nach links fuhr und auf das Ufer zutrieb. Er überlegte, den Motor wieder einzuschalten, verwarf diese Idee aber sofort wieder, als er zwischen den Bäumen ein Licht entdeckte. Er durfte jetzt nicht riskieren, Aufmerksamkeit zu erregen. Glücklicherweise trieb die kühle, nächtliche Brise das Hausboot in die richtige Richtung, sodass er es nur an einigen Stellen am Schilf vorbei und zu einem Uferabschnitt steuern musste, an dem alte Eisenbahnschwellen lagen. Dort stand eine kleine Weide, deren Äste über dem Wasser hingen. Die Äste würden dafür sorgen, dass niemand das Hausboot entdeckte. Zudem hing einer der Äste so tief, dass Spin ihn zu sich heranziehen konnte, um das Boot daran festzumachen.

Sobald sie angelegt hatten, sprang der Fuchs an Land. Während Spin das Boot festband, flitzte das Tier aufgeregt umher, und in der Sekunde, in der Spin das Ufer betrat, schoss es auch schon in Richtung Licht davon. Spin seufzte und legte auf dem Pfad aus festgetretener Erde, der einmal um den gesamten Stausee verlief, einen kleinen Sprint hin. Er vermutete, dass es hier draußen eine alte Hütte gab, in der Castle die untoten Kinder gefangen hielt, bevor er ihre Körperteile verkaufte, sie als Sklaven verscherbelte oder was auch immer mit ihnen anstellte. Hatten die anderen die Hütte bereits mithilfe ihrer tierischen Freunde entdeckt? Falls ja, weshalb sprang dieser Fuchs dann hier bei ihm herum, anstatt Elena zu helfen?

Die naheliegende Antwort lautete natürlich, dass Elena in Schwierigkeiten steckte und der Fuchs ihn deswegen hierhergeführt hatte. Spin überkam ein seltsames Gefühl von … ja, was war es? Angst? Aufregung? Verwirrtheit? Er hatte selbst so lange damit zugebracht, etwas *Bedrohliches* darzustellen, dass es ihm recht tollkühn erschien, wenn man ihn jetzt dazu aufforderte, im Kampf gegen eine andere Bedrohung zu helfen. Andererseits geschah es nicht zum ersten Mal in diesem Jahr. Sein Ruf hatte gelitten. Das konnte so nicht weitergehen.

Da vorne zwischen den Bäumen sah er die weiße Schwanzspitze

des Fuchses aufblitzen – und weiter hinten, zwischen den Blättern, einen Lichtspalt. Ein Auto? Spin wurde langsamer, verfiel in seinen Stalker-Modus, stieß die Lederstiefel mit den extraweichen Sohlen behutsam ab und atmete kaum hörbar. Diesen Modus hatte er im Lauf der letzten Jahre perfektioniert. Jemanden wie aus dem Nichts zu überraschen, war einer seiner wichtigsten Tricks. Auch der Fuchs war langsamer geworden. Spin holte ihn ein und kauerte sich in die Schatten am Rand einer großen Kiesfläche, auf der zwei Autos standen: ein roter Ford Focus und ein schwarzer BMW. Der Ford war dunkel, aber im BMW brannte Licht. Ein Mann in weißer Kleidung saß auf dem Fahrersitz und blickte in einen aufgeklappten roten Koffer. Die Fahrertür stand offen, so als wäre der Mann gerade dabei, auszusteigen.

Spin grinste in sich hinein. Da war er. Castle. Mutterseelenallein, mitten in der Nacht. Und er führte zweifellos Böses im Schilde. Spin sah den Fuchs an, atmete tief und zufrieden ein und genüsslich wieder aus und sagte: »Auftritt: Der Vampir …«

36

Wenn *sie* die da draußen sehen konnte, so war zu vermuten, dass *die da draußen* sie auch sehen konnten. Tima lehnte immer noch an der Glaswand und starrte angestrengt hindurch. Sie war bemüht, alles hinter sich auszublenden und sich ausschließlich auf die Wasserwelt zu konzentrieren, die nur ein paar Zentimeter von ihrem Gesicht entfernt war.

Auf der anderen Seite der Scheibe tanzten sechs oder sieben winzige, vielbeinige Wesen. Mit ihren langen, in mehrere Segmente unterteilten Körpern und den zarten Fühlern sahen sie ein wenig aus wie Tausendfüßer. Natürlich waren es Süßwassergarnelen, die Insekten der Wasserwelt. Zuerst hatten sich die Tierchen wie zufällig vor der Glasscheibe versammelt, irgendwann jedoch angefangen, sich alle – Kopf an Schwanz – im Kreis zu bewegen. So etwas hatte sie schon einmal gesehen – bei ihren Insekten. Es war eines der ersten Dinge gewesen, die ihr aufgefallen waren, als sie gerade zur Nachtflüsterin geworden war, es aber noch nicht gewusst hatte: Die Insekten verständigten sich in Mustern mit ihr, sie bewegten sich auf eine Weise, wie sie es normalerweise niemals tun würden.

Ihr Herz machte einen kleinen Sprung. *Könnt ihr mich sehen?*, sandte sie ihnen hinaus und wagte doch kaum, auf eine Antwort zu hoffen. Im Nu drehten alle Garnelen sich einmal um die eigene Achse und fuhren dann fort, einander im Kreis zu folgen. Tima atmete hörbar aus. Sie dachte kurz daran, Elena und Matt zu sich zu rufen, um ihnen das Spektakel zu zeigen, entschied sich aber dagegen. Innerhalb der Kuppel wurden sie alle sorgfältig überwacht, doch vielleicht wurde das, was außerhalb der Kuppel vor sich ging, nicht ganz so scharf beobachtet. Sie wollte, dass es so blieb.

Wir können nicht raus, teilte sie den Garnelen mit. *Wir stecken in großen Schwierigkeiten. Könnt ihr uns helfen?* Die Tiere bewegten sich noch eine Weile in ihrer Kreisformation, dann drehte sich jede Garnele einmal um die eigene Achse. Immer mehr Garnelen kamen zu der Unterwasserparty, sie strömten plötzlich aus allen Richtungen über die Glaswand, um sich dem Kreis anzuschließen oder weitere kreisende Schichten hinzuzufügen.

Tima streckte die Hand aus, um Elenas Arm zu berühren. Ihre Freundin stand ganz in ihrer Nähe und hatte ausdruckslos zu Boden gestarrt. Jetzt sah sie mit einem traurigen Lächeln zu Tima hinüber. Nachdem Edwina gegangen war, war eine ganze Weile im Flüsterton über eine mögliche Flucht geredet worden, doch keinem von ihnen war es gelungen, einen brauchbaren Plan auszuhecken. Tima hatte sich erst gar nicht an der Diskussion beteiligt – sie hatte die ganze Zeit über die Garnelen beobachtet.

Tima schnippte kaum merklich mit den Fingern, um Elena zu sich zu rufen. Als ihre Freundin neben ihr stand, raunte sie ihr zu: »Sag kein Wort und starr nicht so auffällig hin, aber … sieh's dir an.«

Draußen, hinter den Glasscheiben, hatte sich der Garnelentanz zu einem Fest der im Wasser lebenden, wirbellosen Tiere entwickelt. Tima konnte Krebse ausmachen und Wasserflöhe, aber im See wuselten noch andere vielbeinige Wesen umher, die sie nicht kannte. Und nun gesellten sich auch noch kleinere Fische dazu, die in die Kreise hinein- und wieder herausschossen. Sie machten keinerlei Versuche, sich die noch winzigeren Kreaturen, die normalerweise in ihr Beuteschema passten, zu schnappen. Alle konzentrierten sich mit ganzer Kraft auf den Tanz.

Gebannt beobachtete Elena, was vor sich ging. Ihre Augen wurden größer und größer.

»Versuch dir nichts anmerken zu lassen«, flüsterte Tima. »Verhalt dich ganz normal.«

Elena sah sie an. »Wir sind in einer unter Wasser liegenden Biosphäre gefangen, eingeschlossen von außerirdischer Technik, und werden demnächst zu einem neuen Planeten gebracht – welches Verhalten wäre da ›ganz normal‹?«

Tima richtete sich auf und wandte sich vom Wassertier-Zirkus ab. »Sie wissen, dass wir Hilfe brauchen«, sagte sie leise. »Und sie wollen uns helfen. Ich bin mir nur nicht sicher, wie sie das anstellen sollten.«

Matt schlich zu ihnen herüber. Er warf einen Blick auf die Szenen, die sich hinter Tima und Elena abspielten, und sah gleich darauf bewusst wieder weg. »Wir können sie immer noch erreichen«, wisperte er mit leuchtenden Augen.

»Ja … Aber wie sollen sie uns helfen?«, fragte Elena. »Sie können doch nicht zu uns herein.«

Tima seufzte. »Und selbst wenn sie das Glas zerbrechen könnten … Wir würden vermutlich alle ertrinken.«

Draußen im Wasser flackerte für den Bruchteil einer Sekunde grünes Licht auf.

»Oh Gott«, sagte Kacey. »Jetzt dauert es nicht mehr lang.«

»Was ist das?«, wollte Matt wissen. »Was hat es mit diesem grünen Licht auf sich? Wir dachten, es wäre Feuerwerk.«

Kacey schüttelte den Kopf. »Das ist Alien-Technik. Jedes Mal, wenn Edwina durch die … Weltraumpforte – oder was auch immer es ist – kommt, leuchtet alles grün auf. Sie treibt das Ganze voran, damit sie uns endlich loswird.«

Eine Sekunde später erschien die Tür in der Wand, und Edwina und Lazaro betraten die blaue Kuppel. Edwina hielt etwas in der Hand, das aussah wie ein Glasprisma, und sprach darin mit einer schlaksigen, holografischen Gestalt, bei der es sich nur um ihren außerirdischen Geschäftspartner handeln konnte.

»… innerhalb einer Stunde?«, fragte sie ihn gerade.

»Ja«, knarzte es aus dem Prisma – eine abgehackte, tonlose Stimme aus der anderen Welt. »Die Schließung auf der anderen Seite steht unmittelbar bevor. Dies wird auf absehbare Zeit die letzte Lieferung sein. Uns läuft die Zeit davon. Wo ist Castle?«

»Er ist noch mal zum Auto gegangen, um ein paar Inhaliergeräte zu holen«, erklärte Lazaro und zupfte am Kragen seines Arztkittels. »Die neuen Kinder werden sie auf der anderen Seite brauchen. Wenn sie husten und keuchen, werdet ihr sie nicht verkaufen können. Aber Castle sollte jede Minute zurück sein.«

»Du scheinst besorgt zu sein«, sagte der Außerirdische. »Deine Herzfrequenz ist erhöht.«

»Wir machen das hier zum ersten Mal«, entgegnete Lazaro. »Edwina ist schon geübt darin, aber für Castle und mich ist das neu. Wir sind außerdem besorgt, dass unsere Verwicklung in die Sache herauskommen könnte. Da ist noch ein Kind, weißt du …«

»Noch eins?«, fragte der Außerirdische.

»Wieso noch eins?«, blaffte Edwina. »Von dem hast du mir kein Wort gesagt.«

»Diese drei hier«, fuhr Lazaro fort und deutete auf Tima, Elena und Matt, »waren gestern Nachmittag auf einer Veranstaltung in Thornleigh. Sie haben ein Gespräch zwischen mir und Castle belauscht … Daher wussten sie, dass da etwas im Busch ist. Sie waren mit dem da befreundet« – er zeigte auf Liam, der dösend auf einem der Sitzsäcke lag – »und wir glauben, dass sie misstrauisch geworden sind und sein Grab kontrolliert haben. Und dann sind sie uns bis hierher gefolgt … Wie, das wissen wir immer noch nicht.«

Den Außerirdischen indes schien das nicht zu beunruhigen. »In nicht einmal einer Stunde werden sie aus eurer Welt verschwunden sein«, sagte er. »Wo liegt das Problem?«

»Nun ja … Gestern war noch ein anderer Junge bei ihnen; ein Patient von der Kinderstation, von der wir auch die anderen haben.

Er ist immer noch da draußen. Und er könnte uns das Leben äußerst schwer machen, wenn das alles hier vorbei ist.«

Der Außerirdische antwortete nicht.

»Und wenn du unsere Dienste eines Tages noch einmal in Anspruch nehmen willst«, fuhr Lazaro nun leicht gereizt fort, »sollten wir auf unseren neuen Posten in Schottland sitzen statt im Gefängnis!«

Der Außerirdische grunzte zustimmend. »Verstehe. Dieser andere Junge … Wohnt er in Thornleigh?«

Lazaro nickte.

»Wohnst du in Thornleigh? Oder vielleicht Castle?«

»Nein«, sagte Lazaro. »Wir leben beide woanders.«

»Wohnt irgendjemand, der dir etwas bedeutet, in Thornleigh?«

Tima beobachtete, wie Lazaro das Wesen im Glasprisma stirnrunzelnd ansah und sich seine Gesichtszüge allmählich strafften, als er begriff, was hinter dieser Frage steckte. Ihr lief es kalt den Rücken herunter.

»Nein«, sagte Lazaro. »Keiner. Und Castle wohnt mit seiner Frau eine Stunde weiter westlich von hier.«

»Was ist mit dir, Edwina?«, fuhr der Außerirdische fort.

Die Sozialarbeiterin lächelte schmallippig. »In ganz *England* gibt es niemanden, der mir etwas bedeutet.«

»Dann, Lazaro, lässt sich dein Problem leicht beheben«, sagte der Außerirdische. Von einer Sekunde zur anderen wurde die Kuppel rot und begann zu pulsieren.

Lazaro, sichtlich verunsichert, sprang auf und blickte sich panisch um. »Kein Grund zur Aufregung«, sagte der Außerirdische. »Ich habe nur gerade einen Countdown eingeleitet. Wenn er endet, werdet ihr schon lange fort sein. Du wirst gefahrlos in diese schottische Klinik wechseln können und brauchst keine Angst mehr zu haben, dass du auffliegst und ins Gefängnis kommst.«

»Was … was wird denn passieren?«, fragte Lazaro atemlos.

»Wir werden für ein gewaltiges Ablenkungsmanöver sorgen, damit ein paar vermisste Kinder nicht länger von Bedeutung sind«, erwiderte der Außerirdische mit einem grässlichen, grauzahnigen Lächeln. »Wenn der Countdown endet, wird sich die von uns installierte Technik selbst zerstören. Wir hinterlassen niemals Spuren unserer Arbeit. Die dadurch entstehende Druckwelle wird die Kuppel und auch die Staumauer zerstören. Das bedeutet, die Stadt wird überflutet werden. Und dieser Junge, der dir Ärger macht, wird ertrinken – genau wie alle anderen.«

37

»Ich weiß, ich *weiß*, Selina. Aber sie sind personell unterbesetzt, und ich komme hier frühestens in einer Stunde weg.« Castle wurde am Handy in die Mangel genommen. Und über seinem Auto hing Spin kopfüber und vollkommen ruhig an einem dicken Ast. Laut- und regungslos zu verharren war seine Spezialität. Er verstand es, die Dunkelheit wie einen schützenden Mantel um sich zu legen, und die Leute sahen ihn nie, selbst wenn er nur eine Handbreit über ihnen schwebte. Die waren extrem begriffsstutzig. In den allermeisten Fällen bemerkten nicht einmal die Nachtflüsterer mit all ihren Superkräften, wenn er ihnen hinterherschlich.

»Bis zum Frühstück bin ich wieder da«, fuhr Castle fort. »Und dann muss ich erst mal schlafen. Ich weiß. Ich *weiß*. Ja. Ja, das werde ich. Versprochen. Ja. Okay. Okay. Ich liebe dich auch ...« Als der Anruf beendet war, leuchtete das Handy kurz auf. »Du ewig meckernde alte Ziege«, sagte Castle. »Ich wünschte, ich könnte *dich* zu einem fremden Planeten schicken.« Er fluchte und steckte das Mobiltelefon in die Tasche.

Mit dem roten Plastikkoffer in der Hand stieg Castle aus dem BMW. Er machte die Fahrertür hinter sich zu, schloss das Auto ab und – landete im nächsten Augenblick, als er von oben angegriffen und mit einem dumpfen Schlag niedergerissen wurde, mit dem Gesicht im Kies.

Er kam gerade noch dazu, überrascht zu schnaufen, bevor ihm die Luft wegblieb. Spin rollte ihn auf den Rücken und umhüllte ihn mit seinem offenen rot gefütterten Mantel, wie ein Falke seine Beute umfängt.

Schockiert und mit offenem Mund sah Castle zu ihm auf. Seine Knopfaugen bohrten sich durch dünne runde Brillengläser. »Was ... was ...?!«, keuchte er.

»Erinnern Sie sich an mich?«, fragte Spin, während er die Handgelenke des Mannes dicht neben seiner beginnenden Glatze zu Boden drückte. »Den Vampir?«

Da Castle nur verwirrt gluckste, drückte Spin auf einen kleinen Knopf in seinem linken Ärmel. Ein gespenstisches blaues Leuchten drang durch seinen Kragen und hob seine Gesichtszüge – wie in einem echten Horrorfilm – markant hervor. Er grinste breit und ließ die spitzen Eckzähne blitzen.

»Cr... Crispin Taylor?«, krächzte der Mann. Langsam schien er wieder zur Besinnung zu kommen. »Was ... was machst du hier? Du solltest wirklich noch zu Hause bleiben. Du bist krank!«

»Oh nein, *Sie* sind krank«, sagte Spin, die Knie fest auf seinem sich aufbäumenden Brustkorb. »Was haben Sie doch für einen kranken, kranken kleinen Plan ausgeheckt, zusammen mit diesem italienischen Leichenhallenäffchen.«

»Ich weiß nicht, was du meinst«, sagte Castle süßlich und versuchte, seine Handgelenke zu befreien. »Crispin ... du fantasierst. Wahrscheinlich eine Reaktion auf die Medikamente. Lass mich aufstehen. Lass mich dir helfen.«

»Sie können mir tatsächlich helfen«, sagte Spin. »Ich rechne sogar fest mit Ihrer Unterstützung, Mr Castle.« Er sprang auf die Füße und ließ auch den Arzt aufstehen. Castle rückte seine Brille zurecht und blickte sich fieberhaft nach einem Fluchtweg um.

»Glauben Sie mir«, sagte Spin, der durch das Kragenlämpchen noch immer gruselig angestrahlt wurde. »Wegzulaufen hat keinen Zweck. Sie werden nicht weit kommen, bevor ich Sie fange, und danach werde ich ein wenig verstimmt sein. Schonen Sie Ihren Hals – verraten Sie mir, wo ich meine Freunde finde. Sie wissen, wen ich meine. Elena, Tima und Matt – sie haben uns zusammen beim Herbstfest gesehen.«

Das Funkeln in seinen Augen zeigte Spin, dass Castle ganz genau wusste, von welchen Kindern er sprach … und wo sie waren. Und dass sein Gehirn auf Hochtouren lief, um sich aus dieser misslichen Lage zu befreien. »Also schön«, sagte Castle. »Ich bin deinen dämlichen Freunden begegnet. Sie sind mir hierher gefolgt – mit der verrückten Idee von irgendeiner Verschwörung, bei der kranke Kinder entführt worden sein sollen.«

»Eine verrückte Idee? Wie würden Sie das Ganze denn nennen?« Spin stand regungslos da, doch jeder Nerv und jede Sehne war zum Sprung bereit.

»Da *gibt* es nichts zu benennen!«, polterte Castle. »Das ist doch Blödsinn. Ich bin ein angesehener Kinderarzt, verdammt noch mal!«

»Und was macht ein angesehener Kinderarzt mitten in der Nacht hier oben?«, bohrte Spin weiter.

»Ich war … angeln!« Castle zuckte mit der Schulter. »Ich liebe es, nachts zum Angeln herzukommen. Eine wunderbare Methode, um Stress abzubauen.«

»Selina haben Sie aber etwas anderes erzählt.« Spin konnte nicht widerstehen. Er genoss das hier einfach zu sehr.

Castle glotzte ihn einen Moment lang stumm an.

»Eine interessante Anglerkluft tragen Sie da«, stichelte Spin. »Einen weißen Arztkittel … Und wo ist Ihre Angel?«

»Hab sie schon aufgestellt … weiter vorne am Ufer«, fauchte Castle. »Ich kann sie dir zeigen!«

»Okay, und was ist mit meinen dämlichen Freunden? Haben die drei Sie beim Forellenkitzeln gestört? Haben Sie sie gebeten, auf Ihre Blechbüchse mit Ködern aufzupassen, während Sie noch mal zum Auto zurückgegangen sind?«

»Ja, so ähnlich ist es gewesen«, erwiderte Castle. »Eines der Mädchen hatte nämlich einen Asthmaanfall – die jüngere der beiden –, und ich hab Inhaliergeräte im Auto!« Er hob den Plastikkoffer auf und öffnete ihn mit einer schwungvollen, selbstgerechten Geste. In dem Koffer lagen eine Reihe von Inhalatoren.

»Tima hatte einen Asthmaanfall?«, fragte Spin und rieb sich stirnrunzelnd das Kinn. »Merkwürdig. Ich wusste gar nicht, dass sie Probleme mit den Bronchien hat.«

»Hat sie aber.« Castle stapfte den Pfad entlang. »Sie hatte einen Panikanfall ... Irgendetwas ist ihr von oben aus den Bäumen auf den Kopf gefallen. Eine große Spinne oder so was. Sie ist vollkommen hysterisch geworden und hat hyperventiliert. Du weißt ja, wie kleine Mädchen auf Spinnen reagieren ... Komm schon – ich bring dich zu ihr!«

»Eine Spinne?«, wiederholte Spin. »Oha. Tima und die Spinnen, das ist tatsächlich so eine Sache für sich ...«

»Genau. Tja, es geht ihr nicht gut. Die anderen passen auf sie auf. Sie hat große Angst. Ich muss wieder zu ihnen zurück.« Er hantierte mit einer Taschenlampe herum, richtete den Lichtkegel auf den unebenen Boden vor sich und lief weiter, den Koffer unter den Arm geklemmt.

Spin, höchst amüsiert, folgte ihm.

»Also ... helfen Sie mir noch mal auf die Sprünge: Welche seltsame Verschwörung wurde Ihnen da angedichtet?«

»Das war nur Unsinn. Ihr jungen Leute schaut einfach zu viel fern.«

»Los ... erzählen Sie schon, was die drei gesagt haben.«

»Es ging um diese Kinder, die letzte Woche gestorben sind. Sie sagten, sie seien nicht wirklich tot«, erklärte Castle, die Augen geradeaus und den Strahl der Taschenlampe weiterhin nach unten gerichtet. Spin sah, dass er seine Kitteltaschen beim Vorwärtslaufen verstohlen nach dem Handy abtastete. »Du warst ja auch eine Weile da – du kannst bestätigen, was ich deinen drei Freunden gesagt habe: Diese Kinder sind tragischerweise auf der Station verstorben.«

»Ich war da«, sagte Spin. »Ich erinnere mich daran, Dinge gehört zu haben.« Er umfasste Castles Handy, das sicher in seiner eigenen Hosentasche steckte. »Wo genau ist denn Ihr Angelplatz?«

Castle machte eine vage Handbewegung in Richtung westliches Seeufer, wo der dunkle Wald den Blick auf die hell leuchtende Staumauer freigab.

»Kommen Sie oft hierher?«, fragte Spin. »Im Dunkeln und in Ihrem weißen Kittel?«

»Ich habe einen sehr stressigen Job«, keuchte Castle, der mittlerweile sichtlich nervös in seinen Hosentaschen kramte.

Nicht so stressig, wie es hier gleich werden wird, dachte Spin.

38

Das blitzende rote Licht trug nicht gerade zur Entspannung der menschlichen Haustiere bei. Nachdem Edwina und Lazaro die Kuppel verlassen hatten, standen sie zu siebt da und starrten einander an.

»Er hat gesagt …« Elena schluckte. »Er hat gesagt, dass das Tal überflutet wird. Dieser Bau hier wird explodieren, die Staumauer zum Bersten bringen, und Millionen Liter Wasser werden auf Thornleigh niedergehen.« Sie schüttelte den Kopf, Tränen standen in ihren Augen. »Meine Mum ist da unten.«

Matt nickte grimmig und legte ihr die Hand auf die Schulter. »Meine auch.«

Tima schüttelte den Kopf. »Wir hätten niemals hier reingehen dürfen. Wenn sie nicht erfahren hätten, dass wir ihnen auf die Schliche gekommen sind, würden sie die Stadt in Ruhe lassen. Was haben wir bloß getan?«

»Na ja, vermutlich hätten sie so oder so alles in die Luft gesprengt«, sagte Kacey. »Sie hätten sicher nicht gewollt, dass irgendjemand ihre Alien-Technik im See entdeckt, oder?«

»Ganz genau«, kam es barsch zurück. Edwina war wieder da, war ein weiteres Mal aus dieser verwirrenden Tür getreten, die ständig ohne Vorwarnung auftauchte und wieder verschwand. Edwina trug einen Stapel aus grauen Stoffteilen. »Sie lassen keinerlei Spuren zurück. Allerdings zerstören sie ihre Technik normalerweise lautlos mit Säure und über einen Zeitraum von einigen Stunden hinweg, anstatt sie in die Luft zu jagen. Und ja: Es *ist* eure Schuld, dass es zu einer Flutkatastrophe kommen und ein Großteil eurer Heimatstadt fortgeschwemmt werden wird.«

»Und Sie kümmert das gar nicht?«, fragte Elena scharf. »Tausende von Menschen … tot. Weggespült, ertrunken, unter Geröll begraben. Das ist alles gar kein Problem für Sie, oder?«

Edwina zuckte mit den Schultern. »So etwas kommt vor. Menschen sterben.«

In Matt stieg unbändige Wut auf. Glück, die auf seiner Schulter saß, zitterte mitfühlend. Der Drang, auf diese kaltschnäuzige Frau loszugehen, war unglaublich stark, doch gleichzeitig fühlte Matt sich zu schwach dazu – und durch die roten Lichtblitze und das Luftgemisch in der Kuppel zu verwirrt. Außerdem pochte die Wunde an seiner Schläfe noch immer schmerzhaft.

»Ihr drei«, sagte Edwina und zeigte auf Matt, Elena und Tima. »Ihr müsst diese Kleider anziehen. Jetzt sofort.« Sie schleuderte ihnen die grauen Stoffteile entgegen, in denen Matt die gleichen T-Shirts und Shorts erkannte, die auch die anderen trugen. »Und wehe, dieser Vogel kackt euch da drauf. Ihr müsst ordentlich und vorzeigbar aussehen.« Dann wandte sie sich den übrigen Kindern zu: »Es ist Zeit für die Löschkammer. Kommt mit.«

»Was ist eine Löschkammer?«, fragte Tima.

»Das werdet ihr noch früh genug erfahren«, entgegnete Edwina. »Ihr seid nämlich gleich danach an der Reihe. Beeilt euch, und damit meine ich euch alle – es sei denn, ihr wollt noch hier sein, wenn dieses Ding explodiert.«

Liam, Lewis, Kacey und Megan trotteten still hinter Edwina her. Sie wirkten passiv und resigniert. Nie zuvor hatte Matt gesehen, dass Liam sich einer anderen Person derart unterordnete – ganz ohne Fluchen oder ein verächtliches Lachen. Es war eigenartig. Und beängstigend.

Als die anderen – durch eine weitere Tür in der gewölbten weißen Wand – hinausgegangen waren, tauschten Matt, Tima und Elena Blicke miteinander. »Ich zieh das hier nicht an«, murmelte Matt.

»Wechselt die Kleider«, kam es plötzlich mit Akzent aus einem der Lautsprecher, die irgendwo innerhalb der Kuppel verborgen waren, »oder ich pumpe Betäubungsmittel durch die Luftfilter, bis ihr an Ort und Stelle umfallt, und dann ziehe *ich* euch um – wie Wickelkinder.«

Matt machte seiner Wut mehr als deutlich Luft, doch schließlich bückte er sich seufzend und hob die Kleider vom Boden auf. Matt, Elena und Tima stellten sich mit dem Rücken zueinander, zogen ihre eigenen Sachen aus und schlüpften in die neuen T-Shirts und Shorts.

»Wir müssen etwas unternehmen«, sagte Elena, als sie ihr graues Outfit angezogen hatte. »Seht doch! Sie wissen, dass wir Hilfe brauchen!«

Draußen entstand ein Strudel aus schäumendem Wasser, voll von submarinem Getier. Die winzigen Lebewesen hatten Gesellschaft von Fischen bekommen – Karpfen, Forellen, Hechten und Aalen. Sie drängten sich auf der anderen Seite der Wand im Wasser. Ein oder zwei der Fische krachten gegen das Glas, und Matt kam es vor, als könnte er die dumpfen Aufschläge sogar *hören*.

»Schaffen sie es, die Kuppel zu durchbrechen?«, fragte Tima hoffnungsvoll und ängstlich zugleich. »Und wenn sie es schaffen – könnten wir entkommen?«

Matt schüttelte den Kopf. »Wir sind unter Wasser, ich weiß nicht, wie tief. Der Stausee würde einfach auf uns draufplatschen.«

»Ja, aber …« Elena legte ihre Hand gegen eine der sechseckigen Glasscheiben. »Wenn es so wäre … Wenn dieser Bau hier zusammenbrechen würde, bevor sie ihn in die Luft sprengen könnten, wäre das vermutlich besser für Thornleigh. Wenn hier alles bereits in Trümmern liegt, wird die Druckwelle der Explosion nicht so gewaltig werden, stimmt's?«

Jetzt war eindeutig ein Aufprall zu hören, als ein monströs großer Fisch mit Furcht einflößenden Zähnen – ein Hecht, wie Matt vermutete – gegen die Glaskuppel prallte.

»Das heißt … *wir* würden es wahrscheinlich nicht überstehen«, sagte Matt. »Aber Thornleigh.« Ihn fröstelte bei der Vorstellung, wie das Wasser durch die zerstörte Kuppel auf sie hinabschießen würde. »Sollen wir sie um Hilfe bitten? Sie bitten, die Glaswand zu durchbrechen?«

»Kann sein, dass es nicht funktioniert«, sagte Elena. Sie legte die Handfläche auf die Scheibe. »Aber wir können nicht zulassen, dass unseretwegen Tausende von Menschen sterben. Nur, weil wir zu dumm waren, auf uns selbst aufzupassen.«

Tima nickte. Sie stellte sich neben Elena, drückte ihre Handflächen ebenfalls gegen das Glas und schloss die Augen. Matt gesellte sich zu ihnen. *Helft uns*, sandte er aus. *Bitte. Tut, was ihr könnt, um dieses Ding zu zerstören. Zerbrecht es. Es wird jeden töten, den wir lieben … Und es wird auch einen Großteil von euch töten, wenn ihr es nicht zerstört.*

»Was zur Hölle ist das?« Lazaro war überraschend hinter ihnen aufgetaucht.

Alle drei drehten sich zu ihm um. Er war verschwitzt und wirkte aufgewühlt. Und er hielt ein Telefon in der Hand.

Matt freute sich ein wenig, als er sah, wie geschockt Lazaro war. »Das da«, sagte er zu ihm, »ist die Kavallerie. Sie dringen ein.«

Lazaro glotzte ihn an, dann sah er wieder in die umherwirbelnde Masse von Wassertieren, die gegen die Kuppel stießen und daran schabten. Matt war sich ziemlich sicher, dass dort draußen mittlerweile auch einige Otter schwammen, hin und wieder sah er etwas Fell und Pfoten mit Schwimmhäuten aufblitzen. Es wurde immer lauter, und er konnte den Druck, der auf der unablässig angegriffenen Halbkugel lastete und weiter anstieg, beinahe spüren.

»*Che diavolo …?*«, sagte Lazaro, der ins Italienische wechselte, während er versuchte, sich einen Reim auf diese Wendung der Ereignisse zu machen.

Jetzt sprach Matt Lazaro in seiner Muttersprache an. »Sie fragen sich, wieso wir alle Italienisch sprechen? Tja, das ist noch gar nichts. Wir sind Nachtflüsterer und können *jede* Sprache sprechen – auch die der Tierwelt. Wir können uns mit allen da draußen verständigen.« Er winkte den Schwärmen von Lebewesen zu, die weiterhin entschlossen gegen die Kuppel krachten. »Und sie verstehen uns, wenn wir sie um etwas bitten … und weshalb wir darum bitten.«

»Wir werden nicht zulassen, dass die Außerirdischen Thornleigh fluten«, sagte Elena. »Wenn nichts mehr übrig ist, das in die Luft gesprengt werden kann, gibt es keine große Druckwelle, und die Staumauer wird standhalten.«

Lazaro schloss für einen Moment die Augen und fuhr sich mit der Hand durchs Haar. »*Questo è folle!*«, sagte er, blinzelte verunsichert und starrte auf die Szenen, die sich auf der anderen Seite der gläsernen Wand abspielten. »Wenn diese Viecher die Halbkugel durchbrechen, werden wir alle sterben. *Ihr* werdet sterben. Wisst ihr überhaupt, wie viel Wasser da über uns ist?« Er deutete nach oben.

»Dann bringen Sie den Außerirdischen wohl besser dazu, den Countdown abzuschalten und uns gehen zu lassen«, sagte Tima.

Lazaro verdrehte die Augen. »Keine Chance. Das wird unter keinen Umständen passieren. Ihr reist nach Rimagada. Akzeptiert es. Ihr könnt das alles nicht mehr aufhalten.« Er sah auf die Uhr. »Abgesehen davon werdet ihr in den nächsten zehn Minuten gelöscht, danach kümmert euch das sowieso nicht mehr.«

»Gelöscht?« Matt trat einen Schritt nach vorne und stellte mit Genugtuung fest, dass Lazaro sofort einen Schritt zurückwich. »Was meinen Sie mit ›gelöscht‹?«

Lazaro zog eine Art Nadelstift aus der Tasche und streckte ihn in der Faust nach vorne. »Bleib weg von mir, oder du bekommst eine Dosis verpasst!«

»Was geschieht beim ›Löschen‹?«, wollte nun auch Tima wissen. »Erzählen Sie's uns.«

»Das Gedächtnis wird sozusagen bereinigt«, sagte Lazaro. »Mithilfe außerirdischer Geräte. Sie löschen deine Erinnerungen – alles bis auf die allerwichtigsten kognitiven Funktionen. Wie die Reset-Taste, die die Festplatte eines Computers auf Grundeinstellung zurücksetzt. Ihr werdet euer Zuhause gar nicht vermissen, weil ihr euch schlichtweg nicht daran erinnert. Das Löschen hilft euch dabei, eine Bindung zu euren neuen Besitzern aufzubauen. Es stellt euch ruhig ...«

Matt fiel die Kinnlade herunter. Der Albtraum wurde immer schlimmer.

»Hört mal«, sagte Lazaro mit einem nervösen Blick auf die Wasserwand, wo gerade ein gut zwei Meter langer Aal mit einem gewaltigen Rums gegen die Scheibe geprallt war. »So habe ich mir das nicht vorgestellt. Ich wollte nicht, dass es massenhaft Tote gibt und alles zerstört wird. Ich wollte nur einer Handvoll Kindern, die unsere Gesellschaft aussortiert hatte, ein neues Leben ermöglichen. An ihrem neuen Wohnort werden sie Liebe und Fürsorge erfahren. So schlecht ist das gar nicht ... Immerhin ein fantastisches Abenteuer.«

»Ja. Bei dem ihre Persönlichkeit gelöscht und ihre Lebenserwartung radikal verkürzt wird«, schnaubte Matt.

Dieses Mal konnte Glück nicht sitzen bleiben und Matt in seiner Wut alleine lassen. Sie flog Lazaro mitten ins Gesicht und konnte ihm gerade noch die Krallen über die Wange ziehen, bevor er nach ihr schlug und sie in einem Haufen Federn zu Boden ging. Matt schrie auf und rannte zu ihr, um sie aufzuheben.

Als er wieder aufsah, war Lazaro gegangen. Im nächsten Augenblick war eine nervöse Stimme aus den verborgenen Lautsprechern zu hören: »Ihr werdet gelöscht. Findet euch damit ab. Danach wird alles gut sein. Gut.« Offensichtlich hatte er vergessen, die Sprechanlage auszuschalten, denn kurz darauf hörten sie ihn murmeln: »Wo steckt Castle, verdammt noch mal!?« Danach war ein Handy-Freizeichen zu vernehmen und Lazaros frustriertes Fauchen, als er zu demjenigen, der den Anruf entgegengenommen hatte, sagte: »Wo zum Teufel bist du?« Anschließend wurde die Sprechanlage abgeschaltet.

Gebannt drehten Matt, Elena und Tima sich wieder zu der Wasserwand, die mittlerweile aussah wie eine unfassbar lebendige Tapete. Buchstäblich jeder Zentimeter der gläsernen Sechsecke wurde nun von irgendeinem Tier attackiert.

»Die Scheiben sind dick«, sagte Elena. »Ich weiß nicht, ob sie es schaffen werden. Immerhin haben Außerirdische die Sechsecke verstärkt.«

»Edwina«, murmelte Tima. »Sie hat gesagt, die Alien-Technik löst sich in Säure auf.«

»Aber wir wissen nicht, in welcher Art von Säure«, warf Matt ein. »Vielleicht in außerirdischer Säure. Außerdem: Welche Säure auch immer sie gemeint hat – wir haben sowieso keine.«

»Nein … wir nicht«, sagte Tima und blickte nachdenklich in das rot aufblitzende Licht. »Aber andere schon. Wenn die nur irgendwie hierherkommen könnten …«

39

Während Spin zusah, wie Castle vor ihm herstolperte und immer hektischer alle Taschen absuchte, vibrierte es plötzlich in seiner Hand. Ein Blick auf das Handy-Display verriet ihm, dass *LAZARO* anrief.

»Halten Sie vielleicht danach Ausschau?«, fragte er Castle und hielt das Mobiltelefon hoch.

Castle starrte ihn an, ließ Plastikkoffer und Taschenlampe fallen und versuchte sich das Gerät zu schnappen. Spin packte ihn am Handgelenk, zwang seinen Arm in eine Korkenzieherbewegung, drehte Castle um und warf ihn erneut zu Boden. Dann drückte er dem verwirrten Arzt sein Knie gegen den Hals, damit er unten blieb, und nahm den Anruf entgegen.

»Wo zum Teufel bist du?«, zischte jemand mit italienischem Akzent.

»Auf dem Weg«, keuchte Spin mit einer Stimme, die der eines rennenden Castle recht nahekam.

»Beeil dich mal! Der Außerirdische hat einen Countdown eingeleitet, und das alles hier wird in zwanzig Minuten in die Luft fliegen! Wir müssen die verdammten Kinder von diesem Planeten wegschicken und selbst verschwunden sein, bevor es dazu kommt. Die Staumauer wird der Druckwelle nicht standhalten – die ganze Stadt wird überflutet.«

Spin brauchte einen Moment, um die Neuigkeiten zu verdauen. Das Knie drückte er gerade so fest gegen Castles Hals, dass dessen heftiges Schnauben nicht zu einem Schreien werden konnte. »Ich hab meine Taschenlampe verloren«, fauchte Spin ins Telefon. »Du musst mir leuchten, damit ich den Weg finde.«

Eine wütende Salve Italienisch war zu hören, dann sagte Lazaro: »Okay. Ich klettere hoch zur Plattform und halte meine Taschenlampe durch die Tür. Sobald du den Lichtschein siehst, rennst du los. Mir gefällt das nicht. Ganz und gar nicht. Wir brauchen die Inhalatoren hier unten. Wir müssen die Lungen der Kinder mit Salbutamol vollpumpen und sie auf die Reise schicken. Ich will hier raus ... seit fünf Minuten schon!«

»Dann hol die *Taschenlampe*!«, blaffte Spin ihn an.

»Bin schon dabei!« Der Anruf wurde beendet, und Spin schob das Handy in seine Manteltasche.

»Interessant«, sagte er zu Castle.

Er lockerte sein Knie am Hals des Mannes gerade so weit, dass der etwas erwidern konnte: »Geld. Ich kann dir Geld geben. Tausend ... Hunderttausend Pfund. Ich kann dich an unserem Deal beteiligen. Das sind nur Kinder, die keiner will. Sie kommen an einen besseren Ort.«

»Sagt man so etwas nicht auch auf Beerdigungen?«, fragte Spin. Er ließ zu, dass Castle sich, zerzaust und schnaufend, wieder erhob, nur um ihn im nächsten Moment mit einem blitzschnellen, auf den Punkt genau gesetzten Handkantenschlag k.o. gehen zu lassen. Dann beugte er sich über ihn und zog ihm den weißen Arztkittel aus.

Zwischen den Bäumen am Ufer, ein Stück weit von der Staumauer entfernt, bewegte sich der Lichtstrahl einer Taschenlampe auf und ab.

»Ich *komme*«, flötete Spin und sprang über Castle hinweg.

40

Tima, Matt und Elena hätten es auf einen Kampf angelegt – wenn nur der Taser nicht gewesen wäre. Edwina war mit der hypermodernen Version einer Elektroschockpistole zu ihnen zurückgekehrt.

»Diesem dämlichen Italiener habt ihr vielleicht Angst einjagen können«, sagte sie. »Aber glaubt ja nicht, dass *ich* mich davon beeindrucken lasse.« Dem tierischen Taumel hinter der Glaswand schenkte sie kaum Beachtung. »Wenn du den Vogel auf mich hetzt, mach ich Chicken Wings aus ihm.«

Matt flüsterte Glück etwas zu, woraufhin sie ans andere Ende des Raumes flog und, da sich dort keine Sitzstange fand, auf dem Boden landete. »Sobald sich die Tür öffnet, fliegst du raus«, wies Matt sie an. »Flieg zurück nach oben, durch die Luke und dann nach Hause.«

Der Star schien seinen gefiederten Kopf zu schütteln. »Ich mein es ernst!«, sagte Matt mit stockender Stimme. Timas Augen füllten sich mit Tränen. Matt versuchte, seinem Vogelweibchen Lebwohl zu sagen. »Flieg weg, sobald du's kannst«, schärfte er ihr ein. »Tu es. Du bedeutest mir zu viel, als dass ich dich noch länger hierbehalten kann. Flieg weg.«

»Bedeutest mir viel«, wiederholte Glück, und in diesem Moment brach Tima in Tränen aus.

»Okay«, sagte Edwina hektisch. »Kommt mit. Ihr müsst gelöscht werden.«

Tima stand regungslos da. Sie versuchte sich einzureden, dass dies hier nicht real war. Es konnte nicht real sein. Das hier konnte ihr unmöglich geschehen.

Edwina drückte auf eine Taste des Tasers, um ihn zu laden. Das Gerät heulte auf. »Dieses Ding tut nicht nur höllisch weh«, erklärte Edwina, »ihr verliert dabei auch die Kontrolle über eure Blase. Wenn ihr euch also in die Hosen machen und völlig lahmgelegt zurückbleiben wollt, während alles um euch herum explodiert, dann bekommt ihr gleich die Gelegenheit dazu: 5, 4, 3, 2 …«

Sie setzten sich in Bewegung. Elena nahm Tima bei der Hand, dicht hinter ihnen folgte Matt. Tima sah sich nach ihren beiden Freunden um und versuchte, sie – und das, was sie ihr bedeuteten – tief in ihrem Gedächtnis abzuspeichern. Nach allem, was sie zusammen durchgestanden hatten, schien es unmöglich, dass Tima den beiden in ein paar Minuten ins Gesicht schauen sollte, ohne sich an irgendetwas zu erinnern.

Sie betraten einen weiteren Raum, der lang und schmal war. Hier befanden sich eine Reihe von Metallkabinen, und in jeder von ihnen stand ein Hocker.

Plötzlich sah Tima, dass die anderen Kinder bereits hier waren. Sie saßen im Schneidersitz auf einer großen ovalen Plattform, die sich an der gegenüberliegenden Wand befand. Am Boden der Plattform waren ein Dutzend Kreise zu sehen, die sich an der niedrigen Decke darüber spiegelten. Liam, Lewis, Kacey und Megan saßen jeweils in einem dieser Kreise, in einer Säule aus grünem Licht. Sie waren ganz ruhig und ihre Augen groß und leer. Die vier schienen überhaupt nicht aufgeregt zu sein. Sie schienen überhaupt nichts mehr zu sein.

41

Spin war auf die Lichtquelle zugelaufen und sah nun, dass es sich um einen kleinen Backsteinbau handelte, der direkt am Ufer des Stausees errichtet worden war. Auf der Rückseite des Gebäudes, hinter einem Dickicht aus niedergetrampeltem Brombeergestrüpp und Brennnesseln, sah er eine offen stehende Tür. Licht flutete heraus. Immer hektischer wurde dort drinnen eine Taschenlampe auf und ab geschwenkt.

Spin duckte sich hinter ein Gestrüpp aus Stechpalmen und streifte den Arztkittel über. Damit würde er zwar auf lange Sicht niemanden täuschen können, doch vielleicht schenkte ihm der Kittel ein paar Sekunden, in denen er an Informationen gelangen konnte.

»Was geht hier vor?«, schrie er, als er sich der hinteren Mauer des Backsteinbaus näherte. Er sprach mit tiefer Stimme und in einem schroffen Ton und hoffte inständig, man würde ihn für Castle halten.

»Mir gefällt das nicht«, fauchte Castles Komplize von der Tür aus. »Diese Kinder, die uns hierher gefolgt sind – irgendetwas stimmt nicht mit denen. Sieh dir den See an!«

Spin riskierte einen Blick zur Seite, während er unbeholfen durch das Brombeergestrüpp stapfte. Vier oder fünf Meter vom Ufer entfernt war das Wasser aufgewühlt, und es schäumte heftig. Ein immer größer werdender Kreis aus ungleichmäßigen, abgehackten Wellen durchbrach die ruhige Wasseroberfläche. »Was ist das?«, murmelte Spin, als er bei Lazaro ankam. Um unentdeckt zu bleiben, sah er weiter mit abgewandtem Gesicht auf den Stausee hinaus.

»Da läuft eine Art Angriff ... auf die Glaskuppel. Diese Kinder behaupten, sie könnten mit Tieren reden! Sie haben jedes Lebewesen am und im See dazu aufgefordert, die Kuppel zu zerstören.«

Spin grinste in die Dunkelheit hinein und brummte: »Das ist unmöglich!« Doch es war möglich. Er hatte mit den Nachtflüsterern schließlich schon ganz ähnliche Dinge erlebt.

»Dann sieh doch richtig hin, verdammt!«, blaffte ihn der Italiener an. Er klang ernsthaft beunruhigt. Wenn er gewusst hätte, was Spin über die Nachtflüsterer wusste, wäre er noch sehr viel beunruhigter gewesen. »Wo zur Hölle warst du eigentlich so lange?! Du hättest schon vor einer Viertelstunde zurück sein sollen! Hast du die Inhaliergeräte dabei?«

»Ja.« Spin drehte sich um und hielt den roten Plastikkoffer hoch – direkt vor sein Gesicht. Dann trat er durch die Tür. Der Mann hatte ihm bereits den Rücken zugewandt und lief eine Betontreppe hinunter. Spin ließ die Tür einen Spalt weit offen und klemmte ein paar lange Pflanzen und Zweige zwischen Tür und Rahmen. Aus seiner jahrelangen Erfahrung als Einbrecher wusste er, dass er niemals eine Tür hinter sich zuziehen durfte.

»Beeil dich! Uns bleiben nur 15 Minuten, bis der Countdown endet. Die drei neuen müssen noch gelöscht und alle Kinder zur Transportstelle gebracht werden.«

Vorsichtig lief Spin hinter Lazaro her. Auf den Betonstufen bewegte sich ein Meer aus Schwärze. Die Schwärze berührte ihn nicht, es war, als ob sie genau wüsste, wohin er treten würde; und er wiederum achtete darauf, ihr nicht in die Quere zu kommen. Dunkelheit und Schwärze, das waren nun einmal seine Verbündeten.

Hier unten, so dicht beieinander, durfte Spin nicht mehr riskieren, etwas zu sagen. Wenn Lazaro ihn in unmittelbarer Nähe sprechen hörte, hätte er keine Chance mehr, als Kinderarzt jenseits der vierzig durchzugehen. Deshalb gab Spin nur ein gelegentliches

Brummen von sich und bereitete sich auf den Moment vor, in dem der Italiener sich umdrehen und ihn ansehen würde.

Die Betonstufen führten zu einer Plattform, die über dem Wasser schwebte, und vor der Plattform, ein Stück weiter im See, ragte eine sonderbare, kreisrunde Luke durch die Wasseroberfläche. Um die Luke herum blinkten rote Lämpchen.

»Eine rot blinkende Hölle ist das da unten«, murmelte Lazaro, nachdem er die unterste Stufe einer kurzen Metalltreppe erreicht hatte, die von der Plattform ins Wasser hinabführte. Er streckte das Bein aus, um den halben Meter Wasser bis zu der Luke zu überbrücken, und kletterte hinein. »Nie wieder will ich damit etwas zu tun haben. Du und Edwina, ihr könnt in Schottland machen, was ihr wollt, falls diese Außerirdischen wiederkommen, um sich noch mehr zu holen – aber mir reicht's. Du wirst dir einen anderen Pathologen suchen müssen, den du einspannen kannst. Ist mir völlig egal, wie viel Geld sie mir anbieten. Es ist zu gefährlich. Und die Teleportation zu dieser Höhle werde ich auch nicht übernehmen. Du kannst sie begleiten und sie durch den Korridor schicken; und auch das Honorar kassieren. Ich gehe hier auf demselben Weg wieder raus, auf dem wir reingekommen sind. Und zwar in spätestens fünf Minuten. Ich muss zusehen, dass ich diesem gottverlassenen Ort den Rücken gekehrt habe, bevor die Staumauer nachgibt. Oder diese verrückten Fische die Kuppel zertrümmern.«

Spin hörte genau zu, legte unterdessen den roten Koffer auf den Boden, zog den weißen Arztkittel aus und kletterte in die Luke. Dann lehnte er sich noch einmal hinaus und band einen der Ärmel an der untersten Metallstufe der Plattform fest. Den Kittelsaum befestigte er mit einem Briefklemmer aus einer seiner Manteltaschen am Rand des rot blinkenden Kreises, in dem er stand. Er winkte der Schwärze auf den Metallstufen aufmunternd zu, dann stieg er die Sprossenleiter unterhalb der Luke hinunter.

Erst in dem kurzen Flur am Fuß der Leiter wurde Lazaro bewusst, dass er einen Eindringling hineingelassen hatte. Spin stand schweigend hinter ihm, als er das Rad an der Tür mit einem sanften Drehen öffnete. Die Tür klickte, ging aber nur einen Spalt weit nach innen auf. »Nimm dich vor den Kindern in Acht«, sagte Lazaro. »Sie sind schwach, aber gewieft. Dieser Vogel, der zu ihnen gehört – er hat mich angegriffen. Edwina wird sie irgendwie in die Löschkammer bringen müssen. Freiwillig werden sie nicht gehen.«

Er drehte sich um, entdeckte Spin und brachte vor Schock und Verwirrung nur eine Art Krächzen hervor. Spin hatte die Arme ausgebreitet, kratzte mit den schwarzen Fingernägeln links und rechts an den Wänden und präsentierte dabei nicht nur das rote Innenfutter seines Mantels, sondern auch seine Eckzähne. Im Laufe seiner unzähligen Nächte auf den dunklen Straßen von Thornleigh hatte Spin schon viele solcher Gesichtsausdrücke gesehen, und es hatte ihm immer einen echten Kick gegeben, Menschen Angst einzujagen. Aber etwas Vergleichbares hatte er nie erlebt. Diese Szene hier toppte alles. Er war regelrecht zugedröhnt mit Adrenalin und gierig … unendlich gierig. Außerdem war die Schwärze ihm gefolgt – was den Vampireffekt ideal abrundete.

Bevor Lazaro noch ein Wort herausbringen konnte, lag er schon auf dem Boden und zappelte wie ein auf den Rücken gefallener Käfer, hilflos und verzweifelt. Spin hielt ihn fest und näherte sich aus reiner Gewohnheit dem zitternden Hals des Mannes. Dann zog er sich wieder zurück, weil ihm etwas eingefallen war. »Weißt du was?«, sagte er. »Du hältst die Tür auf.« Im nächsten Moment hatte er den Mann mit einer einzigen schnellen Bewegung k.o. geschlagen.

Dann stieß er die Tür auf. Er stieg über die hohe Schwelle und blieb davor stehen, um Lazaros Arm als Türstopper einzusetzen.

Die Schwärze machte sich daran, ihn zu begleiten, und er fand ihre Gesellschaft tröstlich. »Ladys«, sagte er, »mir nach.«

42

»Auf die Hocker, bitte«, sagte Edwina. »Haltet euch an den Griffen auf beiden Seiten fest. Besser, ihr zappelt nicht herum oder wehrt euch. Entspannt euch einfach. Auf diese Weise wird es viel leichter für euch sein. In ein paar Minuten werdet ihr vollkommen glücklich sein. Dann werden wir euch fortbringen.«

»Aber wohin?«, fragte Tima und wischte sich die Tränen aus dem Gesicht. »Wo bringt dieses Ding uns hin? Bitte … erzählen Sie uns wenigstens, was passieren wird.«

Edwina seufzte und machte sich, den Taser immer noch in der Hand, an einer Tafel mit Lämpchen und Schaltern zu schaffen, die auf einer Konsole gegenüber den Kabinen angebracht war. »Es ist ein Teleporter für kurze Reichweiten. Ihr wisst schon, wie in *Star Trek* – nur in echt. Aber er kann euch nicht bis auf den neuen Planeten beamen. Diese Technologie ist derjenigen auf der Erde um Lichtjahre voraus, aber sie funktioniert bislang trotzdem nur innerhalb eines Radius von drei Kilometern. Ihr werdet durch die Stadt teleportiert, in die Höhle, in der der Korridor auf die Erde trifft.«

»Der Korridor«, wiederholte Elena und blickte zu Matt und Tima. Sie wussten Bescheid über den Korridor, auch wenn sie die Höhle nie gefunden hatten. Wie schade, dachte Tima, dass sie sich jetzt, wo sie endlich mit eigenen Augen sehen sollten, wo ihr nächtlicher Strahl entsprang, nicht mehr daran erinnern würden, welche Bedeutung er hatte.

»Ja«, sagte Edwina abwesend, da die Maschine, mit der sie kämpfte, zu summen begann. »Er ist eine Art Wurmloch zu anderen Planeten. In Großbritannien gibt es zwei Korridor-Schwerpunkte, beide befinden sich in unentdeckten Höhlen. Eine liegt in Schottland, die andere bei uns im guten alten Thornleigh. Ich habe schon Haustiere durch beide Korridore hindurchgeschickt. Und jetzt haltet bitte den Mund und lasst uns das über die Bühne bringen. Wir haben noch acht Minuten, bevor dieses ganze verdammte Ding in die Luft fliegt, und ich denke, wir alle wollen bis dahin drüben in der Höhle und in Sicherheit sein.«

Sie schwenkte den Taser von Tima zu Matt und dann hinüber zu Elena. »Dass ich den einsetzen werde, war kein Witz«, sagte sie. »Macht, dass ihr auf die Hocker kommt, und nehmt die Griffe in die Hand, wenn ihr noch ein bisschen weiterleben wollt.«

Die Hocker bestanden aus Plastik, während die Griffe, die sich jeweils rechts und links der Hocker befanden, aus Metall waren. Tima setzte sich auf ihren Hocker und hielt inne. Sie fragte sich, was sie tun sollte. War es besser, mit gelöschtem Gedächtnis auf einem fremden Planeten zu landen, als auf der Erde von einem Taser außer Gefecht gesetzt und in die Luft gejagt zu werden? Sie konnte sich nicht dazu durchringen, die Griffe zu berühren.

Über ihnen begann sich eine lange Metallröhre von der Decke zu senken. Weißes Licht jagte in winzigen Perlen daran entlang, vor und zurück. Direkt über ihren Köpfen blieb die Röhre stehen.

Sie summte, die Lichtperlen jagten immer schneller hin und her, das Summen schwoll an.

»Schaut in das Licht«, sagte Edwina. »Und haltet euch an den Griffen fest.«

Noch immer konnte Tima sich nicht dazu durchringen. Sie würde nicht gehen – *konnte* nicht gehen. Sie spürte ein Kribbeln auf der Haut … Irgendeine vage Hoffnung darauf, dass sie alle noch gerettet würden. Dass sie, wenn sie nur noch ein paar Sekunden Geduld hätten …

Ein grüner Blitz. Über der Konsole erschien die holografische

Gestalt des Außerirdischen. »Warum dauert das so lange?«, fragte er Edwina. »Euch bleiben noch sechs Minuten.«

»Ich weiß, ich *weiß*«, erwiderte Edwina gereizt. »Ich *manage* diese unerfreuliche Situation. *Du* warst derjenige, der den Countdown eingeleitet hat. Was wäre so schlimm daran gewesen, mit der Explosion zu warten, bis alle teleportiert sind?«

»Das ist *deine* Schuld«, sagte der Außerirdische. »Du hast Castle und Lazaro angeworben. Eine schlechte Wahl. Sie haben ihre Pläne vor diesen Kindern preisgegeben. Sie haben nicht gemerkt, dass sie verfolgt wurden. *Ich* versuche nur das Chaos zu beseitigen, das *du* angerichtet hast. Vielleicht sollte ich aufhören, mir Sorgen um euch zu machen, und stattdessen die Behörden auf euch hetzen.«

»Damit würdest du deine einzigen Zulieferer verlieren«, brummte Edwina. »Ich glaube kaum, dass –« Sie brach mitten im Satz ab und schrie: »WAS ZUM TEUFEL IST DAS?« Panik lag in ihrer Stimme.

Tima sprang von ihrem Hocker, ging in die Hocke und starrte auf den Boden. Matt und Elena, rechts und links von ihr, taten das Gleiche. Etwas Dunkles waberte durch die Tür, die in den Kuppelraum führte. Zuerst sah es lediglich nach Rauch aus, der aufwallte und sich verbreitete, doch das Kribbeln auf ihrer Haut verriet Tima, dass es sich um sehr viel mehr als nur Rauch handeln musste. Der Geruch von Essig war erdrückend.

»GEHT ZURÜCK AUF EURE HOCKER!«, schrie Edwina. An den Außerirdischen gewandt, sagte sie: »Alles gut bei uns … Nur ein bisschen Rauch … und … Ameisen.«

»Bringt auf keinen Fall Insekten durch den Korridor zu uns.« Der Außerirdische klang alarmiert.

Die Abstände zwischen den roten Blitzen wurden kleiner – das Licht tauchte jetzt mit doppelter Geschwindigkeit auf –, und ein schrilles Signal begann zu tuten.

»Fünf Minuten!«, brüllte Edwina. »Wir müssen LOS! Ihr drei habt genau fünf Sekunden, um euch zu entscheiden: leben oder sterben?«

Tima traf die Entscheidung. Sie schoss durch den Raum und zog die Tür auf. Das Erste, was sie sah, war Spin, der in einer Rauchwolke auf sie zuraste. Sie duckte sich zur Seite, um ihn vorbeizulassen. Dann entdeckte sie die Ameisen. Sie hatten sich über die gesamte Kuppel verteilt und versprühten ihre Säure auf den Scheiben. Es waren so viele, dass sie kaum an ihnen vorbei nach draußen sehen konnte, wo die Tiere des Sees sich jetzt wie im Rausch gegen die Glaswand warfen.

Hinter sich hörte sie Edwina kreischen: »NEHMT DIE VIECHER WEG!«

Das rote Licht blitzte nun in noch kürzeren Abständen auf, das Signal warnte in noch schrilleren Tönen, und der ganze Kuppelbau knarzte angestrengt unter dem gewaltigen Druck. *Drei Minuten noch*, schätzte Tima. *Vielleicht zwei*. Sie schloss die Augen, schickte den Ameisen ein *Dankeschön*, ihren Eltern ein *Macht's gut …*

… und machte sich darauf gefasst, entweder zu ertrinken – oder in die Luft zu fliegen.

43

Spin hatte Stimmen hinter der Tür in der weißen Wand gehört. Die Tür stand einen Spalt weit offen. Er wusste, dass die Nachtflüsterer dort drin waren, und er vermutete, dass – egal, was er, die Ameisen und die Fische planten – ihnen nicht mehr viel Zeit blieb. Im Laufe der Jahre hatte er gelernt, dass er mit Überraschungseffekten am besten fuhr. Zum Anschleichen blieb keine Zeit. Er zündete eine seiner »Schwarzer Rauch«-Bomben und stieß die Tür auf. Eine Flut von Ameisen, vermutlich auf der Suche nach ihrer Gebieterin Tima, rauschte mit ihm hinein.

Und da kam Tima auch schon auf ihn zugerannt. Er wich ihr aus, und sie wich ihm aus, im Gesicht ein Ausdruck von Angst und Verwunderung. Sie lief in die richtige Richtung – zurück zu dem Flur mit der Luke. Doch was war mit Elena? Er stieß die Tür weit auf und sah vier Kinder, die alle die gleichen grauen Shorts und T-Shirts trugen und bewegungslos unter leuchtenden grünen Säulen aus Licht saßen. Sie sahen ihn mit leeren Gesichtern an, während eine unscheinbare Frau mit einem Taser herumfuchtelte und einer in der Luft schwebenden holografischen Gestalt zurief: »Du musst uns JETZT teleportieren! Lass die anderen hier!« Jetzt entdeckte Spin auch Elena und Matt, die ihn mit offenem Mund anstarrten.

Er verlor keine Zeit, setzte zum Sprung an und streckte den Arm aus. Mit der flachen Hand schlug er der Frau den Taser aus den Fingern. Er hätte erwartet, dass sie durch den Aufprall nach hinten kippen würde, aber stattdessen konterte sie seinen Angriff sofort mit einigen routinierten Karate-Schlägen. »LAUFT!«, brüllte Spin zu Elena hinüber, während er sich vor dem nächsten Schlag wegduckte. »Die Luke ist offen. LAUFT!«

Dicht gefolgt von Matt, sprintete Elena an Spin vorbei und zurück in die Kuppel, die jetzt dunkel schäumte, ja geradezu überschäumte von Millionen … möglicherweise *Milliarden* … Ameisen. Derart viele hatten sich über die sechseckigen Scheiben der Halbkugel hergemacht, dass die Tiere hier und da bereits wie Stalaktiten herabhingen. Tima stand in der Mitte des Raumes und sah sich um. »Es funktioniert«, sagte sie. Im beständig aufblitzenden roten Licht sah sie bleich aus und wirkte sonderbar ruhig. »Sie bespritzen das Glas und die gesamte Versiegelung mit ihrer Ameisensäure. Die Kuppel wird sich auflösen. Zusammenbrechen. Zu einer Riesenexplosion wird es nicht kommen.«

»Komm schon!«, rief Elena. »Die Tür ist offen! Wir müssen LOS!« Sie packte ihre Freundin am Arm und zog sie zu der geöffneten Tür, die hinaus auf den Flur und zur Luke führte. Plötzlich war ein lautes Knacken zu hören.

Matt schrie auf, als ein Schwall Wasser mit Hochdruck in den Kuppelraum schoss. »WARTET! Die anderen!« Elena und Tima drehten sich zu Matt um, der nun hinter dem anschwellenden Wasserfall stand. »Lauft schon mal!«, brüllte er ihnen über den tutenden Alarm hinweg zu. »Ich will nur noch –«

Die Kuppel gab weiter nach, der Wasserfall verdoppelte seine Breite und riss Fische und Aale mit in die Tiefe, die sich nun auf dem silbrigen Fußboden wanden.

Jetzt konnte Elena Matt nicht mehr sehen. Der grauenvolle Gedanke, ihn zu verlieren, schoss wie ein Speer durch ihren Kopf. Trotzdem atmete sie tief ein, packte Tima und zerrte sie in Richtung Flur, in dem jetzt knöcheltief das Wasser stand.

Zu jedem anderen Zeitpunkt hätte Spin seine wahre Freude gehabt. Die Frau kämpfte auf einem Niveau, das eindeutig dem des schwarzen Gürtels entsprach, und dafür, dass sie mindestens zwanzig Jahre älter war als er, bewegte sie sich äußerst geschickt. Doch das aufblitzende rote Licht, die stummen Kinder und das Gefühl, dass in ein paar Sekunden alles um ihn herum explodieren würde … das alles lenkte ihn doch ein klitzekleines bisschen ab.

Jetzt ertönte auf der Plattform auch noch ein tiefes Summen. Als er den Blick dorthin wandte, gelang es der Frau, ihn zu überwältigen, und ehe er sich's versah, lag er mit dem Rücken auf dem Boden, direkt neben einem Plastikhocker. Nur schemenhaft nahm er wahr, dass Matt zurückgekommen war und die benebelt wirkenden Kinder im Sportzeug anbrüllte. Und durch die ovale Tür sah er eine beunruhigende Menge Wasser hereinströmen sowie mindestens drei Fische mit gezackten Zahnreihen, die darin herumglitschten.

Die Frau sprang neben den Kindern auf die Plattform. »JETZT!«, schrie sie. »JETZT!«

Spin dachte, dies sei der richtige Moment, um von hier zu verschwinden. Elena und Tima sollten mittlerweile entkommen sein, und Matt konnte vermutlich selbst auf sich aufpassen. Der See brach über das Dach hinein; das Tuten pochte in seinem Schädel, und die Botschaft des roten Blitzlichtes war ebenfalls alles andere als beruhigend. In den Kabinen befand sich links und rechts der Hocker jeweils ein Griff aus Metall. Spin hielt sich daran fest, zog sich hoch, schaute nach oben in eine Reihe weißer Lichter, die an einem Metallrohr direkt über ihm blinkten …

… und vergaß alles.

44

Lazaro hätte sie fast das Leben gekostet. Er lag bewusstlos auf dem Flur, als Elena Tima hinter sich herzog, und sie fielen über ihn.

»Wenn wir ihn hierlassen, wird er ertrinken«, japste Elena.

»Und wenn schon«, sagte Tima. »Er wollte die ganze Stadt ertränken.«

Doch Elena hatte den Mann bereits in eine sitzende Position hochgezogen. Jetzt schlug er die Augen auf, die sich beim Lärm des schrillen Countdowns sofort erschrocken weiteten. »Kommen Sie!«, schrie Elena ihn an. Sie ließ Timas Arm los, um Lazaro zu packen. »Wir haben keine Zeit mehr!«

Endlich kam er auf die Beine und watete hinter ihnen her durchs Wasser.

Sie erreichten die Sprossenleiter und kletterten hinauf. Die Angst trieb sie an. Als Tima den Kopf durch die Luke steckte, sah sie, dass das Wasser rund um den kleinen Backsteinbau aufgewühlt war und der Schein der roten Warnblinklichter um die Luke herum in alle Richtungen geworfen wurde. Tima hüpfte hinüber auf die Plattform und streckte Elena, die unmittelbar hinter ihr aus der Luke auftauchte, die Hand entgegen.

»Komm schon, komm!«, rief sie flehend, weil jede Nachtflüsterer-Nachricht, die sie erhielt, schlicht und einfach lautete: RENN WEG.

Elenas Gesichtsausdruck verriet ihr, dass sie dieselbe eindringliche Nachricht erhielt.

»Die Kuppel zerbricht«, sagte Tima. »Aber explodieren wird sie trotzdem.«

Sie hörten, wie der Italiener die Sprossenleiter hinaufkletterte, warteten aber nicht auf ihn. Stattdessen liefen sie die Betontreppe zur Eingangstür der Messstation hinauf. Einen Augenblick lang fürchtete Tima, sie könnte fest verschlossen sein und ihnen den Fluchtweg versperren, doch nein: Jemand hatte lange Zweige in den Türrahmen gezerrt, um den Eingang offen zu halten. Noch immer strömten reihenweise Ameisen hinein und steuerten die Treppe und die Luke an. »NEIN!«, keuchte Tima. »Krabbelt da nicht runter. Ihr habt genug getan. Vielen Dank.«

Die Mädchen rannten zwischen dornigen Sträuchern hindurch, die ihnen die nackten Füße und Beine zerkratzten.

»Da lang!« Elena zog Tima auf die andere Seite des Gebäudes und dann weiter am Seeufer entlang Richtung Staumauer. »Bleib nicht stehen!«

Die Kinder auf der Plattform starrten Matt an wie eine Herde Kühe, während er sie brüllend aufforderte, sich in Bewegung zu setzen.

»LASS SIE IN RUHE!«, brüllte Edwina, die gerade in eine der grünen Lichtsäulen krabbelte.

Matt rannte zu Liam und einem der Mädchen, nahm sie bei den Armen und schrie lauthals, dass sie mitkommen sollten. Erstaunlicherweise standen sie auf.

»DREI«, rief das Hologramm des Außerirdischen über der Konsole. Es flackerte mittlerweile und brach immer wieder weg.

»LASS SIE!«, kreischte Edwina wieder und versuchte, Megan zu packen.

Matt schleppte Liam und Kacey zur Tür, wobei er fast über Spins ausgestreckte Beine fiel.

»ZWEI!«, kam es von dem Hologramm.

Die beiden anderen Kinder, die beobachtet hatten, wie ihre Leidensgenossen aufgestanden waren, folgten Matt. Sie stiegen von der Plattform und liefen gemächlich über den sich schnell mit Wasser füllenden Boden.

»EI–«

Ein grüner Lichtblitz tauchte auf, dann waren die Frau und das Hologramm verschwunden. Matt schob die stumpf dreinblickenden Kinder zur Tür. Als er sich wieder umdrehte, sah er, dass Spin sich erhoben hatte und mit ausdruckslosem Gesicht um sich schaute.

»Hier lang!«, brüllte Matt. Mittlerweile stand das rapide ansteigende Wasser hüfthoch. Fünf Sekunden später hatte es Matts Brustkorb erreicht, und seine Füße hoben vom Boden ab. Die anderen paddelten um ihn herum und sahen nicht wirklich besorgt aus. Es war furchtbar kalt. Matt hoffte, dass Elena und Tima es rechtzeitig nach draußen geschafft hatten, hier unten jedoch gab es kein Entkommen mehr – weder für ihn noch für die gelöschten Kinder. Er wandte noch einmal den Kopf, um dem glasigen Blick des Vampirjungen zu begegnen, der nun bereits über Monate hinweg so viel Wut und Hass in ihm entfacht hatte – vielleicht sogar mehr als Liam. Mit seinen beiden schlimmsten Feinden gemeinsam zu ertrinken … Was für eine merkwürdige Art zu sterben.

Das rote Licht blitzte nun so schnell auf, dass Matt es nur noch als Flackern wahrnahm. Das Tuten hatte aufgehört, und in den zwei oder drei Sekunden, bevor er unterging, erschien ihm alles beinahe friedlich.

45

Tima stürmte hinter Elena her – einen gewundenen, überwucherten Pfad entlang, der leicht anstieg. Sie hatte stechende Schmerzen in Füßen und Beinen, und ihre Lunge fühlte sich an, als könnte sie jederzeit die Rippen sprengen. Im Osten war der erste Anflug von Helligkeit zu erkennen, und zwischen den Wolken hindurch fiel das Mondlicht in einem schmalen Strahl über den flachen blassen Mauerstreifen, hinter dem sich, hoch über Thornleigh, diese gewaltige Menge Wasser staute.

Unter ihnen ertönte ein Grollen, und eine greifbare Schwere lag in der Luft. Als Tima einen Blick zurückwarf, sah sie den See *beben*. Abermillionen Luftblasen traten an die Wasseroberfläche. Die makellos runden Wassermurmeln schossen nach oben und landeten dann wieder inmitten der unzähligen, sich ausbreitenden konzentrischen Kreise. »Ich glaube, gleich explodiert die Kuppel!«, rief Elena. »Trotz allem! Wir müssen noch höher hinauf.«

Sie rannten in Richtung Stauanlage und verspürten eine Nanosekunde lang Erleichterung, als ihre wunden Fußsohlen den kühlen, ebenen Betonweg berührten, der hoch zur Talsperre führte. Als sie die Bäume hinter sich gelassen hatten, eröffnete sich ihnen zu beiden Seiten eine perfekte Sicht. Zu Timas Linken lag, ins Tal geschmiegt, die Stadt mit ihren funkelnden Lichtern, friedlich und vollkommen ahnungslos gegenüber der furchtbaren Gefahr, in der sie schwebte. Rechts von Tima war der Stausee, in dem es kochte und brodelte. Fische und alle möglichen anderen Wassertiere schossen aus den Fluten hervor und beschrieben Bögen in der Luft. Sie versuchten zu fliehen. Am anderen Ende des Sees schien sich eine weiße Wolke zu erheben und in der Dunkelheit zu schweben.

Und sie sahen die dunklen Umrisse eines Mannes, der zurück zum Parkplatz lief – Lazaro hatte es also zumindest bis dorthin geschafft. *Vielleicht wird es nicht reichen*, dachte Tima. Schließlich blieben Tima und Elena stehen, genau auf halber Strecke des kleinen Fußwegs, der quer über die Staumauer verlief. Es war der höchstgelegene Punkt, den sie erreichen konnten. Sie umarmten sich, pressten die Schultern gegen die Mauer und stemmten sich gegen das, was jedes Tier in der Gegend ihnen nun mitteilte. *Die Zeit ist abgelaufen.*

Der Knall, wenn er denn käme, würde kaum Lärm verursachen, aber eine gewaltige Detonationswelle. Plötzlich erschien ein Kreis auf der Wasseroberfläche, der nach unten gezogen wurde wie eine flache Schüssel. Dann kehrte sich das Ganze um und schoss nach oben – eine riesige Wassermenge, geformt wie ein Pilz –; hoch, hoch hinaus. Einen Augenblick lang schien der riesige Wasserpilz in der Luft zu hängen, frei schwebend und bizarrerweise im Mondlicht wunderschön anzusehen.

Doch die Schwerkraft siegte. Als Tima das Wasser hinunterklatschen sah, war ihr klar, dass dies einen Tsunami auslösen würde. Eine schreckliche, monströse Riesenwelle.

46

Es war ein Ballett. Beinahe schön. Spin wusste nicht, weshalb er hier war, und er ahnte, dass es sich vermutlich um keinen guten Aufenthaltsort handelte, aber um ihn herum waren überall Luftblasen und glänzende Schuppen und Menschen, deren Haare wie Wasserpflanzen über ihre glatten, aalglatten Gesichter wogten.

Er hielt den Atem an, denn eines wusste er immerhin: Wasser einzuatmen war schlecht. Und so unterließ er es einfach und sah sich stattdessen um. Das rote Innenfutter seines Mantels zog, sich kräuselnd, an seinen Augen vorbei. Ein silbriges, schlangenartiges Wesen streifte seinen Nacken.

Matt spürte die Gewalt der Explosion … oder war es eine Implosion? Jedes Organ seines Körpers wurde durchgerüttelt. Trotzdem gelang es ihm, den Atem anzuhalten. Neben ihm trieb Liam Bassiter durchs Wasser, er machte große Augen und sah überrascht aus, so, als hätte ihn gerade jemand im Schwimmbad untergetaucht. Aus seinen Nasenlöchern stiegen Luftbläschen auf.

Ein starker Wasserstrudel wirbelte Matt herum. Er sah, wie die anderen in seinen Sog gerieten. Spins dämlicher Vampirmantel bauschte sich hinter ihm auf, und nun sah es tatsächlich so aus, als flöge er wie eine Fledermaus.

Zwanghaft versuchte Matt, seine letzten Gedanken auf etwas anderes zu lenken. Dann verlor er den Faden, weil er mehrere Meter durch die Luft geschleudert wurde.

Als Nächstes wurde Spin sich bewusst, dass er in den Mond schaute. Der schien ihm sehr vertraut. Das Gefühl nasser Kleider, die seinen Körper nach unten zogen, war jedoch etwas völlig Neues für ihn. Für einen Moment kam es ihm vor, als sähe er eine Breitbildansicht. Er befand sich in einer Wolke aus Wassertröpfchen, Fischen, Menschen, Ottern, Aalen. Jedes Lebewesen nahm eine ungewöhnliche Pose ein; Gliedmaßen, Köpfe, Flügel, Krallen, Flossen wurden unelegant in alle Richtungen gestreckt.

Einen Augenblick später hatten sich alle wieder sortiert und schossen in dieselbe Richtung. Nach unten.

Was in seiner Lunge noch an Luft gewesen war, verließ Matt, sobald er auf der Wasseroberfläche auftraf. Er durchbrach sie und tauchte torpedoartig und mit dröhnenden Ohren bis auf den Grund des Sees, wobei er sich Füße und Knie an einem scharfkantigen Felsen aufriss. Danach wurde er wieder nach oben katapultiert. Unfähig, irgendetwas dagegen zu tun. Hilflos der Gewalt des Wassers ausgeliefert. Die anderen konnte er jetzt nicht mehr sehen. Er konnte gar nichts mehr sehen. Seine Lunge war platt gedrückt. Schon bald würde er den Mund öffnen und das Wasser einsaugen – ein Reflex, den er nicht würde unterdrücken können. Bald. Aber … noch … nicht …

Er brauchte entsetzlich lange, um zu sterben.

Etwas biss ihn in den Arm.

47

Die Riesenwelle war ein vollkommener Kreis. Sie erhob sich aus dem See wie die glitschig-feuchte Tonschale auf einer Töpferscheibe und breitete sich gleichmäßig in alle Richtungen aus, während sie sich höher und höher auftürmte.

Elena spürte ein Flattern im Brustkorb. Nein … sie spürte ein Flattern *am* Brustkorb. Als sie nach unten sah, entdeckte sie Glück, die versuchte, mit ihren Krallen Halt an Elenas durchnässtem T-Shirt zu finden, und die sich schließlich in ihrem Haar versteckte. Sie hatte keine Zeit mehr, das Starenweibchen fortzuschicken. Das Wasser kam auf sie zu. Die glatte Wölbung der Welle geriet ins Schlenkern und begann zu schäumen, als sie auf die tiefer im See liegenden Ufer und schmalen Buchten traf; die Äste der Bäume wurden stürmisch hin und her geworfen, einige Bäume stürzten um.

Hatten Timas Ameisen überhaupt nichts bewirken können? Es waren so viele gewesen, die das Glas und die Versiegelung mit ihrer Säure aufgelöst und die Kuppelstruktur zum Einsturz gebracht hatten. Sie hatten doch versucht, die Auswirkungen der Explosion zu verringern, bevor der Countdown endete … War alles umsonst gewesen?

Das Wasser schwappte in die Messstation und schoss darüber hinweg auf sie zu. Dann senkte sich eine weiße Wolke vor Elenas Augen herab, und sie spürte, wie Glück an ihrem Hals zu zittern begann. Ihr wurde kalt. Vielleicht war es das, was die Leute fühlten, wenn sie den Tod vor Augen hatten.

Andererseits … Nein, sie spürte nicht nur Kälte. Es war ein kalter Windstoß. Verwundert blickten Elena und Tima nach oben. Über ihnen hielten sich Schwäne und Gänse in der Luft und schlugen rasend schnell mit den Flügeln. Der daraus entstehende Abwind ähnelte dem eines Hubschraubers. Elena machte sich ganz klein und klammerte sich an Tima fest, während das Wasser höher und höher stieg …

… und dabei immer langsamer wurde. Ja, es stieg immer noch an, aber nicht mehr so rasant. Die Energie des Wassers versiegte. Der Abwind sorgte dafür, dass es sich kräuselte, und schob es zurück. Der Lärm der wild flatternden Flügel (es mussten Hunderte sein) war gigantisch. Elena, in Sorge, dass Glück davongeweht werden könnte, legte schützend die Hand über den Vogel.

Dann erhob sich der Vogelschwarm wieder und stob auseinander, und sie blieben zusammengekauert auf dem Beton zurück und starrten auf die zurückweichende Welle, während hinter ihnen die Stadt Thornleigh unbeirrt weiterschlummerte.

48

Wenn man von Ottern gerettet wurde, ging es dabei nicht gerade sanft zu – das wurde Matt klar, als er von drei starken, pelzigen Schwimmern durch den abflauenden Tsunami gezogen wurde. Die Otter hielten ihn mit den Zähnen fest, einer an jeder Schulter, der dritte an seiner linken Hüfte. Sie versuchten, so behutsam wie möglich zuzubeißen und ihn nur am dünnen grauen Stoff seiner Kleidung zu packen, aber er würde trotzdem ein paar Wunden davontragen. Nicht, dass er überhaupt noch die Kraft gehabt hätte, sich zu beschweren. Oder mitzuhelfen. Er lag nur da, mit dem Gesicht nach oben, japste stoßweise nach Luft, wann immer er konnte, und beobachtete eine Wolke aus weißen Vögeln, die sich in alle Richtungen zerstreuten, während seine Retter ihn über das unruhig schäumende Wasser schleppten und kraftvoll Richtung Ufer schwammen.

Irgendetwas war da unter seinem Rücken und drückte ihn hoch. Es war glatt, etwa so lang wie er und unglaublich stark. Erst als er von den Ottern ans Ufer gezogen wurde und das Wesen vor dem Abtauchen den spitz zulaufenden Schwanz hochschnellen ließ, begriff Matt, dass es ein Aal gewesen war.

Die drei Otter zerrten ihn auf eine sumpfig-grüne Stelle, die trockenes Land gewesen war, bevor die Unterwasserkuppel implodierte oder explodierte – oder was auch immer. Da lag er nun, den Kopf auf einem Kissen aus buschigem, triefnassem Gras, und fragte sich, ober er jemals wieder in der Lage sein würde, sich zu bewegen oder zu sprechen. Hatten sie Thornleigh gerettet? Oder entlud sich der Stausee in diesem Augenblick in einer Art Todesflut auf die Menschen im Tal?

Ihm fiel auf, dass es im Wasser weiter trubelig zuging. Sein Otter-Rettungstrupp zog einen weiteren Menschen an Land. Da er dasselbe Outfit wie Matt trug, musste es eines der anderen Haustier-Kinder sein. Matt rollte herum und spuckte Wasser aus, japste nach Luft und musste würgen, bis er ohnmächtig wurde. Als er wieder zu sich kam, zitterte er unkontrollierbar. Es war nicht die Angst – darüber war er längst hinaus –, es war die Kälte. Er lag in einer Novembernacht im Freien, hatte fast nichts an und war klitschnass. Ein Wunder, dass er überhaupt noch am Leben war … Doch er sollte keine voreiligen Schlüsse ziehen – bis zum Morgengrauen würde er hier draußen kaum durchhalten.

In diesem Moment spürte Matt etwas Pelziges an seinem Arm entlangstreichen. Und dieses Mal war es kein nasser Pelz, sondern ein trockener. Er drehte den Kopf und begegnete Velmas besorgtem Blick. Sie war nicht allein gekommen, sondern hatte ihre Welpen mitgebracht, die mittlerweile beinahe ausgewachsen waren. Die Füchsin knurrte leise, woraufhin sich die ganze Familie um Matt scharte und sich mit ihrem warmen Fell an seine kalte, feuchte Haut schmiegte. Es fühlte sich ganz wundervoll an.

Auch andere Tiere hatten sich entlang des Ufers eingefunden. Weitere Füchse, aber auch Dachse und sogar einige junge Rehe – sie alle hatten sich um das menschliche Strandgut versammelt, das dort zum Trocknen ausgelegt worden war.

Als sie das verwüstete Seeufer abschritt, fand Elena inmitten der tierischen Säugetiere zwei menschliche Wesen. Kacey und Lewis. Sie waren bei Bewusstsein. Geschockt, bleich und stumm, aber bei Bewusstsein. Mit großen, runden Augen sahen sie zu ihr auf, und als Elena ihnen – erschüttert und unter Tränen – so etwas wie ein Lächeln schenkte, lächelten sie geistesabwesend zurück.

Dann hörte sie plötzlich Tima rufen – sie hatte Liam gefunden.

Auch er war bei Bewusstsein. Auch er war ruhig und erwiderte ihr Lächeln. Von Megan fehlte jede Spur.

Und es gab auch kein Lebenszeichen von Spin. Oder Matt.

»Hier!«, schrie Tima. »Hier ist er!«

Elena wusste nicht, wen Tima meinte. Matt? Oder Spin? Sie rannte zu den Füchsen hinüber, woraufhin Velma ihr einen erleichterten Willkommensgruß sandte.

»Matt! Sprich mit mir!«, sagte Tima und tätschelte sanft seine Wange.

Die Füchse machten Platz, sodass auch Elena sich über ihn beugen konnte. »Wir müssen ihn an einen warmen und trockenen Ort bringen.« Bestürzt blickte sie sich um. »Wir müssen sie alle irgendwohin bringen, wo es warm und trocken ist. Ich weiß bloß nicht, wie.«

»Sie werden warm gehalten«, sagte Tima. »Mach dir keine Sorgen. Und wir werden Hilfe für sie rufen. Aber zuerst … Matt.«

Sie zogen ihn zum Sitzen hoch, und Elena legte ihm die Hände aufs Gesicht und sah ihm in die Augen. »Matt! Matt – sag irgendwas!« Doch Matt starrte sie nur an. An seiner Schulter klebte Blut. Sie zwang sich zu einem Lächeln und wartete ängstlich und mit klopfendem Herzen auf seine Reaktion. Matt lächelte nicht zurück. Er tat überhaupt nichts. In diesem Moment flatterten dunkle Federn um sie herum – Glück war gekommen. Als sie auf seinem Kopf landete, blinzelte Matt, schüttelte sich kräftig und hustete. »Lasst uns nach Hause fahren«, sagte er schließlich.

Sie stützten ihn und gingen zurück zum Parkplatz, wo sie nur noch den Ford vorfanden. Der BMW war verschwunden. Sie stiegen ins Auto und saßen eine Weile einfach nur da, den Motor im Leerlauf, während die Klimaanlage etwas Wärme verströmte. Es war mehr als ein glücklicher Zufall, dass Matt vergessen hatte, das Auto abzuschließen. Als sie vorhin angekommen waren, hatte er nur den Motor ausgestellt und den Zündschlüssel stecken lassen. Hätte er ihn sich stattdessen in die Jeanstasche geschoben, läge er jetzt irgendwo draußen im Stausee.

»Glaubst du, dass du fahren kannst?«, fragte Elena, als Matt sich hinter das Lenkrad gesetzt hatte und allmählich etwas zur Besinnung kam. Er nickte.

»Was sollen wir tun? Was? Und was sollen wir sagen?«, fragte Elena. »Wir müssen Hilfe holen – für Kacey, Liam und Lewis. Und wir müssen Megan suchen … und Spin. Wie sollen wir all das, was heute Nacht passiert ist, bloß jemals irgendjemandem erklären?«

»Wir werden gar nichts erklären«, sagte Matt. »Wir fahren einfach nach Thornleigh zurück, wählen die Notrufnummer und ordern Rettungswagen für die anderen – bis die Sanitäter da sind, werden die Tiere sich um sie kümmern und sie warm halten.«

»Und was ist mit Spin?«, fragte Elena. »Er war hier, um uns zu retten. Wir müssen ihn finden.«

Matt nickte langsam. »Wir umkreisen den See und schauen, ob wir ihn oder Megan finden können. Und dann …« Er zeigte auf die Uhr auf dem Armaturenbrett – es war 4:58 Uhr. »Dann müssen wir los. Wir fahren zu einer Telefonzelle und danach nach Hause. Wenn wir hier auf die ganzen Blaulichter warten, ist niemandem geholfen.«

Sie verließen den warmen Wagen nur ungern. Im Handschuhfach des Fords hatte Matt eine Taschenlampe gefunden, mit der er ihnen leuchten konnte, und so blieben sie dicht beieinander, schritten das Ufer ab und suchten zwischen den schäumenden Wellen und den Überresten der umgestürzten Bäume nach Spin und Megan. Als sie die anderen geretteten Kinder erreichten, jedes von ihnen inmitten eines pelzigen, lebendigen Brutkastens, überprüften sie, wie es ihnen ging. Ihre Körpertemperatur hatte sich schon normalisiert, sie waren immer noch ruhig und lächelten freundlich. Liam, Kacey und Lewis antworteten zwar nicht, als sie sie ansprachen, schienen aber den Umständen entsprechend wohlauf zu sein.

Während sie ihren Weg entlang des Ufers fortsetzten, flüsterte Tima: »Glaubt ihr, das geht mit der Zeit wieder weg?«

»Ich weiß nicht«, sagte Matt. »Schließlich wurden sie gelöscht. So, wie der italienische Typ das erklärt hat, scheint es was Dauerhaftes zu sein. Was ist eigentlich mit dem p–« Matt brach mitten im Satz ab und zeigte nach vorne. Im seichten Wasser, ein Stück weit vom Uferweg entfernt, lag der zur Seite gekippte schwarze BMW. Matt lief hinüber, watete – und rutschte – mit seinen nackten Füßen durchs Wasser und leuchtete mit der Taschenlampe ins Wageninnere. Da waren sie. Lazaro und Castle. Die Fenster waren offen und die Männer halb unter dem Gesteinsschutt begraben, den der Tsunami zurückgelassen hatte. Matt wurde klar, dass sie versucht haben mussten, der Flutwelle davonzufahren – und gescheitert waren.

Er lief zurück zu Elena und Tima und sagte kopfschüttelnd: »Tut euch selbst einen Gefallen und glaubt mir einfach, ohne nachzusehen: Sie sind beide tot.«

Megan fanden sie nicht. Elena wusste, dass Tima schwer damit zu kämpfen haben würde. Ihr war das arme Mädchen nicht egal gewesen. Erschöpft und schweigend liefen sie zum Auto zurück, als eine Nachricht der Tiere die Befürchtung bestätigte: Megan hatte es nicht geschafft. Sie war immer noch im See.

Elena schloss die Augen. Sie hatte Angst vor der Antwort der Tiere und musste es doch wissen. *Spin …?*, sandte sie.

Eine lange Pause folgte. Dann ein Impuls, eine Botschaft, übertragen durch das Knistern, das in der letzten Zeit zwischen ihr und der Tierwelt in der Luft lag. Elena stieß einen tiefen Seufzer aus. Spin war nicht tot. Aber wo war er?

»Spin ist auf dem Hausboot«, sagte Tima, die sich offensichtlich gerade auf derselben tierischen Wellenlänge befand. Sie drehte sich um und zeigte auf ein Licht, das schwach am anderen Ende des Sees zu erkennen war, an der Stelle, wo der Kanal mündete. Das Licht bewegte sich von ihnen fort und war bald zwischen den Bäumen verschwunden. »Es geht ihm gut«, fügte Tima hinzu. »Das heißt … ihr wisst schon … so gut wie dem Rest von uns. Will heißen …«

»… nicht besonders gut«, beendete Matt ihren Satz. »Kommt schon, wir müssen Hilfe für die anderen holen.«

Langsam fuhr er über die ungepflasterte Straße zurück, den Hügel hinab und hinunter in die Stadt. Es war fast 6 Uhr, und von Osten her wurde es langsam immer heller, als sie am Rande der Innenstadt hielten und Elena aus dem Auto sprang und zu einer Telefonzelle lief. Die Kabine stand gut verborgen im Schatten eines hohen Bankgebäudes und war zum Glück nicht beschädigt. Elena wählte die Notrufnummer.

»Am Thornleigh-Stausee ist es zu einer Explosion mit einer großen Flutwelle gekommen«, erzählte sie der Vermittlung. »Mehrere Kinder brauchen medizinische Hilfe. Und … es gibt zwei Tote in einem Auto. Schicken Sie so schnell wie möglich ein paar Rettungswagen. Das ist *kein* Telefonstreich!« Dann legte sie schnell auf, um Nachfragen zu ihrem Namen und ihrem Aufenthaltsort zu entgehen.

Zuerst brachten sie Tima nach Hause. Sie sahen zu, wie sie um das Haus schlich, denn natürlich hatte sie keinen Schlüssel – der lag tief unten im See, zusammen mit ihren Kleidern und ihrem Handy. Doch sie hatte Matt und Elena versichert, dass sie durch eines der unteren Fenster hineinklettern könne. Sie warteten fünf Minuten, bis Tima oben in ihrem Zimmer zwischen den Vorhängen hervorlugte, winkten ihr noch einmal und fuhren weiter.

Glück hüpfte auf Matts Schulter und blieb nahe bei ihm, während er in die Straße einbog, in der Elena wohnte. »Kommst du überhaupt rein?«, fragte Matt.

Sie nickte. »Unter einem der Blumentöpfe im Vorgarten liegt ein Ersatzschlüssel. Mum schließt sich nämlich immer mal wieder versehentlich aus. Hörst du das auch …?«

In der Ferne heulten Sirenen auf, und sie sahen mehrere Rettungsfahrzeuge mit Blaulicht, die auf der Hangstraße zum Stausee hinauffuhren. Wie würden die Rettungssanitäter bloß auf die Ansammlung von Wildtieren reagieren, die ihre Patienten wärmten? Vielleicht würden die Füchse, Dachse und Rehe ja fliehen, bevor man sie entdecken würde.

»Ich muss los«, sagte Matt. »Dad wird bald aufstehen.«

»Kommst *du* denn rein?«, fragte Elena.

»Ja. Der Ersatzschlüssel ist im Reifenlager. Alles gut.«

»Bist du sicher?« Elena, die Hand schon am Griff der Autotür, schielte zu ihm hinüber. »Du hast mir noch gar nicht erzählt, was da unten passiert ist … in der Kuppel.«

»Das kann warten«, sagte Matt und zuckte mit den Schultern. Er verstellte den Rückspiegel und betrachtete sich darin.

»Wie um alles in der Welt sollen wir ihnen das mit unseren Haaren erklären?«

49

Spin war unter Wasser gewesen, das wusste er, aber er war sich nicht sicher, wie er von dort auf dieses Hausboot gelangt war. Nur undeutlich erinnerte er sich, dass ihn etwas an die Wasseroberfläche gezerrt hatte, das sehr gegen die starken Wellen und ihren Sog gekämpft hatte. Irgendetwas hatte ihn quer über den See bis zu der Stelle mit dem herabhängenden Ast gezogen, an dem ein Hausboot festgebunden war. Er hatte eine Weile gebraucht, um ans Ufer zu kommen, weil sein Mantel durchtränkt und schwer gewesen und ihm zweimal übel geworden war. Schließlich war es ihm gelungen, auf das Boot zu klettern.

Die Technik an Bord sah aus, als wäre sie leicht zu bedienen. Er brauchte einen Schlüssel. Er durchsuchte die vielen, triefend nassen Manteltaschen und fand schließlich einen Schlüsselbund. Einer der Schlüssel passte in das Loch für die Zündung. Der Motor sprang an, ohne größeren Lärm zu verursachen. Ein paar Minuten dauerte es, bis Spin sich mit den Grundfunktionen vertraut gemacht hatte – wie man steuert, wie man vorwärtsfährt und rückwärts … Es war ziemlich einfach. Dann lenkte er das Hausboot vom Ufer weg und über den aufgewühlten See in Richtung Kanal.

Während er über die dunkle Wasserstraße schipperte – ein einziger Scheinwerfer schlug am Bug eine Lichtschneise in die Finsternis –, glitt eine weiße Eule dicht über seinen Kopf hinweg und flog in die Richtung, aus der er gerade kam. Spin überlegte, ob er das alles hier möglicherweise schon einmal getan hatte. Und als er den hohen Ziegelsteinbogen erreichte, der den Kanal überspannte, fuhr er instinktiv langsamer und steuerte das Boot ans Ufer.

Irgendetwas war geschehen. Was war geschehen? In seinem Innern spürte er eine tiefe, leere Stille. Es war, als ob ... Es war, als würde man nach einem Traum, in dem man angeschrien worden war, in einem absolut ruhigen Zimmer erwachen. Das Echo des Traumschreis hallte noch immer durch den Kopf, während die tatsächliche Stille einem um die Ohren pfiff.

Wer hatte geschrien? Warum war er nass? Weshalb tat die Innenseite seines Oberschenkels weh? Und wieso war er derart erschöpft?

Er schaltete den Motor aus, schob den Schlüssel in die Tasche und band das Boot an den Metallringen des hölzernen Uferabschnitts fest – dort, wo er es vielleicht schon einmal festgebunden hatte. Dann hielt er inne. Sah sich um. Lief auf das Wäldchen zu. Die Zeit schien sich ruckartig vorwärtszubewegen, sie rutschte, genau wie die nassen Socken in seinen Stiefeln. Rutsch. Jetzt war er tief im Wald. Rutsch. Nun stand er vor einer hohen Backsteinmauer mit einem schmiedeeisernen Tor. Rutsch. Jetzt lief er die Stufen zu einem Zimmer hinunter.

Er schaltete das Licht an. Es war ein mattes Licht, stark gedämmt, und doch konnte er jetzt seine hagere dunkle Gestalt in dem raumhohen Spiegel ausmachen.

Neugierig ging er darauf zu. Das Gesicht, das ihm aus dem Glas entgegenstarrte, war bleich und mit Blutergüssen übersät. Er streckte die Hand aus und berührte sein seltsames Spiegelbild.

»Wer zur Hölle ... bist du?«

50

Tima hatte nicht einmal eine Stunde in ihrem Bett gelegen, als es schon wieder Zeit war, zur Schule zu gehen. Ihr »SpongeBob Schwammkopf«-Wecker klingelte um 7 Uhr. Sie hatte nicht geschlafen, sondern sich nur unter ihrer Steppdecke zusammengerollt und versucht, mit dem Frösteln aufzuhören. Sie würde ihren Eltern sagen müssen, dass sie krank war. Die Schule würde sie heute in keinem Fall überstehen.

Zehn Minuten später kam Mum ins Zimmer, um sie aus dem Bett zu scheuchen.

»Neeeiiin, Mum. Nicht die Vorhänge öffnen«, murmelte Tima. »Mir tut der Kopf weh.«

Mum setzte sich auf die Bettkante und legte ihr die Hand auf die Stirn. »Fieber hast du keins«, sagte sie. »Wenn überhaupt, fühlt sich deine Haut eher etwas kühl und klamm an.«

»Ich glaube, ich sollte im Bett bleiben.« Timas Stimme war zu einem glaubhaften Krächzen geworden. »Nein – kein Licht!« Sie schob Mums Hand vom Schalter der Nachttischlampe.

»Tima, wenn du kein Licht erträgst, könnte es sich um etwas Ernstes handeln.« Mum sah besorgt aus.

»Ich weiß – Meningitis.« Man musste nicht die Tochter eines Arztes sein, um die Symptome einer Hirnhautentzündung zu deuten. »So schlimm ist es nicht. Ich hab nur … nicht so gut geschlafen.«

Ihre Mutter seufzte. »Ich dachte, diese Phase hätten wir hinter uns.«

»Haben wir ja auch«, erwiderte Tima schnell. »Im Großen und Ganzen. Die letzte Nacht war nur irgendwie … seltsam.«

Mum erhob sich. »Dann schlaf noch ein Weilchen. Ich sehe wieder nach dir. Zum Glück muss ich heute keine Hausbesuche machen. Gegen Mittag fühlst du dich vielleicht schon besser.«

Tima verkroch sich unter der Decke und schlief ein. Als ihre Mutter eine halbe Stunde später ins Zimmer kam, wachte sie auf, hielt aber die Augen geschlossen. Sobald Mum wieder nach unten gegangen war, stand sie auf und schlich sich ins Badezimmer. Ein Blick in den Spiegel verriet ihr, dass ihre Haare verstrubbelt und verfilzt waren … und dunkelrot.

Sie griff nach ihrem Shampoo, stellte sich in die Dusche und hoffte das Beste.

Während Matt den Ford Focus einseifte, überschlugen sich im lokalen Radiosender die Neuigkeiten über die Todesfälle oben am Stausee und das merkwürdige Auftauchen dreier noch nicht identifizierter Teenager. Matt hatte den Wagen im Handumdrehen gereinigt und wollte sich gerade an einen Toyota machen, als Dad nach unten kam. Er bekam einen Schlag gegen den Hinterkopf, weil er – nach Meinung seines Vaters – so faul war und erst jetzt mit der Arbeit anfing. Der Ford nämlich war gestern schon gesäubert worden, bevor Matt und die Mädchen ihn in der Nacht wieder völlig verschmutzt hatten. Da er verhindern musste, dass sein Dad davon etwas mitbekam, hatte Matt nach seiner Rückkehr am Morgen nicht die leiseste Aussicht auf etwas Schlaf gehabt.

Matts graue Wollmütze hatte den Schlag seines Vaters abgedämpft. Und weil es ein kalter Novembermorgen war, fragte Dad auch nicht weiter nach, weshalb er eine Kopfbedeckung trug. Matt rechnete sich aus, dass ihm, falls er den Toyota blitzschnell reinigte, noch eine halbe Stunde bliebe, um unter die Dusche zu springen und sich die Farbe aus den Haaren zu waschen.

In der Dusche wäre er beinahe ohnmächtig geworden. Während der letzten 24 Stunden hatte er kaum zwei Stunden geschlafen. Er ging auf dem Zahnfleisch. Zumindest ließ sich die Haartönung entfernen und verabschiedete sich in der weißen Duschwanne in Form von seifigen braunen Rinnsalen. Wenn die Farbe sich nicht hätte rauswaschen lassen, hätte er große Schwierigkeiten gehabt, das Ganze zu erklären.

Als er im Bademantel auf den Flur taumelte, musste seine Mutter nur einen kurzen Blick auf ihn werfen, um festzustellen: »Du bist krank!«

Matt nickte erschöpft. »Ich glaub, ich hab Grippe«, krächzte er. Sein unkontrolliertes Zittern schien ihm recht zu geben. Mum schickte ihn zurück ins Bett und gab nichts auf den Vorwurf seines Vaters, dass er das Ganze nur vorspiele.

»Sieh ihn dir *an*!«, hörte Matt seine Mutter sagen. Dad *sah* ihn an, brummte irgendetwas vor sich hin und ließ ihn immerhin in Ruhe.

»Hübsche Haarfarbe«, sagte Elenas Mutter zu ihrer schlafenden Tochter.

Elena blinzelte, kam ein wenig zu sich und erblickte den kleinen Teller mit Vollkornkeksen und den dampfenden Teebecher, der auf dem Nachttisch neben ihrem Wecker stand. Laut Wecker war es 10:10 Uhr. Elena setzte sich auf. »Ich muss zur Schule!«, sagte sie. »Warum hast du mich nicht geweckt?«

»Ich bin selbst erst vor einer halben Stunde aufgewacht«, entgegnete Mum, setzte sich auf Elenas Bett und nippte an ihrem eigenen Tee. Sie trug ihren Morgenmantel. »Und du hast ausgesehen, als ob dir ein freier Vormittag guttun würde. Ich habe schon im Sekretariat angerufen und Bescheid gesagt, dass du krank bist.«

Elena sank zurück in ihr Kissen. Am liebsten hätte sie sich an Mums Schulter ausgeweint und ihr alles erzählt. Stattdessen atmete sie langsam ein und aus. »Das ist nur eine Tönung. Ich hatte eine Gratisprobe und dachte, es könnte ganz gut aussehen.«

»Du bist mit jeder Haarfarbe schön«, sagte ihre Mutter und strich ihr eine Strähne aus der Stirn. »Aber eine Spülung könntest du gebrauchen. Deine Haare fühlen sich etwas klebrig an.« Sie legte die Hand auf Elenas Hinterkopf. »Ach du Sch…! Warst du beim Schlammtauchen?«

»Ja«, erwiderte Elena. »Bin letzte Nacht unterwegs gewesen und hab meinen Kopf durch einen Teich gezogen.«

»Als ich so alt war wie du, hab ich mir die Haare mit Henna gefärbt«, fuhr Mum fort. »Das sah immer aus wie eine Schüssel voller Kuhfladen.«

Elena lächelte. Dann merkte sie, wie das Lächeln zu kippen begann und ihr Tränen über die Wangen liefen.

»Oh, mein Schatz, was ist denn? Was ist los?« Mum beugte sich zu ihr und nahm sie in die Arme. »Es ist nicht wegen der Haarfarbe, oder? Die steht dir nämlich wirklich gut.«

Elena schniefte und musste doch ein wenig lachen. Gestern Nacht war so viel Schreckliches geschehen, dass der Gedanke, sie heule wegen einer Haartönung, geradezu aberwitzig war. »Nein«, sagte sie schließlich. »Das ist es nicht. Es ist nur … Da ist so ein –«

»… ein Junge?« Die Augenbrauen ihrer Mutter schnellten nach oben.

Elena schwieg, dann nickte sie. Warum nicht? Der Junge war ein Teil davon. Sie hatte wirklich Angst davor, dass Spin etwas zugestoßen war. Sie alle hatten die Nachricht bekommen, dass er noch lebte. Die Nachricht war nicht gewesen, dass es ihm gut ging.

»Ist es dieser Spin?«, fragte Mum mit wissendem Blick, ohne auch nur *irgendetwas* zu wissen.

Elena nickte wieder. »Ich … mache mir ein bisschen Sorgen um ihn.«

»Seid ihr zwei … du weißt schon …?«

»Nein. Sind wir nicht«, erwiderte Elena. »Ich bin mir wirklich nicht sicher, *was* wir sind. Nicht einmal, ob wir befreundet sind. Er spukt mir im Kopf herum, das ist alles.«

»Und weshalb machst du dir Sorgen?«

Elena hatte einen Blackout. Was konnte sie dazu sagen? »Ich weiß nicht«, murmelte sie und griff nach ihrem Becher. »Ich denke, ich bin einfach nur müde. Müde und weinerlich.«

»Dann trink eine Tasse Tee und iss ein paar Kekse – und leg dich wieder hin«, sagte Mum.

Und das war genau das, was Elena in diesem Augenblick brauchte.

51

In den Lokalnachrichten wurde auch über den Tod zweier renommierter Ärzte des städtischen Krankenhauses berichtet und über das Auffinden von drei Teenagern, die man für tot gehalten hatte – sowie einem Kind, das zwar tatsächlich tot war, von dem man jedoch angenommen hatte, es sei schon Tage zuvor verstorben und begraben worden.

Auch die überregionale Presse schlachtete die Neuigkeiten aus. Als sich im Lauf der nächsten Tage allmählich herausstellte, wer die Teenager und das tote Kind waren, wurde die Geschichte immer merkwürdiger. Weder die beiden Jungen noch das Mädchen schienen sich an irgendetwas zu erinnern. Sie alle waren umgänglich und die Ruhe selbst und zeigten keinerlei Anzeichen dafür, dass sie irgendetwas Schlimmes erlebt hatten … obwohl es eindeutig so gewesen sein musste. Schon bald entdeckte man, dass in den Särgen, in denen man sie eigentlich vor Kurzem zur letzten Ruhe gebettet hatte, nichts als große Mehltüten lagen – und dass die toten Erwachsenen in den Fall verwickelt waren. Sowohl der Kinderarzt als auch der Pathologe waren im Krankenhaus für sie zuständig gewesen und hatten ihnen falsche Totenscheine ausgestellt. Der für ihre Begräbnisse zuständige Bestattungsunternehmer war festgenommen worden, um verhört zu werden. Eine Sozialarbeiterin, die mit allen in Verbindung gestanden hatte, wurde von der Polizei gesucht.

»In der Klinik und auch im städtischen Jugendamt sind Untersuchungen zu diesen rätselhaften Vorfällen eingeleitet worden«, sagte ein Reporter in den Mittagsnachrichten. »Im Moment wird wild darüber spekuliert, weshalb diese Jugendlichen für tot erklärt wurden, obwohl sie noch am Leben waren. Die drei Überlebenden – genau wie das tote Mädchen, das man erst am Montag im Thornleigh-Stausee gefunden hat – trugen alle die gleiche Kleidung und scheinen am selben Ort festgehalten worden zu sein – einem Unterwasser-Observatorium, das in den 60er-Jahren erbaut wurde und seit den 80er-Jahren nicht mehr benutzt wird. Man vermutet, dass sie entführt und für den Menschenhandel vorgesehen waren – auch von einem illegalen Handel mit Organen ist die Rede.«

»Diese Stadt wird doch immer verrückter«, sagte Astrid vom anderen Ende des Sofas.

»Allerdings.« Spin lächelte.

»Wodurch *du* aber zumindest nicht so auffällst.« Sie beugte sich zu ihm hinüber und wuschelte ihm durchs Haar. »Wie fühlst du dich?«

»Mir geht's gut«, erwiderte Spin.

»Wirklich?« Sie saß da und sah ihn an. Ein Sonnenstrahl blendete ihn, sodass er ihren Gesichtsausdruck nicht erkennen konnte. Doch er wusste auch so, wie sie ihn anschaute: besorgt. Das war seine Mutter. Er nannte sie Astrid. Und sie war besorgt.

Was noch? Ach ja. Sie litt an einer Blutstoffwechselkrankheit, was bedeutete, dass sie kein Licht vertrug. Keine Sonne, keinen bewölkten Himmel, ja nicht einmal helle Lampen im Innern des Hauses. Auch er hatte die Krankheit, war jedoch erst kürzlich deswegen im Krankenhaus behandelt worden und nun, zum ersten Mal seit Jahren, in der Lage, sich die Sonne aufs Gesicht scheinen zu lassen, ohne vor Schmerzen zu jammern.

Sie war besorgt, weil er nicht er selbst war. Und er wusste, dass das stimmte. Er war ganz eindeutig nicht er selbst. Ob das nun gut oder schlecht war, dessen war er sich nicht sicher, denn wann immer Erinnerungen an *den* Spin in ihm aufblitzten, der *er selbst* gewesen war – bevor geschah, was auch immer geschehen war –, wirkte dieser nicht allzu vorbildlich. Nachts draußen im Dunkeln herumschleichend. Kämpfend. Beißend.

Vielleicht hatte er aber auch einfach eine billig gemachte Fernsehserie über Vampire gesehen, und sein Gedächtnis spielte ihm nun einen Streich.

»Ich weiß nicht, ob es das wert gewesen ist«, sagte Astrid plötzlich, stellte den Fernseher stumm und setzte sich auf, um ihm forschend in die Augen zu sehen. »Den Blutaustausch meine ich. Er bringt ja leider nur kurzzeitig Besserung, und er hat dich so mitgenommen. Das war der Grund, weshalb ich so lange damit gewartet habe. Deshalb wollte ich sie nicht an dich heranlassen.«

»Aber es hat doch geklappt«, entgegnete Spin. Er lächelte wieder, aber sie schien sich unbehaglich damit zu fühlen. Offenbar lächelte er zu häufig. »Ich kann jetzt tagsüber nach draußen. Es tut nicht mehr weh.«

Sie nickte. »Ja. Ja, es scheint dir geholfen zu haben.« Sie blickte aus dem Fenster. »Aber irgendwie hat es auch einen Teil deiner Energie lahmgelegt. Deinen ... Kampfgeist.«

»Gegen dich komme ich immer noch an«, sagte Spin. Es war die Wahrheit. Seit er in der Nacht des ruckartigen Zeitrutsches nach Hause gekommen war, hatte Astrid ihn zweimal herausgefordert, und beide Male hatte er sich instinktiv mit routinierten Kampfkunsttechniken verteidigt.

»Das habe ich nicht gemeint«, erwiderte sie. Sie seufzte und sah wieder aus dem Fenster. »Lass uns heute Nachmittag mal rausgehen. Einen kleinen Spaziergang durch den Park machen.«

»Und was ist mit dir?«, fragte Spin. »Du wurdest nicht behandelt. Du wirst Schmerzen haben.«

»Nicht, wenn ich mich gut bedecke«, sagte Astrid. »Außerdem ist die Wintersonne nicht so schlimm wie die Sommersonne. Ich ziehe meinen Hut auf und werde Handschuhe und Brille tragen. Das wird schon gehen. Ich möchte dabei sein, wenn du zur Abwechslung auch mal das Tageslicht genießen kannst. Wir könnten uns Hotdogs kaufen, wenn du Lust hast.«

»Okay. So machen wir's.« Wieder lächelte er sie an. Er liebte sie sehr. Sie war seine Mutter.

Sie lächelte zurück, wenn auch ein wenig traurig. Er hoffte, dass er die Energie und den Kampfgeist, den sie meinte, wieder zurückgewinnen würde – wusste aber nicht, wie er es anstellen sollte. Vielleicht könnte er ein bisschen umherrennen und die Fäuste in der Luft tanzen lassen wie ein Boxer beim Training. Vielleicht würde sie das glücklich machen.

»Dann komm«, forderte sie ihn auf und erhob sich vom Sofa.

Er stand auf und folgte ihr. Im Flur drehte sie sich um und sah überrascht aus, als sie ihn direkt hinter sich entdeckte. Sie atmete tief durch und sagte: »Du kannst ja schon mal in dein Zimmer gehen und dir Schuhe anziehen.«

»In Ordnung«, antwortete er.

Und tat es.

52

»Alle reden davon«, sagte Matt und passte sich Elenas Schritttempo an, als sie die Schule verließen. Es war Freitagnachmittag. Am Donnerstag waren sie das erste Mal wieder zur Schule gegangen, aber der Alltag war noch lange nicht eingekehrt. Elenas Herz pochte zwischendurch immer noch wie wild, sie bekam Herzrasen und hatte Panikattacken.

»Ich weiß«, murmelte sie. »Es ist unmöglich, diesem Thema aus dem Weg zu gehen.«

»Sie sagen, dass Liam in eine neue Pflegefamilie kommt«, fuhr Matt fort. »Nachdem im Fernsehen und Radio über die drei berichtet wurde, gab es wohl massenweise Anrufe von Leuten, die sie adoptieren wollten. Irgendwie hat mich das Ganze an diese Tiervermittlungs-Shows erinnert. Du weißt schon: ›Herrchen gesucht‹ oder so ähnlich.«

Elena nickte. »Yep.« Auch sie hatte in den Nachrichten den Bericht über die drei Kinder gesehen, die von den Toten auferstanden waren. Sie waren blass gewesen und ruhig und hatten unglaublich wonnig ausgesehen. Man hatte ihnen hübsche Kleider angezogen, ihre Haare waren gewaschen und ordentlich gekämmt worden. Rätselhafterweise war bei den medizinischen Check-ups herausgekommen, dass sie fit waren und keiner von ihnen unter den Herzproblemen litt, die Castle diagnostiziert hatte. »Glaubst du …«, begann Elena, brach dann aber ab, weil man so etwas wohl nicht denken, geschweige denn laut aussprechen durfte.

»Was?«, fragte Matt. Er winkte Glück zu sich, die ein Stück entfernt auf einer Straßenlampe saß.

»Nichts.«

»Ich kann mir denken, was dir durch den Kopf geht«, sagte Matt, ließ das Starenweibchen auf seiner Faust landen und half ihr von dort aus auf seine Schulter. »Du denkst, dass Liam und die anderen jetzt vermutlich zufriedener sind als früher. Dass es ihnen gutgetan hat, ›gelöscht‹ zu werden.«

»So etwas Schlimmes sollte man nicht einmal denken, stimmt's?« Elena schielte zu Matt hinüber.

»Nein. Womöglich hast du recht«, erwiderte Matt. »Schließlich gab es nicht viele schöne Erinnerungen, an denen sie sich hätten festhalten können. Sie alle hatten es zuvor nicht leicht im Leben. Liams Eltern waren drogenabhängig, wusstest du das? Als Liam drei Jahre alt war, waren sie schon gestorben. Danach lebte er bei seiner Großmutter … und dann, als sie nicht mehr mit ihm klarkam, in verschiedenen Pflegefamilien. Ahmed hat mir das erzählt.«

»Hast du noch mal mit ihm gesprochen?«, fragte Elena.

»Ja, hin und wieder. Aber nicht auf Punjabi. Ich hoffe, er wird diese Geschichte irgendwann vergessen.«

»Hmm«, sagte Elena. »Ist nicht sehr wahrscheinlich.« Sie seufzte. »Ich schätze, in der Schule werden wir Liam sobald nicht wiedersehen. Vielleicht nie mehr. Glaubst du, sie wären auf dem neuen Planeten glücklich geworden, wenn wir sie nur hätten gehen lassen?«

Matt zuckte mit den Schultern. »Das werden wir nie erfahren. Aber sie hätten dort nicht lange überlebt. Und vergiss nicht, was für ein fauliger Gestank dort wegen des Schwefels in der Luft hängen muss …«

Er hatte etwas Auflockerndes sagen wollen, um Elena zum Lachen zu bringen, und sie wusste das zu schätzen, obwohl ihr im Moment nicht besonders nach Lachen zumute war. »Geht es dir gut?«, fragte sie ihn. Sie wusste, dass Matt Schnittwunden und Prellungen am ganzen Körper hatte, auch wenn er sie ihr nicht gezeigt hatte.

»Ich glaube, ich stehe immer noch ein bisschen unter Schock, genau wie du. Außerdem mache ich mir Sorgen, dass die Polizei die Wagenspuren des Fords verfolgen könnte, den Halter ausfindig macht – und dann mich.«

»Oder dass sie all unsere Kleider, Handys und das ganze Zeug im Stausee findet«, ergänzte Elena.

Matt zuckte wieder mit den Schultern. »Wir können es nicht verhindern, uns sind die Hände gebunden. Allerdings werden sie daraus nicht schlau werden – die Handys funktionieren nicht mehr. Stell dir mal vor: Jetzt haben wir schon den zweiten Außerirdischen daran gehindert, die Stadt zu zerstören. Na ja – wir und die Tiere. Und weil niemand je davon erfahren wird, können wir auch keinen Dank erwarten … aber das ist okay. Wir sollten das alles einfach nicht so schwer nehmen. Darüber hinwegkommen. Wollen wir uns am Wochenende treffen? Ich würde gern mal wieder in unser Baumhaus. Es muss noch besser gedämmt werden.«

Elena nickte. »Ja. Das klingt gut. Ich treffe mich mit Tima im Park und geb ihr dann Bescheid. Selbe Zeit, selber Ort. Wahrscheinlich hat sie bereits ein neues Handy, im Gegensatz zu mir. Mum und ich müssen warten, bis die Versicherung das Geld überwiesen hat.«

»Ich hab auch noch kein neues«, sagte Matt. »Und am besten bemühe ich mich auch gar nicht erst um eins – es wäre mein drittes für dieses Jahr. Ich glaube, die Handys und ich, das soll einfach nicht sein. Bis dann.«

Und so ging er mit Glück, die auf seiner Schulter saß und ihm ins Ohr zwitscherte, davon. Es war gut, dass der Vogel immer in seiner Nähe war. Elena wusste, dass Glück Matt dabei helfen würde, in eine Art Normalität zurückzufinden.

Tima wartete am Hotdog-Stand auf sie. Als Elena näher kam, winkte sie mit zwei in Papierservietten eingewickelten Hotdogs. »Mum hat dich kommen sehen und gesagt, ich könnte dir und mir einen kaufen. Sie ist kurz mal zu H&M. Ich habe eine halbe Stunde, und wir dürfen den Park nicht verlassen.«

»Du hast also immer noch Hausarrest?« Elena nahm den Hotdog in Empfang und leckte mit der Zunge etwas von dem tropfenden Ketchup ab.

»Ja«, sagte Tima. »Ich durfte mich heute nur mit dir treffen, weil ich krank gewesen bin. Hey – deine Haare schimmern ja immer noch rötlich!«

»Ich weiß«, erwiderte Elena. »Ich habe helleres Haar als du und Matt, deshalb brauchten sie wohl etwas mehr Farbe für mich. Aber es verblasst mit jeder Haarwäsche mehr. Wie lief es bei dir?«

»Ich hab es gleich nach dem Aufstehen rausgewaschen. Mum hätte es fast gesehen, aber nur fast. Wie geht's Matt?«

»Er ist okay«, sagte Elena. »Glück passt auf ihn auf. Ich glaube –« Sie brach mitten im Satz ab und ließ das Brötchen sinken, das sie schon halb zum Mund geführt hatte. Auf der anderen Seite des Parks kamen gerade zwei Personen über den Rasen auf den Hotdog-Stand zu. Die Frau hatte einen breitkrempigen schwarzen Hut auf, trug eine dunkle Sonnenbrille und hatte sich einen Schal um den Hals gewickelt. Sie hatte Handschuhe an, einen langen Trenchcoat und Stiefel. Ihr Gesicht war nicht zu erkennen, doch es war ohnehin nicht die Frau, die Elenas Aufmerksamkeit auf sich gelenkt hatte. Es war der Junge gewesen, der neben ihr herlief.

Oder besser hüpfte. Die hellblonden Haare fielen ihm ins Gesicht, und ungeachtet der kühlen Novemberluft trug er zu Jeans und Turnschuhen lediglich ein weißes Sweatshirt. Ab und zu rannte er ein Stück und boxte scherzhaft mit den Fäusten durch die Luft. Danach kehrte er stets zurück, um auf eine Reaktion der Frau zu warten. Sein Verhalten erinnerte an einen Welpen und war so grotesk, dass Elena ihren eigenen Augen kaum traute. Erst als Tima neben ihr schockiert nach Luft schnappte, wusste sie, dass sie sich nicht getäuscht hatte.

»*SPIN?!*« Tima war genauso überrascht wie Elena und starrte mit offenem Mund hinüber. »Oder ist Spin der böse Zwilling … und dieser Typ da der nette?«, wisperte sie, während das seltsame Pärchen sich dem Imbiss näherte.

Auch Elena konnte den Blick nicht abwenden. Spin hatte immer Schwarz getragen und seine Haare stets gegelt und akkurat nach hinten gekämmt. Seine Art, sich zu bewegen, war unheimlich gewesen, und sehr geschickt. Er war blass und interessant, düster und gefährlich. In der einen Sekunde dein Freund, in der nächsten dein Feind. Unberechenbar. Unzuverlässig. Ein Anti-Held und Held – und das alles in einer Nacht.

Und hier hatten sie nun einen Spin vor sich, der aussah wie das genaue Gegenteil des Jungen, den sie kannten. Und doch, jetzt, da er nicht mehr so weit von ihnen entfernt war, entdeckten sie etwas schrecklich Vertrautes in seinem Gesicht.

»Oh Gott, Tima«, raunte sie. »Ich weiß, was passiert ist.«

Tima sah sie an, die Augenbrauen hochgezogen: »Er wurde von einem Fluch erlöst?«

»Nein … Er ist doch in diesem Raum gewesen, oder? Spin kam in die Messstation, um nach uns zu suchen, und hat all die Ameisen hineingelassen. Sie sind über den Arztkittel reingekrabbelt, den er als Brücke für sie festgeknotet hatte. Dann kam er nach unten, hat uns gehört, die Tür offen gelassen …«

»… indem er den Mann, den er gerade bewusstlos geschlagen hatte, als Türstopper benutzte …«, warf Tima ein.

»… und uns geholfen«, fuhr Elena fort. »Obwohl die Kuppel bereits zusammenbrach. Matt hat gesagt, als wir beide schon rausgelaufen waren, sei Spin reingerannt und hätte sofort mit Edwina gekämpft, während er selbst versucht hat, die anderen Kinder rauszubringen.«

Tima schwieg eine Weile und sah zu, wie der fröhlich lächelnde Tageslicht-Spin sich einen Hotdog holte.

»Und dann muss er irgendwie gelöscht worden sein«, sagte Elena mit erstickter Stimme. Sie schaffte es nicht mehr, ihre Gefühle vor Tima zu verbergen. »Sieh ihn dir an. Sieh dir sein Gesicht an!«

Spin und die Frau an seiner Seite – seine Mutter, wie Elena vermutete – gingen jetzt mit ihren Hotdogs weiter. Und Elena und Tima blieben wie angewurzelt stehen, während die beiden an ihnen vorbeiliefen.

Elena wusste nicht, was sie tun sollte. Sollte sie ihn rufen?

Doch im selben Augenblick blickte Spin auf. Sein Teint war leicht roséfarben, und seine Augen hatten noch immer diesen eindrucksvollen Türkiston, der bei Tag sogar noch heller strahlte. Elena suchte Blickkontakt mit ihm, und er …

… sah direkt durch sie hindurch.

53

Das silbrige Glitzern an den Wänden ringsum machte Tima ein wenig nervös. Die Art, wie die Folien kräuselnd ihre Bewegungen spiegelten, sobald sie sich bewegten, erinnerte sie an die Unterwasser-Kuppel. Etwas, das sie eindeutig lieber vergessen hätte.

Trotzdem hatte sie nicht vor, es den anderen gegenüber zu erwähnen. Sie kamen mit dem Baumhaus so gut voran, und es war nun schon viel wärmer darin geworden. Eine Woche lang hatten sie jede Nacht hart daran gearbeitet, allerdings nur bis gegen 4 Uhr morgens, damit zu Hause noch genug Zeit gewesen war, um zu schlafen oder sich zumindest auszuruhen. Die Nacht im Stausee hatte ihren Tribut gefordert, und sie merkten deutlich, dass sie sich immer noch davon erholen mussten.

»Ich weiß, dass wir uns eigentlich einig waren, erst einmal eine Weile nicht darüber zu sprechen«, sagte Matt, der auf einem Sitzsack saß und eine Tüte Chips futterte. »Aber – erstens: Geht das nur mir so, oder findet auch ihr das ganze Silberzeug irgendwie komisch?«

»Nein. Geht mir auch so«, stimmte Elena zu. »Ich muss dabei ständig an … – na ja, ihr wisst schon – denken.«

Tima schnaufte beruhigt. »Ich wollte eigentlich nichts sagen, aber: Ja.«

»Wir könnten die Silberfolie einfach überkleben«, schlug Elena vor. »Vielleicht mit etwas Tapete.«

»Gute Idee«, sagte Tima. Dann wandte sie sich an Matt: »Und zweitens?«

»Zweitens: Ich habe gehört, dass der komplette Stausee mit

Netzen abgesucht wurde, um sicherzugehen, dass es nicht noch mehr tote Kinder gibt.«

»Und?« Elena sah skeptisch über ihren Becher hinweg.

»Keine weiteren Kinder«, erwiderte Matt. Tima und Elena atmeten erleichtert auf. »Sie haben generell kaum etwas gefunden, schon gar keine Technik von Außerirdischen.«

»Wer weiß …«, sagte Tima. »Meinst du etwa, sie würden es der Presse erzählen, wenn sie auf etwas Außerirdisches gestoßen wären?«

Matt überlegte kurz. »Da hast du auch wieder recht. Sie müssen gesehen haben, was der plötzliche Anstieg des Wassers in den Wäldern am Ufer angerichtet hat, und können sich sicher ausrechnen, dass es im See zu einer Explosion gekommen ist. Aber über die Wasserschäden wurde kaum berichtet. Ich schätze, Kinder, die einer Gehirnwäsche unterzogen wurden, und eine Verschwörung, an der auch zwei Ärzte beteiligt waren, liefern spektakulärere Schlagzeilen. Diese Story werden sie noch eine ganze Weile ausschlachten können.«

»Von mir aus. Solange sie uns dabei in Ruhe lassen«, murmelte Tima.

»Lassen wir's gut sein, okay?« Elena starrte vor sich hin. »Was auch immer sie noch herausfinden – wir haben nichts mehr damit zu tun.«

Tima hätte sie gerne gefragt, ob sie immer noch an Spin dachte, biss sich aber auf die Lippe. Elena war nicht glücklich darüber gewesen, dass Tima Matt alles erzählt hatte, das wusste sie. Aber Matt hatte jedes Recht zu erfahren, was sie im Park erlebt hatten. Elena hatte sich zwar nicht bei Tima beschwert, aber sie selbst hatte Spin nicht einmal erwähnt. Sie wollte anscheinend nicht mehr über ihn sprechen.

»In Ordnung«, sagte Matt. »Ich wollte euch zwei das bloß wissen lassen. Jetzt brauchen wir uns keine Sorgen mehr zu machen, dass die Polizei uns auf die Schliche kommt. Ich denke, es ist vorbei. Wir bleiben außen vor.«

Tima nickte. Ihr Netzwerk aus Insekten und Spinnentieren übermittelte ähnliche Nachrichten. Und sie war sich ziemlich sicher, dass die Säugetiere Elena dasselbe erzählten. Sie trauerte um die Ameisen, die für sie alle gestorben waren, dennoch hatten überraschend viele die Druckwelle unter Wasser überlebt. Die Fische, die Säugetiere und die Vögel schienen ebenfalls alles gut überstanden zu haben.

Wie erstaunlich war es doch, solche Verbündete zu haben, dachte Tima immer wieder. Und welche Ehre.

Sie wünschte nur, dass sich die Sache mit Spin regeln würde, damit ihre Freundin wieder fröhlicher wäre. Wenn Spin allerdings tatsächlich gelöscht worden war, wäre es vermutlich für immer. Und Elena trauerte dem Jungen hinterher, den sie einmal gekannt hatte. Nach dem zu urteilen, was sie im Park gesehen hatten, schien der alte Spin für immer verschwunden zu sein.

54

Die Dunkelheit rief nach ihm. Er setzte sich im Bett auf und überlegte, ob er nach draußen gehen sollte. Es gab da einen Ort, zu dem es ihn hinzog.

Er wusste nur nicht, wo dieser Ort war.

Und so stand er auf und zog sich an. Sein Mantel war gesäubert, getrocknet und ausgebessert worden und wieder so gut wie neu. In den Taschen und Täschchen befanden sich keine merkwürdigen Vorrichtungen mehr – Astrid hatte sie entfernt, weil die meisten von ihnen durch das Wasser unbrauchbar geworden waren. Sie hatte nicht gefragt, was geschehen war. Und da er sich ohnehin nicht daran erinnern konnte, wofür diese Extras gedacht gewesen waren, hatte er es dabei belassen.

Er zog sich den Mantel über seinen schwarzen Pullover, zu dem er schwarze Jeans und schwarze Stiefel trug. Immer wieder schossen Traumbilder wie Actionfilm-Trailer durch seinen Kopf. Ein kleines, dunkelhaariges Mädchen, das schreiend durch einen Park läuft; ein Vogel, der in seinen Händen zappelt; eine Pistole am Hinterkopf; ein hoher, in Flammen stehender Schornstein; ein Kampf mit einem dunkelhaarigen Jungen; Wespen, die ihm um den Kopf schwärmen; wunderschöne Blumen, die zu Staub zerfallen; Wasser, das durch zerbrochenes Glas strömt; ein blondes Mädchen, das an einem dunklen Fenster sitzt, eingerahmt wie die Mona Lisa; die beiden Mädchen mit Hotdogs im Park. Obwohl – die hatte er tatsächlich gesehen, erst vor ein paar Tagen, als er mit Astrid unterwegs gewesen waren. Gab es irgendeine Verbindung zwischen ihm und den Mädchen?

Er erinnerte sich an den versteinerten Gesichtsausdruck der

Blonden. Wie eine Marmorstatue hatte sie dagestanden, als er an ihr vorbeigegangen war. Plötzlich sah er sie mit einer Trompete vor einem rot glühenden Himmel stehen. Okay, jetzt war es offiziell. Astrid hatte recht: Er war nicht ganz richtig im Kopf.

Er schlüpfte aus dem Haus. Fand Gefallen an dem Mantel und seinem roten Innenfutter. Legte die Hände an den Kopf und strich sich die Haare nach hinten. Öffnete das Tor und lief ins Wäldchen.

In der Straße standen Reihenhäuser. Und er musste in die Gärten dahinter gelangen. Aber … wo war diese Straße?

Da stand er nun, umgeben von Bäumen, schloss die Augen und wartete darauf, dass die Erinnerung an den Ort zurückkehrte. Doch vor seinem inneren Auge sah er nur das Mona-Lisa-Mädchen. Sie schleppte große Steine und ließ sie auf Metall fallen. Und sie hatte Blut im Gesicht.

Zwischen den Bäumen bewegte sich etwas. Ein Fuchs trippelte auf eine kleine, vom silbernen Mondlicht beschienene Lichtung. Er setzte sich hin, legte den Schwanz um die Pfoten und sah ihn an.

»Was?«, fragte er das Tier unerwartet gereizt.

Der Fuchs stand auf, machte kehrt und lief mit erhobenem Schwanz davon. Dann blieb er stehen, drehte sich zu ihm um und bewegte ruckartig den Kopf. Das Ganze sah aus, als wollte das Tier ihm sagen: »Komm schon. *Hier* lang, du Idiot.«

Spin, den immer mehr das Gefühl eines Déjà-vu-Erlebnisses überkam, folgte ihm.

Das Haus war dunkel, was in Anbetracht der Uhrzeit – 4 Uhr morgens – keine Überraschung war. Er stand in dem kleinen Garten hinter dem Haus und starrte auf die Veranda. Wieder ein Erinnerungsblitz: Ein Mädchen mit einem Kruzifix um den Hals. Er spürte einen düsteren Energieschub. Sein Blut begann leise zu zischen.

Spin schüttelte den Kopf und fuhr sich mit den Händen über das Gesicht. Er war sich selbst ein Rätsel.

»Spin?«

Sie trat aus der Verandatür und blieb beiläufig stehen, um den Fuchs, der ihn hierhergeführt hatte, am Kopf zu streicheln. Es war das Mona-Lisa-Mädchen. Neugierig starrte er sie an. Als sie näher kam, sah er, dass sie verblüfft wirkte ... und ein wenig argwöhnisch.

Er versuchte es mit einem Lächeln.

Sie zuckte zusammen. »Oh, bitte. Ernsthaft. Lass das sein.«

»*Was* sein lassen?«

Sie schlug die Hände vor den Mund und lachte. Dann ließ sie die Arme sinken und schüttelte den Kopf. »Tut mir leid. Das bist einfach nicht du.«

Da war es wieder. Er war nicht *er selbst*.

»Und wer bin ich?«, fragte er.

»Das da ...«, sie deutete auf sein Haar, »kämmst du dir normalerweise mit Gel nach hinten. Vampirmäßig.«

»Vampirmäßig?«

Sie hielt ihr Kruzifix hoch. »Und das hier trage ich nicht ohne Grund.«

Ihr dem Mondlicht zugewandtes Gesicht war sehr hübsch. Wieder durchfuhr ihn ein Energiestoß. Er trat auf sie zu ... und spürte einen stechenden Schmerz im Hinterteil, wo der Fuchs gerade seine Zähne in ihn grub.

»Verdammt noch mal«, fauchte er und fuhr herum. »Hast du immer noch nicht genug von meinem Blut?!« Das Tier wich mit einem warnenden Knurren zurück.

»Na, das sagt ja der Richtige«, meinte das Mädchen selbstgefällig und verschränkte die Arme.

»Ich beiße die Leute nicht in den Hintern!«, empörte er sich. »Das ist nun wirklich nicht mein Stil.«

Hinter dem Fenster im oberen Stock ging das Licht an. Ein goldener Strahl fiel in den Garten und über Elenas lächelndes Gesicht.

»Du bist wieder da!«, flüsterte sie, bevor sie einen besorgten Blick nach oben zum Fenster warf. »Oh Spin! Ich dachte schon, du wärst für immer gelöscht ... Aber du bist zurück! Und jetzt – verschwinde von hier!«

55

Der letzte Novembertag war sonnig und hell, und sie war alleine im Park. In etwa einer Stunde würden Familien die Schaukeln, das Karussell und die Rutsche bevölkern, aber noch war es nicht so weit. Abgesehen von ein paar Tauben hatte sie den Park für sich.

Sie war sich nicht sicher, ob er überhaupt auftauchen würde, und ein Teil von ihr fürchtete, dass er – wenn es so war – in Gestalt des *Tageslicht-Spin* zurückkehrte und albern vor sich hin lächelte.

Doch nein. Das war Geschichte. Als er durch das Tor kam und auf dem Weg zu ihr das Laub aufwirbelte, trug er wieder seine übliche schwarze Tracht und stolzierte mit altbekanntem Spin-Gehabe einher.

Zwei Nächte zuvor hatte Velma ihn in Elenas Garten geführt, weil sie wusste, dass ihre Menschenfreundin traurig war und dass es etwas mit dem blassen Jungen zu tun hatte – dem, den Velma einmal gebissen hatte. Spin war sofort verschwunden, nachdem Elenas Mum aufgewacht war und die Vorhänge aufgezogen hatte. Doch in der vorigen Nacht war er zurückgekehrt und hatte sich zwanzig Minuten mit ihr unterhalten. Sie hatten sich nicht gerade gegenseitig ihr Herz ausgeschüttet. Schließlich handelte es sich immer noch um Spin, und der war wieder in Angriffslaune. Aber sie hatten sich ein wenig darüber ausgetauscht, was im Thornleigh-Stausee passiert war – soweit er sich daran erinnern konnte. Und Elena hatte auch Gelegenheit gehabt, ihm zu danken, dass er dorthin gekommen war, um ihnen zu helfen, anstatt in sicherer Entfernung zu bleiben.

»Ich war's, der euch alle da mit reingerissen hat«, sagte er achselzuckend, »und hab mir deshalb Mühe gegeben, euch auch wieder rauszuholen.«

Dann hatten sie über seinen Zustand geredet und welches Wunder der Blutaustausch bei ihm bewirkt hatte. Es funktionierte anscheinend – er konnte sich ohne Schmerzen draußen in der Sonne aufhalten. Deshalb hatte sie gesagt: »Okay ... Lass uns morgen früh treffen. Um 9 Uhr im Park. Ich möchte dich – den *echten* Spin – gerne tagsüber sehen.«

Und da war er nun.

Als er nahe genug herangekommen war, drehte er sich einmal um die eigene Achse und hob die Arme zum strahlend hellen Winterhimmel.

»Siehst du?«, fragte er und blinzelte rasch. »Ich gehe nicht in Flammen auf!«

Der Anblick war so befremdlich, dass sie es noch nicht recht begreifen konnte. »Heißt das, du bist jetzt kein Vampir mehr?«

»Hab ich denn jemals behauptet, einer zu sein?«, fragte er zurück. Sie lief auf die Schaukeln zu, und er passte sich ihrem Schritttempo an.

»Das musstest du nicht extra behaupten.«

Spin zuckte mit den Schultern und rieb sich über das Gesicht. »Ich erkläre niemals etwas, solange ich es irgendwie vermeiden kann«, sagte er. »Und ich entschuldige mich niemals, es sei denn ... du wartest immer noch darauf.«

»Nein, das tue ich nicht«, antwortete sie. »Obwohl es unser aller Leben sehr viel leichter machen würde, wenn du dich irgendwann bei Matt entschuldigen *könntest*. Mittlerweile sollte er dir all die Angriffe verzeihen können.«

Er setzte sich auf die Schaukel nebenan und ließ den Kopf sinken. Er schien zu grinsen und sprach kein Wort. Was mochte in diesem merkwürdigen Spin-Schädel nur vor sich gehen?

»Ist bestimmt seltsam für dich, nach so vielen Jahren wieder tagsüber draußen zu sein«, sagte sie.

»Ja, *seltsam* könnte man es auch nennen«, sagte er leise. Er warf ihr einen Blick von der Seite zu, dann senkte er wieder den Kopf und starrte auf seine Hände. Konnte es sein, dass er sich *schämte*? Er war eindeutig rot geworden. Nie im Leben hätte Elena damit gerechnet, Spin eines Tages erröten zu sehen. Sich für etwas zu schämen, passte absolut nicht zu ihm.

Er zitterte und machte den Eindruck, als ob er ihr irgendetwas erzählen wollte ... etwas Wichtiges. Sie hielt den Atem an, wartete. Endlich hob er den Kopf.

»Ich muss gehen«, sagte er.

»Spin?«

Doch da war er schon aufgesprungen, mit einem Gesicht wie Rote Bete. War er wütend auf sie? Was hatte sie getan?

»Das funktioniert nicht«, sagte Spin noch. Dann ging er ohne ein weiteres Wort davon, während die erschrockene Elena die Schaukel abrupt zum Stehen brachte.

Er kam nicht mehr zurück.

56

Er nahm den Bus. Auf seinem Nachhauseweg standen nicht genug Bäume, die Schutz geboten hätten. Der Busfahrer warf ihm einen misstrauischen Blick zu, als er mit der über den Kopf gezogenen Kapuze einstieg, doch er zahlte seine Fahrkarte und setzte sich ganz nach hinten. Ein Lichtstrahl fiel auf seine Hand, als sie in die Innenstadt fuhren. Er traf ihn wie ein Schweißbrenner.

So viel zur Eintagsfliegen-Kur. Monate in der wässrigen Dunkelheit, gefolgt von einem einzigen Tag in der Sonne ... Dann war alles vorbei.

Astrid wartete an der Bushaltestelle auf ihn, als hätte sie es gewusst. Sie hatte einen schwarzen Golfschirm dabei. Und unter diesem Schirm stand sie nun – und weinte.

»Es tut mir leid«, sagte sie. »Es tut mir so unendlich leid.«

Da begriff er.

Es kam von ihr.

Dieses Buch hätte ich ohne die Unterstützung von Sam und Claire Taylor nicht schreiben können. Sam ist sehr viel netter als Spin, aber beide haben eines gemeinsam: Erythropoetische Protoporphyrie (EPP).

Während ich an dem Buch arbeitete, war Sam nur ein klein wenig älter als Spin. Seine Beratung und seine Berichte darüber, wie es ist, als Kind und als Teenager mit der Diagnose EPP leben zu müssen, waren für die ersten beiden Bände der »Nachtflüsterer« – *Das Erwachen* und *Die Bedrohung* – von unschätzbarem Wert. Besonders wichtig aber waren Sams Erfahrungen mit der Erkrankung für diesen Band, in dem Spins Hintergrundgeschichte erzählt wird.

Sams Mutter Claire ist, genau wie Astrid, ebenfalls von EPP betroffen, und die Einblicke in ihr Leben sind sehr wichtig für mich gewesen. Allerdings greift sie Sam nicht ohne Vorwarnung mit Sprungtritten an – zumindest nicht, dass ich wüsste. Die beiden sind wirklich fantastische Menschen, die mit einer heftigen, unendlich schmerzhaften Erkrankung klarkommen müssen, für die es im Augenblick wenig Hoffnung auf Heilung gibt. Ich ziehe meinen Hut davor, dass sie das Ganze mit so viel Würde und Humor meistern.

Die British Porphyria Association (BPA) – der englische Interessensverband von Menschen, die unter Porphyrien leiden – hatte freundlicherweise den Kontakt zu Claire und Sam für mich hergestellt. Dafür möchte ich mich vielmals bedanken *(und zugleich wegen der Vampirsache um Entschuldigung bitten!)*.

Auch wenn bestimmte Elemente von Spins Zustand für die Geschichte *ein klein wenig* hervorgehoben wurden, kommt alles sehr nah an das heran, was ein von EPP Betroffener durchmacht.

Im Schatten leben zu müssen, kann unglaublich anstrengend sein, und sich behandeln zu lassen, sogar noch anstrengender. Ein Austausch der Blutkörperchen ist genauso knallhart, wie Spin ihn erlebt, und verspricht beim derzeitigen Stand der Forschung nur vorübergehend Linderung.

Ali Sparkes, April 2019

Ali Sparkes, geboren 1966, arbeitet als Journalistin und BBC-Moderatorin und nutzt ihre Söhne regelmäßig als häusliche Versuchskaninchen für ihre Kinderbuchmanuskripte – ihrer Ansicht nach ein fairer Tausch dafür, dass sie sich oft vorkommt wie ein wandelnder Speise- und Getränkeautomat. Bevor Ali Sparkes als Produzentin und Moderatorin zu BBC Radio Solent kam, war sie als Lokalreporterin und Kolumnistin tätig. Schließlich entschloss sie sich, ihre sichere Stelle aufzugeben, um sich nur noch dem Schreiben von Drehbüchern und Manuskripten zu widmen. Sie wohnt mit ihrem Mann und ihren beiden Söhnen in Southampton. Die Bücher der *Nachtflüsterer*-Reihe sind ihre ersten bei Hanser.
www.alisparkes.com
Auf Facebook
Bei Twitter: @SparkesAli

Manuela Knetsch, 1974 geboren, studierte Englische und Deutsche Literatur und arbeitete einige Jahre im Verlagswesen, bevor sie sich 2006 als Übersetzerin selbstständig machte. Für Hanser übersetzte sie bereits die *School Survival*-Reihe von James Patterson. Manuela Knetsch lebt mit ihrer Familie in Göttingen.

Die spannenden Abenteuer der

NACHT
FLÜSTERER

gehen weiter.
Band 4 der Reihe erscheint im
Herbst 2020 bei Hanser.